金词通论十八讲

王昊 著

河北出版传媒集团
河北人民出版社
石家庄

图书在版编目（CIP）数据

金词通论十八讲 / 王昊著. -- 石家庄：河北人民出版社，2023.7
ISBN 978-7-202-16359-7

Ⅰ.①金… Ⅱ.①王… Ⅲ.①词(文学)－诗词研究－中国－金代 Ⅳ.①I207.23

中国国家版本馆CIP数据核字(2023)第110815号

书　　名	金词通论十八讲
	JINCI TONGLUN SHIBAJIANG
著　　者	王　昊
选题策划	王　静
责任编辑	王　岚
美术编辑	李　欣
责任校对	余尚敏
出版发行	河北出版传媒集团　河北人民出版社
	（石家庄市友谊北大街330号）
印　　刷	河北新华第一印刷有限责任公司
开　　本	787毫米×1092毫米　1/16
印　　张	17
字　　数	201 000
版　　次	2023年7月第1版　2023年7月第1次印刷
书　　号	ISBN 978-7-202-16359-7
定　　价	45.00元

版权所有　翻印必究

如有印装质量问题，请拨打电话0311－88641240联系调换。

忆昔把盏论金词
——王昊《金词通论十八讲》序

张晶

时间过得真快，转眼间，师弟王昊教授离开我们已经两年多了。每想起他那魁伟过人的身躯、温厚的笑容和那眼镜后面明澈的眼神，真是痛惜不已！现在他的遗著《金词通论十八讲》由王昊的学生邵鸿雁等整理，李贺来编辑加工，又由王昊胞兄王之光先生统稿审定，现在就要付梓出版了。这份讲稿是对王昊师弟的告慰，也是王昊作为副会长的中国辽金文学学会的重要成果。由我来写这个序，似乎也是一种必然：一是因为我是王昊的师兄，二是我还兼着中国辽金文学学会的会长。于情于理，都是无可推卸的。

我和王昊，并非那种泛泛的师兄弟关系，而是"嫡亲"的师兄弟：我俩的导师同为著名词学家喻朝刚教授。我毕业离开吉林大学之后，王昊考入朝刚师门下。我们这一届唐宋文学研究生六个人，当时是一个导师组负责，有公木（张松如）教授、赵西陆教授、郭石山教授、喻朝刚教授，还有王士博教授。我本科就在吉林大学中文系就读，是七七级的学生，这些名师都给我们上过课。本科时的宋词课就是朝刚先生给我们讲的。作为蜚声学界的词学家，朝刚先生在同学们中间的声望和亲和力，都是罕有其匹的。我在本科和研究生时都是朝刚先生的弟子，对先生自然就更多了一份亲近和崇敬；但愧对朝刚先生的是，我没有继承先生的词学衣钵，在词学方面无甚建树。继承先生的词学学脉的，前有大师兄王步高，后有王昊。

王昊比我小整整一轮，也就是十二岁。我们离开母校之后，似乎在朝刚先生身边的就只有王昊了。其实，先生在我们毕业之后，又招收了不少研究生，但真正"死心塌地"跟着先生搞学问、潜心搞词学的，就是王昊；先生晚年身体不佳，跑前跑后照顾先生的，也是王昊。所以，在我的感觉里，在朝刚先生门下，我们这届之后，记忆中的师弟，就是王昊。

王昊为人有情有义，这都是出于他的本真，决不是造作出来的。朝刚先生离世之后，师母周航老师定居北京，王昊经常跑到北京来看望师母。师母和先生的感情堪称我们的人生楷模，一生琴瑟和鸣，还一起撰写了很多词学著作。前些年师母还以一己之力，编辑整理了朝刚先生的四卷本文集，由四川大学《巴蜀全书》编辑委员会编辑出版。王昊在先生文集编辑出版过程中，也出了很多力。可能在我们这届研究生中，王昊是和我联系最多、感情也最亲的。因为我在前些年曾致力于辽金元文学的研究，主要是诗学（包括词曲在内），20世纪90年代撰写出版了《辽金诗史》和《辽金元诗歌史论》，并于

2002年发起组织成立了中国辽金文学学会（筹），和王昊有了更多的共同话题。王昊在辽金文学研究方面用力甚勤，成果颇丰。因了这个缘故，我和师弟的联系就更频繁了。学会成立之初，王昊就成为学会的理事，随着资历和成果不断为学术界所接受，王昊又被增补为常务理事。在学会的第十届年会上，王昊又当选为中国辽金学会的副会长，进入事业的高峰期。

　　王昊在辽金文学研究领域，以词学研究见长，卓有建树。这部《金词通论十八讲》，凝聚了王昊教授对金词研究的心血。这正是在朝刚先生的词学研究基础上的"接着讲"。关于金词，我在《辽金诗史》和《辽金元诗歌史论》中也有整体性的描述和价值判断。后来赵维江教授又有代表性的专著《金元词论稿》等。我所主持的《中国诗歌通史·辽金元卷》，也是由维江执笔写的。王昊这部《金词通论十八讲》，看似讲稿，实则是在以往金词研究基础之上的进一步提升和概括。具体的篇章分析并非主要部分，而关于金词的文学史价值和问题意识，成为本书的突出亮色。如"在文化建构文学史观下理解金词"，是本书的研究视角。"金代的音乐文化与金词的词乐"，从词乐、词调的层面，透视金词的基本特征，这是非常专业的独得之见。"金人的词学观念"，是专论金代的词学理论的。诸如此类，都是王昊积多年研究所得，厚积薄发。以上也使得这部讲稿成为金词研究的一部具有鲜明的标识度的力著。可惜作者不能亲眼见到心爱的著作受到诸位同仁的交口赞誉了。

　　金词与宋词在时间上空间上都有密切的交集，金初的词人如蔡松年、吴激等都是由宋入金的词人，"吴蔡体"代表了金词"借才异代"时期的词坛成就。后来到了"国朝文派"兴起，诗词风气颇见变化，属于金源文化特色的词风得以显露，尤其是元好问的遗山词，尤能代表金词的最高成就。王昊从金词南北双向传播和历史地位的角度，将金词的独特属性从深层上揭示出来。

　　王昊的金词研究，无疑是走在辽金文学研究的前列的。这部著作问世以后，一定会在同行中引起广泛的反响。朋友们也会更为怀念这位才华横溢的故人。作为师兄，写这篇小序，引起了我的无限感怀！

　　辽金文学研究走向深入，新人新著源源不断，但是，王昊一直在我们的队伍里。

张　晶
中国传媒大学资深教授
中国辽金文学学会会长
2022年12月1日

目录

引言／001

什么是金词？怎样理解金词？／005

第一讲　在前人和今人研究金词的基础上理解金词／007

第二讲　在文化建构文学史观下理解金词／030

第三讲　在金元词分观即金词本位视角下理解金词／042

附：金词研究参考书目／047

金词的渊源与分期／049

第四讲　金词与北宋词、南宋词的关系及与元词的切割／051

第五讲　金词的分期／060

金词的创作形态和群体特征／067

第六讲　三种创作形态／069

第七讲　文人词的群体特征／075

第八讲　文人俗词（道士词）的群体特征／089

金词的双向传播与接受／111

第九讲　南北词坛的互动／113

第十讲　宋词（包括民间词体）在金朝的传播与特征／120

第十一讲　金词的南向回传及宋金词"双向传播"／144

金代的音乐文化与金词的词乐／165

第十二讲　金代的音乐文化／167

第十三讲　金代的词乐、词调／177

金人的词学观念／183

第十四讲　金人词学观念概观／185

第十五讲　雅正与尊情／195

金词的历史地位／211

第十六讲　审美理性与北派风格／213

第十七讲　"词曲递变"中作为北方路径发生环节的金词／230

第十八讲　金词是南北方音乐文化、文学传统再次融合的产物／243

结语　关于金词研究的九个观点／252

先师讲稿整理感言／256

引言

春从天上来

吴激

会宁府遇老姬，善鼓瑟。自言梨园旧籍，因感而赋此。

海角飘零，叹汉苑秦宫，坠露飞萤。梦里天上，金屋银屏。歌吹竞举青冥。问当时遗谱，有绝艺、鼓瑟湘灵。促哀弹，似林莺呖呖，山溜泠泠。　　梨园太平乐府，醉几度春风，鬓变星星。舞破中原，尘飞沧海，飞雪万里龙庭。写胡笳幽怨，人憔悴、不似丹青。酒微醒。对一窗凉月，灯火青荧。

中国历史上，北方游牧民族与南方农耕民族之间，既有军事争霸、相互争夺生存空间的一面，也有经济贸易、文化沟通、使节往来的密切交往的一面。而且，北方游牧民族向往汉化的趋势也是此起彼伏。这中间，迫使中原王朝宋朝溃败南渡的金，在立国后就以其汉化程度高而著称。其模式既是北方民族汉化王朝的典型，也是中华民族多元一体融汇进程缩影。

以金为代表的少数民族王朝（前有辽、西夏，后有元、清），不再是出现在历史音乐正剧里的一段不和谐的变奏或插曲，而是中华民族融合的大乐章中正面和积极的角色。这种说法不是标新立异，相反，更符合历史事实。

在金与宋逐步形成南北对峙并形成长期和平局面的态势下，其马上立国、马下治国理政的政治形态和自视为中原正统王朝继承者的观念，其实离不开汉文化强基固体的支撑作用。在广泛吸纳汉文化的同时，这个民族也发现了一个新鲜有趣的东西——词，可吟唱，可观赏，既可浅吟低唱，又能载歌载舞。早在北宋时期，金人在攻城略地之后，不忘掠夺与搜集宋人的词籍，这也使部分词作和一些因出使和战争"流落"入金的文人一起，使词这种文学形式开始北传和"生长"。宋词的一个分身——金词就这样出现了。金词本身是中原汉文化北移的产物之一，也是南北文化相互吸收、相互回应、相互交融的结果。

然而，一直以来，文学史上"一代有一代之文学"的观念在大部分中国读者心中已经根深蒂固，宋词作为宋代文学形式的典型代表，为大众熟悉，读者甚至对一些名篇出口成诵。而金词的地位则相对尴尬，大部分读者则接触不多。我开"金词通论"，在全国各综合大学硕士研究生课程中，属于首例。开设这门课程，有以下这样的考量：一是用"分身"的概念，来还原与阐释金词与宋词之间"异轨同奔"的词史观。"分身"是佛教用语，如"彼佛分身诸佛"（《妙法莲华经》），一身化作二身或数身。在现代语义中，分身是另一个自我，彼此之间既有异己感，又有同质感，甚至同质感更强烈些。金词是宋词在北方的分身，宋词亦是金词在南方的分身，双方互涵互动，彼此关联。二是响应学界的"重绘中国文学地图"的召唤，在前人和今人对金词研究的基础上，补足欠缺部分，落脚点在还原金词原应有的历史地位上。三是在梳理前人学术史的基础上，把未尽之言说透，并借此机会，阐明我对金词研究的九个主要观点，这是一种学术起步的基础。当然，这门课程也算是本人在求知问道上的薪火相传和开拓前进的一个足迹吧。

这本书是根据我在"超星学术视频"平台上系列视频课程的讲稿整理、调整、修订而成的，是把口头语言变成书面语言甚至是学术语言的一次努力。同时，这门课程的教案，又大都是我已发表的相关论文的综合摄取。在整理的过程中，需要将学术语言以接受者较好懂的口语化方式来进行。这就形成了讲稿成书的两难境况：口头语言与学术语言之间应倚重哪头？又如何掌握好这中间的平衡度？尤其是对于古代文学研究领域而言，难度更大。

在这门课程的设置中，我力求实现谋篇布局的逻辑链条完整、内容体例的覆盖要义精准、论从史出的学理辨析严谨等几个目标。通过这门课程的教学实践，希望带着金词重回北方，体验金词与宋词在词史意义上的强烈互融，实现对传统文学观念的反思和修正，揭示金词在词史演进中的特殊意义和地位。同时，也希望用逻辑、常识、常情、直觉、经验及科学的方法来检视、检验课程的确立性和潜在的价值性，并为受众在文学观念的领地上，插上一面新鲜夺目的旗帜。同时希望大家能以此作为新的起点，为继续学习、研究金词提供一些有益的帮助。

当然，要求与希望俱在，只能是这门课程的努力方向。对我来说，非常可能有力所不逮的一面；但也不至于用自己源自主观认识的片面性来取代他人主观认识的片面性，这点儿自信还是有的。

什么是金词？怎样理解金词？

在前人和今人研究金词的基础上理解金词

在文化建构文学史观下理解金词

在金元词分观即金词本位视角下理解金词

金词研究参考书目

第一讲 在前人和今人研究金词的基础上理解金词

在第一讲中，我们要在对金词有个整体认识的基础上，熟悉金词自产生以来的学术研究史。

词是一种具有较强音乐性的文体，在诞生之后较长的一段时间内，多是通过乐坊歌伎的演唱传播的。随着大量文人加入到这一文体的创作中来，其词牌、词调、节拍、节奏等逐渐固定，用字不但要分阴阳，而且要辨平上去入，分清浊，辨五音，这些也是填词比作诗难度高的地方。另一方面，词的文字往往具有画面感，在词的字里行间，形成多层次的画面，有了视觉的转移跳动。

金词是由金代的"移民"、本土和女真贵族词人共同完成的宋词分身，是与宋词一脉相承的、既有歌词又能演唱的一种文学体裁。它跟上了宋词的脚步，参与到从南方到北方的中国传统文学中来。金词同宋词一道，一方面在句式上五彩缤纷——有长句、短句、叠字、口语、文字层累，一方面在结构上展衍变化——很多词分上下片，甚至有三四片，其结构空间壮大，组合的意象增多，以上都使词的节奏适应音乐。同时，词乐的舒缓、急促、缠绵、高亢，以及对五音和清浊轻重的规绳，又使其对情感的探索进了一大步，释放出层次感和画面感。音乐的节奏曲调，使松散联系的汉字有了一种能量，一种产生凝聚力、向心力和爆发力的能量，使可见的文字意象瞬间被组合成不可见的音乐的一个整体。以上，使得金词同宋词一道，实现了视觉、听觉、字面含义浑然合一，从而大大地扩展了文学的抒情功能和表达情感的开阔性，使词在表露情感经验方面有了得天独厚的优势。

北宋词传入金朝时，已经在一干文人的"带领"下，实现了大规模的"雅化"，以苏轼等为代表的文人词影响越来越深远。金源词坛不久就对苏轼的词风颇为尊崇。以长于金并仕于金的蔡松年的词为例：

念奴娇

还都后诸公见追和赤壁词，用韵者凡六人，亦重复赋

离骚痛饮，笑人生佳处，能消何物。夷甫当年成底事，空想岩岩玉壁。五亩苍烟，一邱寒碧，岁晚忧风雪。西州扶病，至今悲感前杰。　　我梦卜筑萧闲，觉来岩桂，十里幽香发。崔嵬胸中冰与炭，一酌春风都灭。胜日神交，悠然得意，遗恨无毫发。古今同致，永和徒记年月。

蔡松年寄身北国，如履薄冰的仕途困境与随缘自适、退隐田园的矛盾心理相交织，在这首词中展现得淋漓尽致。末句"古今同致，永和徒记年月"，将无法抚平的忧郁情绪表露无遗，其用典叙事的特征也非常明显。

我们再从吴激的一首《风流子》体会词的画面感：

书剑忆游梁。当时事、底处不堪伤。念兰楫嫩漪，向

> 吴南浦，杏花微雨，窥宋东墙。凤城外，燕随青步障，丝惹紫游缰。曲水古今，禁烟前后，暮云楼阁，春早池塘。回首断人肠。年芳但如雾，镜发成霜。独有蚁尊陶写，蝶梦悠扬。听出塞琵琶，风沙淅沥，寄书鸿雁，烟月微茫。不似海门潮信，能到浔阳。

"出塞琵琶，风沙淅沥，寄书鸿雁，烟月微茫。"十六个字，一幅可以入画的场景敞开在眼前。

这两组词，组合成一个一个的意象，甚至就是用文字编织了一个荒凉、悲怆、空旷的空间。在这种情况下，词更适合表达诗所不能够表达的深层次的情感，甚至是一个片段、无意识、幻觉等朦胧的东西——"斯为不尽之妙"（《蕙风词话》卷一）。

再看看金代皇室词人完颜璹的《沁园春》：

> 壮岁耽书，黄卷青灯，留连寸阴。到中年赢得，清贫更甚，苍颜明镜，白发轻簪。衲被蒙头，草鞋着脚，风雨潇潇秋意深。凄凉否，瓶中匮粟，指下忘琴。　一篇梁父高吟。看谷变陵迁古又今。便离骚经了，灵光赋就，行歌白雪，愈少知音。试问先生，如何即是，布袖长垂不上襟。掀髯笑，一杯有味，万事无心。

完颜璹被时人称作"汉人老儒"，可见汉化程度之高。而他的这首《沁园春》所体现的理念与汉族读书士人全无二致：面对"布袖长垂不上襟"的试问，词人的回答是"掀髯笑，一杯有味，万事无心"，分明是看淡功名富贵、乐享清贫雅趣的胸襟。由此可见，若将完颜氏及其族人想象成不通文墨的粗人，看问题则不免见山不是山，见水不是水。

综上，金人的生活已经离不开词，无论是公宴私宴，还是市井酒肆，只要有词人的存在，必有词乐响起：听觉与视觉，再加上佳肴的味觉，酒力的爽觉，感官的触角全部被词这种文体打开、激发、活跃起来了：闲情、惆怅、感伤、落寞、新愁、思乡、漂泊、抒怀、咏物、怨别……各种情绪也全都体现出来了。

这种全新体验，同宋词一样，是词以美学方式贯穿生命的全程，用文本囊括古往今来的全部现实，把人的一切一次说尽、说透，突破"历时"的人生，抵达一个"共时"的新境界。在这种汉文化的日益熏陶下，被词感动、吸引的听者或读者，也被调动起创作的冲动了——触景生情也好，比兴寄托也好，指事类事也好，文人升华也好，词人、词章、词集就这般地积淀、培育和成长起来了。这也就打破了词作为一种文体，仅仅是在宴饮娱乐场合的消遣的固定样式，向着诗的方向前进。

金人的词作与对词的认知，与宋人相比并无二致，而且，金词"清壮顿挫"（元好问《新轩乐府》引）、雄健刚劲的北派风格，恰恰是对南宋沉靡安逸的词风的一种纠编与超越。金词找到了对接"雅正与尊情"的词学观念的接口，一扫被讥为"深裘大马之风"（《皱水轩词荃·刘迎 乌夜啼》）的鼓噪之声，获得了并不输于南宋词的辉煌成就，在词史上有其重要的传承、拓展的意义，也为"词曲递变"起到了路标的作用。

叶嘉莹先生论词，提出了一个"双重语境"的概念。其作为分析工具，既提纲挈领又恰如其分。上述提到的蔡、吴、完颜的词作及尚未提及的金词，都是各位词人各自在"双重语境"中的情景交融与共情共鸣，既是文人的沉郁、忧患、哀伤之心在不同的地域与情境中开始新的漂泊、新的挣扎、新的期待，又是金词与宋词一脉二支的生动体现。

以上是我对金词的一个大体勾勒的轮廓，目的是让大家在后面接触到金词时，有一种熟悉感和融入感。

接下来我要讲述的是，金词自产生的学术研究历程——也就是金词研究的学术史回顾。学术史的回顾对于任何学科来讲都具有重要意义。对一个初学者或者研究者来说，回顾学术史具有指示门径的意义：明白这个学科已经有了什么，还缺些什么，以及在什么基础之上、从哪里起步。这种方法对任何学科的研究来说都是适用的。

金词研究最早开始于金代。简单地说，就是金人研究金词。金人选过金词，金人也研究过金词。这个人叫魏道明。魏道明主要活动于金代晚期，不幸的是他的生卒年，我们也不清楚，考证不出来了。他曾经为蔡松年的词集《明秀集》作注。为词集作注是个什么意义上的研究呢？是不是今天我们跟某个出版社合作，选一个选本，比如说李清照词，纳兰性德词，我选几首作个注，是不是这个概念呢？不是的。为词集作注的学术含量，学术意义，我们要放到那个时代的背景当中去探寻。我们知道，在宋代的时候，杜甫获得了诗家无可比拟的崇高地位。杜甫获得诗圣的声名，是宋人的功劳，是通过"千家注杜"这样的一种文学现象做到的。当然说"千家注杜"，它有一定的夸张成分。在宋代，杜诗的选本，层出不穷。为诗歌作注，这是一种确立诗人地位的有效方式。我们今天从学理的角度，从阐释学的角度上说，这是一种很重要的研究方式。但是宋代为词作注，为某一个词人的词集作注，流不流行呢，普不普遍呢？不流行，不普遍。我们今天能看到的，比较早的是为苏轼的词集作注，还有为周邦彦的词集作注。当然，还能举出若干名家词的注，但是跟诗歌同时期的注本相比，数量还是太少了。

我们再回过头，看魏道明为蔡松年的词集作注。魏道明所作注的蔡松年是金初的一位著名的词人，年代比苏轼晚，比周邦彦早。在这个意义上，魏道明为蔡松年的词集作注的学术含量，可以说，某种程度上甚至是开风气之先。这是金人为金当代的词人作注，是一种金人对金词的研究。再有像元好问的选本。元好问在金亡之后编纂了一部金代诗歌总集《翰苑英华中州集》，也就是《中州集》。在这个十卷的总集后面他附了一卷《中州乐府》。《中州乐府》就是金词。元好问的这个命名非常有深意。他不说金词，他讲的是一个地域上的、文化上的概念。他没有讲南北，没有讲宋也没有讲金。他强调的是中州，这个"中州"就是"文化中国"，它不是一个地理上的概念，是个文化上的概念。说"中州"——《翰苑英华中州集》，这里所蕴含的意思就是中国文化当中的精华部分。元好问还为词人、作家作小传和评论，我们今天能对金代诗词有一定的了解，不能不归功于他的《中州集》和他的努力。

金人对当时的词在研究形态上已经很多元化了，有选本的研究，有批评。此后历经元、明、清、民国，以至1949年新中国成立之后——我们认为的当代，对于金词的研究，代有不绝。"代有不绝"，我们用这样一个词来描述。那么，有没有"不绝如缕"呢？也有的，比如说明朝。明朝对于金词、对于金代文学就是不屑一顾的。差不多就一点点线就快断掉了，为什么呢？这个我们不妨稍稍展开一点。朱元璋在起兵反元蒙的时候，他提出的口号是什么呢？我们知道，在辛亥革命之前，孙中山先生为了排满，提出来"驱除鞑虏，恢复中华，建立民国，平均地权"的纲领。这四句纲领当中的前两句，"驱除鞑虏，恢复中华"，就是当年朱元璋的口号。"驱除鞑虏"，就是把蒙古贵族、统治阶级赶回到大漠以北。"恢复中华"就是恢复汉民族为主体统治民族的状态。可想而知，当朱元璋"驱除鞑虏，恢复中华"实现了的时候，在当时的社会思潮上，明人认为自己不仅仅是政治上的光复，还是文化上的光复。所以明人的眼界非常高，明人提出什么口号呢？在文学史上，"文必秦汉，诗必盛唐"。秦汉以下的文是"垃圾"，根本不用学，盛唐以下的诗歌根本不入眼。既然盛唐以下的诗歌都不入眼，宋诗也自然不入眼，又更何况是由一个女真族统治的、所谓的金王朝呢？所以当时流行这样的话，在当时的读书人里面，所谓的"谓完颜氏有诗，亡论诗流大骇，通古之士且重疑之"（胡应麟《诗薮》）。就是说你要在读书人里面说女真人他们还能够懂诗，还会写诗，"诗流大骇"，大大地吓了一跳。不是简单地吓一跳，是"大骇"，吓了一大跳。那么，从元朝灭亡再到明朝灭亡大概有三百年，金代的文献，包括金代的文学，基本上就被漠视了，没有得到有效的整理。一直到了清朝的时候，清朝的主体统治民族是"满洲族"[①]，而"满洲族"与女真族是同一族缘的关系——即"满洲族"是在建州女真的基础之上发展出来的。在其初始阶段，自称是后金，为了打消汉民族的历史记忆才改成满洲。一直到了清朝的时候，才对金代的文学、金代的文化，对于金代的文献有了一个有效的评估和整理。所以我说金词的研究，虽然说历经元明清，代有不绝，可是实际上在元明这两代，差不多就是不绝如缕，差一线儿就绝了。

　　下面介绍 20 世纪金词研究的基本状况。20 世纪对于古代文学研究来讲，最重要的一个事件就是现代学科的建立。关于中国现代学术建立的进程，可以参考北京大学陈平原先生的有关论述。今天已经进入 21 世纪，过去了一百年，20 世纪现代学科在"西学东渐"影响之下建立的现代学术体制，以及这个体制之下的学科分类意识，还有与它们相关的文学关系、文学观念，是回顾 20 世纪金词研究的一个总体背景。20 世纪的金词研究，作为文学史的概念，它是文学史的一部分。文学史的概念是现代学

[①] 整理者按："满洲族"的说法，见陶成章《陶成章集》下编卷四《中国民族权力消长史》之《叙例八则》，中华书局 1986 年版，第 217 页。

科分类观念下的一个具体产物。用一句话来概括，所谓20世纪金词的研究，它从两个层面来展开，它遵循文学史研究的一般规则——就是从事实层面以及从价值层面来进行研究：一个层面就是对其历史演变过程的描述，这是事实层面；另一层面，是在价值层面上的判断、评判。总体来讲，20世纪金词的研究也不出整个文学史研究的范围。

我们都知道，词学研究史上所谓的"显学"是唐宋词研究。与宋词研究相比较而言，20世纪金词研究显得相当冷寂。总体格局，如果用一个线状的形态来描述的话，它是"马鞍"型（金词与宋词研究相比，基本态势呈现为首尾热、中间冷的"马鞍"型）。"马鞍"型是一个"U"字型，"U"字型其基本的形态、势态就是首尾热、中间冷，也就是20世纪初热、20世纪末热，中间冷，这样的一个"U"字型。具体而言，就是20世纪30~40年代对金词的研究形成了一个相对的高峰期，此后迅速地滑落。一直到所谓"新时期"的来临——就是七十年代末期结束以后，直至20世纪的最后十年，才由于为数众多的、有质量的专题论文、论著的出现，迎来了另一个相对的高峰期。学者对一百年的金代文学研究走势大体作如上描述。

如果从词学研究更大的背景出发，可以这样讲，20世纪的前30年，是现代词学的建立时期。换句话说，也就是传统学术、传统词学转型的时期。在这个时期，金词研究的主要的手段还是体现在文献的整理校勘上。也就是从1900年到1930年这30年，词学研究者所运用的主要还是传统的研究手段，具体而言，主要的成果集中于文献整理方面。所谓的文献整理，它包括词集的汇刻丛刊和辑佚两个方面。

作为研究的先行者，有这么几个人。

首先我们应该提到的是缪荃孙（1844—1919）。关于缪荃孙，在文学史中讲宋元话本的时候提到过他。他曾经在上海一位亲戚的妆奁后面发现了宋本小说。此后他以"京本通俗小说"为名刊刻了这个东西。而事实证明，缪荃孙在这个问题上违背了学术良心，所谓《京本通俗小说》是伪作。（以上大家可以参考高教版的文学史——也是指定的考研教材，其中有相关的注解。）发现这个问题的人，有东北师大的苏兴老师，更早则是20世纪60年代旅居美国的华裔学者马幼垣先生，证明《京本通俗小说》是伪作。缪荃孙在1908年编选了《宋金元明人词》，其中收有词人别集。——每个作家独立的、自己的作品集，称为别集。缪荃孙编选的这套《宋金元明人词》收录别集十七种，其中金人别集就一种，即李俊民的《庄靖词》一卷。

稍后一点，1911到1917年间，吴昌绶陆续刊刻了《仁和吴氏双照楼景刊宋元本词》，仁和是他的里籍杭州。接下来陶湘在1917到1923年间，又汇刻成了《武进陶氏涉园续刊景宋金元明本词》二十三种。书名中的"武进"，是陶湘的里籍江苏武进；"陶氏涉园"是他的书斋，也是刻书之地。所谓的"景刊"，就是"影刊"；"景"是一个通假字。今天有复印技术，景刊就是按照原本的样子进行摹刻，称之为景刊。到了1924年，陶湘又把上述两种书合刊为《景刊宋金元明本词》。还有一位彊村老人，叫朱孝臧（1857—1931），字祖谋，号彊村。他是著名的《宋词三百首》选本的编选者。彊村老人在接下来的这个年代编有《彊村丛书》。《彊村丛书》里收录总集一种，别集五种。总集一种，就是元好问所编的《中州乐府》。朱孝臧是清末四大词人之一，他本人的词学造诣非常之高，在词学文献整理方面有一套科学的方法。举例而言，他整理高丽刻本的元好问《遗山乐府》（《遗山乐府校注》）为存其真貌，影写一仍其旧，原本阙误者亦不轻易改动。——原来的高丽刻本元好问词集里面有很多的刊刻错误，但是他为了保持原貌，即便是错误的地方也不轻易改动。与此同时，他出校勘记，把自己的校勘意见写到校勘记里面，这是古籍整理应当遵循的一条不易的规则——不轻易改字。你要改动，就一定要出校记，说清为什么改，你不能替古人改。特别是其中的《遗山自题乐府引》，所谓的引就是序，这篇是元好问自己给自己的词集写的一篇序文，是他本所无，这一篇序引具有重要的词学参考价值。朱孝臧为《遗山乐府》所刊刻的校勘记就有三卷之多。

以上是有关金词文献，包括汇刻丛刊这个方面在20世纪30年代以前的成果。

还有一个方面的成果就是辑佚，辑佚的成果有：刘毓盘辑校的《唐五代宋辽金元名家词录六十种辑》，及赵万里《校辑宋金元人词》。赵万里是王国维的入室弟子。刘毓盘先生写了第一部通代词史，名字就叫作《词史》。《词史》的体量虽然今天看起来有一点单薄，但是，是筚路蓝缕、有着草创之功的第一部词史的撰著。

除了文献的辑校方面，在作家词人年谱编纂方面，20世纪30年代以前也出现了一些代表性的成果，比如孙德谦先生所编著的《吴彦高年谱》《二妙年谱》(刘氏求恕斋1915年刊刻。"二妙"指的是金代词人段克己、段成己兄弟)。以上两部年谱，因为出版较早，是线装书，所以现在都不好找了；但很幸运的是，20世纪80年代的时候，我在北京的中国书店找到了翻刻本。

再比如东北史研究专家金毓黻先生的《王黄华先生年谱》("王黄华"指金代词人王庭筠)。《王黄华先生年谱》收入到他所集刊的《辽海丛书》之中。王树楠编撰的《闲闲老人年谱》("闲闲老人"指金代词人赵秉文)，这个年谱的抄本藏于上海图书馆，刻本附于《陶庐丛书》刻本《闲闲老人诗集》之后，刻本的《闲闲老人诗集》华东师范大学图书馆有藏。

除此之外，还有发表于当时期刊上的有关金人的年谱，比如宇文虚中的年谱，有毛汶所撰《宇文虚中年谱》。当然，宇文虚中也被看成是宋人，在《金史》和《宋史》里面都有宇文虚中传。宇文虚中是两宋之交、两国交聘当中的重要人物。另外，毛汶还撰有《补金史蔡松年传》。前文《宇文虚中年谱》发表于《国学论衡》第二、三期，具体年代为1933年的12月到1934年的6月。后文发表于《国学论衡》第六期，具体年代为1935年的12月。

除了以上这些，20世纪30～40年代第一个金词研究的高峰期，还有一个最重要的成果：孙德谦以一人之力编著的《全金词稿本》(现藏南京图书馆)。现在我们读到的《全金元词》作为总集，出自于唐圭璋先生之手。事实上唐老编撰《全金元词》的时候，已经参考了孙德谦先生编的《全金词》。

以上我们介绍了20世纪30年代关于金元词研究在文献方面的具体成果。

我们知道，20世纪30年代在中国的现代学术史上是一个热衷于撰写各种断代文学史以及通史的一个时期。根据陈玉堂的统计，截止到1949年新中国成立之前，已经正式出版公开发表的文学史——断代文学史、通代文学史有近五百种之多，我们今天能够看到的不过寥寥几种而已。这个期间，这样的一个大的撰著背景之下——以20世纪30年代文学史的编写为直接的学术背景，词学通论方面、词学研究方面，通论和通代的这种论著也不断地涌现。在这些通代的词史论著当中，以及词学通论的论著当中，对于金词都有所涉及。

举例来说，刘麟生的《中国诗词概论》后来被汇成《中国文学八论》。刘麟生《中国诗词概论》中，在《词的衰落与复兴》

这一章列有《金元人词》一节。词学大家龙榆生先生在《中国韵文史》专著当中列有"豪放派在金朝之发展"一节，其中明确讲道：

> 金与南宋，时代相同，自吴激（字彦高，米芾婿）诸人，由南入北，而东坡之学，遂相挟以俱来；其"横放杰出"之词风，亦深合北人之性格；发扬滋长，以造成金源一代之词。辛弃疾更由北而南，为南宋开豪放一派之风气；其移植之因缘，不可忽也。

> 南、北词风之不同如此，虽由地域之关系，而两派种子之各为传播，亦其重大原因。

那个时代的学者撰书很多，撰述都是用半文言的句子叙述；今天看来，这些话虽然稍显简略，实则更要言不烦。龙榆生先生上述立论，基本上已经把南宋、金之间的词体文学传播关系讲清楚了。那么龙榆生先生的《中国韵文史》从哪里找？上海古籍出版社曾经在20世纪90年代推出了一系列《蓬莱阁书系》，里面就载了龙榆生先生的《中国韵文史》。①

刘毓盘先生的《词史》是第一部通代词史，其中所提出的一些论断，今天看来仍然具有重要的参考价值。在具体描述词史的发展势态的时候，他用了一个"有机体"的概念来比喻文学史的发展、演变，即"有机文学史观"。具体而言，他认为词体文学"句萌于隋，发育于唐，敷舒于五代，茂盛于北宋，煊灿于南宋，剪伐于金，散漫于元，摇落于明，灌溉于清初，收获于乾嘉之际"（刘毓盘《词史》第十一章《结论》）。这是将词体文学看成是一棵大树，由一颗种子怎么发展成一棵大树，如何散漫，怎

---

① 整理者按：龙榆生先生的《中国韵文史》，现在版本已较多。商务印书馆有《中华现代学术名著丛刊》本，上海古籍出版社亦有《龙榆生全集》本。

么摇落……所谓"收获于乾嘉之际",这是重复了词复兴于清的传统命题。

大家可以简单地做一个对比,在刘毓盘先生的词史描述之下,金属于什么呢?属于"剪伐"时期,就是修剪枝枝叶叶。那么元是属于什么时期呢?"散漫"时期。宋——分南宋和北宋,南宋是什么呢?"茂盛于北宋,煊灿于南宋。"那么,他认为词极盛于哪里呢?极盛于南宋。由此我们自然可以得出两个结论:按照刘毓盘先生的理解,金词与南宋词不是处于一个发展阶段,同时金词与元词也不是处于一个发展阶段。在第一部通代词史里面,刘毓盘先生还设了专门的章节,专论辽金词,具体涉及金词部分,论述了宇文虚中到元好问以下32位词人。其中具体的论述,虽然言简意约,未能详明,但是不乏中肯之见。

再给大家介绍的一本书,就是王易的《词曲史》。这本书,今天读起来有一定的难度,难在哪里呢?它完全是用文言写成,全书字数已经达到了四十万字。这本书分十章,体例仿于《文心雕龙》。这是一部"详述词曲演化,务明其体"(《词曲史·例言》)的通论性质的专著。这十章具体分为"明义第一""溯源第二""具体第三""衍流第四""析派第五""构律第六""启变第七""入病第八""振衰第九""测运第十"。那么讲的是什么呢?就讲词体和曲体两种文学是如何地发生、演化的。其中有关金词、元词的论述分别入"析派第五""启变第七",也就是说在王易先生看来,金词和元词也毫无疑问地属于不同的发展阶段。其中"金诸家词"论及词人二十五家,特别指明"至民间歌曲,亦与南宋同时并趋"(《词曲史·析派第五》),"然而舞席歌场,渐易其体,小令大曲,别殊其制,词微而曲代起焉"(《词曲史·词曲史后序》)。这两句话什么意思?——我们刚才讲,它的叙述语体是文言文,讲的话很简约——说的是,等到民间流行的歌曲,北边的金朝与南边南宋是同时并驱的。这个话非常精到——既"同时"又"并驱",两个方面都讲到了,也就是说这个发展的趋势是一样的。而且他指出,在音乐文学的传播场合——就是"舞席歌场",但他没有讲是在民间的,还是在文人间的,还是在宫廷的——在这些传播的场合当中,渐渐地改变了流行体制,"小令大曲,别殊其制"。词体所依据的是什么呢?——当然它是以小令来代词——词体所依据的是这种"令"或者是"只曲"。词体所依据的"只曲"以小令为代表;"大曲"——就是指"套曲",他以"大曲"来代表。"别殊其制",这个体制已经完全看得很清晰了。"词微",词体文学衰微。而曲体文学"代起焉","焉"可以看成是语气词,也可以说"在那里"。这个话非常简约,但十分精到。这本书我建议大家把它啃下来,如果你能花一个月乃至两个月的时间把这本书啃下来的话,那么你的词学素养,定会有一个新的境界。以上这段话就是从词曲嬗递的角度来谈金元词的演化。可以说毫不夸张地讲,我们今天有些论著的学术水准还远远未及20世纪30年代的王易先生的这一部《词曲史》。

下面还有一本重要的经典之作,就是出自词学大师吴梅先生之手的《词学通论》。《词学通论》的整理本有多种。大家能够找到华东师大的整理本,大概上海古籍也出了一个本子。[①]客观地讲,这两种本的整理都不尽如人意,但是还可以拿来看。吴梅先生的《词学通论》,初版于1932年,再版于1933年。在《词学通论》当中也专论到金词。具体而言,涉及的金词作家有十六家。这本书我们刚才讲到,为什么它整理起来有一定的困难?为什么已见的整理本不尽如人意?是因为吴梅先生那个时代的

[①] 整理者按:《词学通论》以上两个版本或分别为华东师范大学出版社1996年出版《二十世纪词学丛书》本,由杨扬标点,首印5000册;上海古籍出版社则分别于2006年出版过单行本,2010年出版过"'词'系列书目"本,首印5300册,由徐培均导读。近年,该书版本已较多,中华书局、人民文学出版社等均有出版。

撰述，是将自己的意见与撮述前人的意见杂糅在一起。在《词学通论》中，吴梅先生所引用最多的就是陈廷焯的《白雨斋词话》。——陈廷焯的《白雨斋词话》我们没有列入到参考书目里来，大家可以看足本的《白雨斋词话》[①]。——前人著述有一个特点，就是《白雨斋词话》里面论述的内容与自己的评断放在一起。就我们今天的阅读而言，这个地方点不点引号、是直接引语还是间接引语，就要有一个区分，目前看到的本子里面这个方面做得就不尽如人意。

吴梅先生在《词学通论》中，尤其提到了金词和元词的一个演化关系。"元人以北词登场，而歌词之法遂废"（吴梅《词学通论》第八章《概论三·金元·元词述略》），他所说的"北词"的概念，实际上就是曲体文学，而且是流行于北方的曲体文学。"歌词之法"因为这样一个因果关系——因为曲体文学的流行，所以导致了唱词原有的方法渐渐地衰废。"盖入元以来，词曲混而为一……而词之谱法，存之无多。且有词名仍旧，而歌法全非者，是以作家不多。"（吴梅《词学通论》第六章《元人词略》）这几句话对于金词、元词、元曲的关系辨析非常重要，耐人寻味。

入元之后"词曲混而为一"这句话，客观地指出了入元以后，在歌场当中曾经有一个词曲并行的阶段。总体来说，歌词所依据的腔谱、乐谱入元之后已经零散，存者无多，而且这时有些调名虽然还叫原来的调名，但是它的歌法已经有了新的变化，即词乐曲唱。这些因素加起来导致元人作词很少的现象产生。所以元词作者即纯粹独立的填词不作曲的，所谓的专业词人非常之

[①] 整理者按：此处"足本《白雨斋词话》"指齐鲁书社由程千帆先生主编的《明清文学理论丛书》中收录的屈兴国《白雨斋词话足本校注》，1983年版，该书有平装、精装本两种，平装本相对较为常见。

少。吴梅先生寥寥数言，但是要言不烦，非常精辟。这之间辨析的因果关系，可以比得上现在的鸿篇大论。

1933年，胡云翼先生出版了《中国词史略》，就是中国词略史、简史。胡云翼先生是汲取五四新文化、新学术营养成长起来的新一代的词学研究者。其学术研究受胡适的影响非常之深，以致于吴世昌先生戏称之为"二胡"，如果加上宋代的胡寅，称之为"三胡"。青年时期他写了《宋词研究》——这本书已由巴蜀书社再版了[①]。这本书是他大学没毕业时写就的。当时的武汉师范学院有三个学生非常有才华，被称为"武汉三杰"，他是其中之一，还有两位是刘大杰、易君左。易君左后来去了台湾，写过传记方面的论著，研究过郁达夫。郁达夫曾经任教于武汉师范学院，对这三个人都是赏识的。《宋词研究》这本书，作为一部学术著作是富有激情的，它的语言是优美的，它的赏析、论断是精到的。

青年胡云翼的词学观点与中晚年以后的词学观点有很大的差异，他同时还写有《宋诗研究》。

从1900年到1930年，这30年间，我们列举了有关论著当中论及金词包括元词的一些具体内容和研究成果。穷极目力，我到目前为止还没找到一篇关于金词的专题论文，只有一些写到金代文学的论文。但是其中，龙榆生先生《两宋词风转变论》一文附带指出稼轩词与金源词的渊源关系，虽然只是这么一句话："稼轩词格调之养成，必于居金国时早植根柢。"（龙榆生《两宋词风转变论》，见1934年《词学季刊》第二卷第一号）这么一句话就启发了后学，20世纪90年代以来，先后有刘扬忠先生、胡

[①] 整理者按：巴蜀书社版《宋词研究》为1989年版。据该书前言："而此书自1928年印行后即未再版。此次应作者家属的请托，对原书个别地方做了必要的文字订正，余者一仍其旧，重排印行，以飨读者。"

传志、包括我本人和其他一些研究者在这个问题上寻求突破。

综合上述情况，我们可以讲"马鞍"形，20世纪30年代对于金词的研究可以说达到了一个相对的高峰期，此后就迅速滑落。这当然有其原因。30年代以后，有一个重大的社会背景——倭寇入侵、全民抗战；40年代抗战胜利之后又陷入内战，所以没有一张平静的书桌可以供研究者使用：这是外在的背景。1949年新中国成立以后到70年代，这三十年间金词的研究与整个的词学研究大体的发展情况一致，甚至有过之而无不及——处在一种完全的冷寂的状态。我们举最流行的两种文学史为例：第一种是出版于20世纪60年代，被广泛采用为大学教育课本的、包括我在上大学期间也采用的游国恩先生等所主编的《中国文学史》。据统计，这套《中国文学史》已经累计发行有二百万套；还有一种三卷本，是由中国科学院哲学社会科学部文学研究所主编的《中国文学史》。这套书的宋代部分是由钱锺书先生所撰写的，而这套文学史社会采用面没有前者那么广。在这两种文学史当中，论及金词的时候，仅仅在论述元好问的时候才略着笔墨。三十年间，即由1949年到1979年间，关于金词的论文仅见一篇，就是沈祖棻先生的《论遗山词》。但一个有趣的现象是，海外对于金词的研究相对活跃，但也不能说很多：已知香港地区、台湾地区有学人将金词研究作为硕士论文选题，并且顺利获得硕士学位。

首先我们看香港，作为金元词研究先行者之一的黄兆汉，就读于香港大学，他是罗忼烈先生的弟子。他的硕士论文结撰于1969年，当时是以《金元词通论》作为硕士论文提交的，亦名为《金元词史》[①]，在台湾的学生书局出版——就是当年的《金元词通论》，经过一定的删削，出版年代是1992年。这是到目前为止海内外唯一的一部金元词断代词史。作为先行者的黄兆汉

---

① 黄兆汉：《金元词史》，（台湾）学生书局1992年版，分精装和平装两种。

先生陆续发表过一些关于金词的论文，20世纪70年代发表的论文有《金词中所表现的一些时代痕迹》，以及有关王重阳及"七真"——关于道士词的研究。《金元词史》一共分三编：《总论》《金词》《元词》。其中，《总论》可分为《金元词在词史上之地位》《金元词的分期》《金元词中所表现的时代意识》《金元词风之比较》几个小节。

具体来说，黄兆汉先生是承续了传统的"词衰于元"之说，认为元词是处于衰落时期，并且认为"金、元词风不同，是属于两个系统的。金人之词雄深浑厚，声宏气壮，多奇绝伟丽之观；其次者亦不失清新云逸之感"。[①]这些话都是描述性的，审美描述。——我们对古代文学的评析不可能做到科学化，因为汉语太丰富，表现力太强。那么这些话——例如何为"雄深浑厚"？我们需要透过字面去体会。所有的古代文学作家作品都需要我们透过字面去体会：这是中国文化当中的一个特点，是需要体悟的。仅仅看字面或者是拘泥于字面，那就没有实质意义。我们再次回到黄兆汉的这个论述。他说："元人之词婉约深邃、音节柔和，每多秀艳圆融之作；其下者，则流于尖新轻浅。"[②]

这个书有它的优长之处，也有它明显的缺陷。最重要的一个缺陷是——资料不足。正如其业师罗忼烈先生所言，这本书虽然是出版于20世纪90年代，但是在资料方面、在修订方面，应该说都有其不足的地方。罗忼烈先生的原话是："要撰写金元词史，先决条件是仔细通读所有的现存金元词。"[③]作者写金元词史的时候，唐圭璋先生的《全金元词》尚未出版，付梓之前虽有修订，但基本差别不大，也就是说修订得不到位。而黄兆汉先生到澳大

[①] 黄兆汉：《金元词史》（精装本），（台湾）学生书局1992年版，第55页。
[②] 同上。
[③] 黄兆汉：《金元词史》（精装本），（台湾）学生书局1992年版，前言。

利亚读了道教方面的博士后转入道教研究——研究王重阳等人，也算是金元词给他的一个因缘。差不多与黄兆汉先生撰写硕士论文的同时，台湾师范大学国文研究所张子良1970年提交了以《金元词人述评》为题的硕士学位论文，后刊载于1972年《国文研究所集刊》第十六期，并于1979年由台北华正书局正式出版，更名为《金元词述评》。

20世纪80～90年代，金词研究由冷趋热，以至使20世纪的研究达到另一个高峰。这十年金词的研究逐渐地"相对热络"，体现于以下几个方面。一是20世纪80～90年代金词研究的发展，总集《全金元词》的编撰和多种断代词选本、鉴赏词典以及《中州乐府》笺注本的涌现——归结为一句就是文献研究的进步。1979年由中华书局出版的《全金元词》，是我们目前能够看到的关于金词和元词的断代总集。《全金元词》的出版使得金词的研究有了坚实的文献基础。这个大部头总集成于唐老晚年之手，由一人去校勘。在当时的排版条件之下，有很多的失误，但是瑕不掩瑜，这本书仍然是我们今天所依据的重要文献。二是20世纪八九十年代有关金词的文献整理方面成果开始显现。如饶宗颐先生的《词集考》[1]，这是一部未完之作，另一部是钟陵《金元词纪事会评》[2]。前者考录金词总集一种，别集十四种，后者是《历代词纪事会评丛书》的一种。但是这种书用起来也需要小心。它在转录资料的时候，对有些人、有些资料可能未加复核，比如说在词人的生卒年方面，它就沿袭了《全金元词》排版方面已经很明显的错误。用起来还是要注意一下，在便于检索的同时也应尽可能地去复核原文，但总体上是瑕不掩瑜。

到了20世纪，一般所称的"新时期"之后，伴随着整个金

---

[1] 饶宗颐：《词集考》，中华书局1992年版。
[2] 钟陵：《金元词纪事会评》，黄山书社1995年版。

代文学研究步入正轨，金词的研究得到了长足的发展。甚至在20世纪末21世纪初的时候（1998—2001），金词的研究就在词学界形成了一个相对的热点。在20世纪末的时候，古代文学研究的最高刊物——《文学遗产》系统地编发了各个领域当中的专家的对谈。这个对谈针对什么内容呢？就是鉴往知来，是一个学术的总结。唐诗，请若干学者，做一个总结；词的研究，找若干学者，对谈，总结过去，展望未来。在这一组对谈当中，请的专家有刘扬忠先生、严迪昌先生、钟振振先生、王兆鹏先生，通过笔谈的形式来回顾词体文学百年的历程，并且预测或者是展望21世纪发展前途。在这个对谈当中，四位专家就提到了，金词的研究在21世纪应该是一个重要的收获时期。大家有兴趣的话，可以再利用期刊网查到具体的内容。那么21世纪初叶形成了热点，差不多又过去了十年。现在应该说已经孕育到什么程度了呢？根据我个人掌握的情况，包括结合我个人的研究情况，应该说，下一个可以预期的学术成果就是金词史的产生。完整的一部金词史，在今后的十几年内应该会产生。可以这么做一个预测，也可以作为一个学术研究目标，鞭策向前。

以上是对金词研究情况的梳理，下面介绍一下总集的情况。

任何的研究，都必须以文本为基础。可是从历史的机遇上来讲，金代文学文本的保留条件是苛刻的，甚至在某种程度是不公的。我们今天所看到的，虽然冠之以所谓的"全"字号——如《全金元词》，其实是不全的。我们前面讲过明人视金人为仇雠，像敌人一样，对金代的文化、金代的文学视之如敝屣，根本就是一任其散失。隔了三百年后，到了清人的时候，才开始系统地总结整理。而到了近代，又是多灾多难。文物、文本最怕什么东西？最怕战乱、天灾和人祸。经历了中国近代史上内忧外患的天灾人祸之后，我们今天所看到的文本，可想而知，不可能是全的，它只能是冰山的一角。贯之于"全"字的《全金元词》是一个什么样的家底儿呢？我给大家做一个简单的概括：今天我们能看到有名有姓的金代词人有七十家，词作有三千五百七十二首。另外，《全金元词评注》的项目已启动。这个话头从哪里来的？《全宋词评注》（十卷本）[①]出版了，接下来，以陕西师大刘锋焘为领衔，包括我在内的一些研究者，再加上几位老先生把关，我们这个项目已经启动，预计可能最快两年之内完成，就是接续上《全宋词》的评注，对金词和元词做一个系统的评注。[②]

那么再介绍呢，就是金代文学学会与会议的情况。金代文学研究，若想要获得长足发展，从研究格局上来说，要有一个稳定的研究队伍。那么，怎么能形成一个稳定的研究队伍呢？那就是要有一个全国性的学会。辽金文学学会在2002年正式成立了。但是这个正式成立，按照我们目前现行的国家有关政策，后面要打上一个括号，写上一个"筹"字。也就是说，这个学会目前是在民政部正式备案，但是不正式报批；不正式批准，可以以备案的形式展开学会活动。这是目前这个学术团体管理上的一个特色，后面有一个"筹"字。学会成立之后到2011年，一共召开了六次全国性会议。其中有一两次还是国际性学术会议。学会成立之后，可以说我们现在已经有很可观的一些或者是专职、或者是兼职研究金词、金文、金曲以及其他文体的金代文学研究者。

---

① 孔凡礼、曹济平、徐培均、陈庆元顾问，吴熊和名誉主编，周笃文、马兴荣主编，吴战垒、刘庆云、程郁缀、邓乔彬副主编，张静、王育林执行副主编，马兴荣、王以宪、王育林等评注《全宋词评注》，学苑出版社2011年版。

② 整理者按：《全金元词评注》目前"金词"和"元词"已经作为国家出版资金资助项目，于2014年由西安出版社出版。按照该书体例，由于现存文献中的道士词较多，故将元词分为两部分，已经出版的《全金元词评注：元词》主要收录的作品为"元代文人词"，"道士词"则单独出版。按照该书前言"道士词主要由王昊（吉林大学）、时培富（吉林大学）二人负责，其中无名氏道士词的注释由吴晗（华东师范大学）承担"，但目前尚未见出版。

20世纪80～90年代金词研究的发展趋势是：专题研究不断深入，具有开拓意义的论著、论文迭现。一个学科研究若要有深入的发展，专题研究问题不解决便无从谈起。论及专题问题，有专门的论文、专著。这些论文和专著涉及的论题是关于金词的总体风格、历史地位、创作形态、曲体特征、宋金南北词坛互动以及具体的作家、作品等方面。这个时期还出现了多部以金词或者是金元词为研究对象的研究专著。

首先我们看第一个问题，关于金词总体风格和历史地位。1991年刘扬忠先生发表了《从〈蕙风词话〉看金词发展的几个问题》一文。他从《蕙风词话》当中有关金词评论的解析入手，梳理并阐发了关涉金词总体风格、历史地位的相关论题。刘扬忠先生指出：第一，金词刚健遒劲的主导风格及其引人注目的普遍性与一贯性；第二，南词与北词之间实际存在着的互相交流和影响；第三，从对宋金词优劣长短的对比分析中，描绘出它们各自的面貌，从而见出当时整个中国词坛南北争雄并茂的全貌。这三个问题对以后大陆金词的研究起到了引领的作用。

另外，涉及金词总体风格以及金词历史、地位方面的论文，还有周延良的《金代词史格位的文化机缘》。[①] 除了这种对金词专门论列的专文之外，陶然在他的专著《金元词通论》[②] 当中专列了"金词的历史定位"一章论定金词的历史地位。陶然是吴熊和先生的高足，这本书是在他的博士论文基础之上修订而成的。他最主要的修订内容是，相对于其硕士论文、博士论文，增加了金词的部分。换句话说，他的博士论文仅仅是论述元词。在1998年前后，他意识到了仅仅谈元词是不够的，于是把金词补

[①]《中央民族大学学报》1998年第5期。
[②] 陶然：《金元词通论》，上海古籍出版社2010年版，为吴熊和先生主编的《历代词通论》系列丛书之一。

进来，所以最后出版的论著与他当年提交的论文差别很大。在具体的论述角度方面，陶著是这样论定的——它分别从北宋词的继承者和发扬者、与南宋词互为坐标与参照系，通过金遗民成为元代词坛的奠基者这三个方面来具体论定金词的历史地位。与以前的单篇论文相比，这个论证应该说已经很系统了，但是金词的历史地位有它特殊性的地方——这个参照系除了在时间纵向的北宋词、南宋词、元词的词体文学内部进行衡估之外，还有必要横向从词体文学与曲体文学嬗递的角度来论定金词的历史，而陶著恰恰在这个方面是有所欠缺的。

陶然在专著当中涉及到的"金词的历史定位"问题，这一章，在诸多方面对金词的历史地位予以论定，显得很系统。但今天我们反思，它事实上还缺少一维坐标，就是在词体文学内部之外的、词曲递变这个路线上的一个坐标。要真正认识金词的历史地位，应当补充一维坐标，也就是陶著当中所缺少的一个坐标——词曲递变。换句话说，只有弄清了金词在词曲递变当中扮演了什么样的历史角色，才能够对金词的历史定位有一个更全面的阐释。

第二讲 在文化建构文学史观下理解金词

大家在大学阶段，接触到的金词恐怕只有元好问的词，甚至只接触过元好问的那一首"问世间、情是何物，直教生死相许"（元好问《摸鱼儿·雁丘词》）——肯定是这一首，是大家耳熟能详的。

摸鱼儿

乙丑岁赴试并州，道逢捕雁者云："今旦获一雁，杀之矣。其脱网者悲鸣不能去，竟自投于地而死。"予因买得之，葬之汾水之上，垒石为识，号曰雁丘。时同行者多为赋诗，予亦有《雁丘词》，旧所作无官商，今改定之。

问世间、情是何物，直教生死相许。天南地北双飞客，老翅几回寒暑。欢乐趣。别离苦。始终更有痴儿女。君应有语。渺万里层云，千山暮景，只影为谁去。　　横汾路。寂寞当年箫鼓。荒烟依旧平楚。招魂楚些何嗟及，山鬼自啼风雨。天也妒。未信与、莺儿燕子俱黄土。千秋万古。为留待骚人,狂歌痛饮,来访雁丘处。①

因为我们现有的大学的课程设置,基本上对于金代文学,包括金词的介绍,都是比较简略的。为什么会这样呢?就目前来看,我们通行的教材都是高教版的教材。某种程度上讲,高教版的文学史,比其他以前在高校当中采用过的教材——比如游国恩等诸先生合作的那个教材,在金代文学的这个分量上"退步"了。

为什么会有这个现象,为什么金代文学大家都不熟悉?重要的一条原因就是,我们现在的文学史分期的标准是朝代文学分期。我们现在的文学史,实际上是一种"双视角分期"。什么叫"双视角分期"呢?就是一方面,在高教版教材的绪论中,对整个的文学史有一个大跨度的分期。这个大跨度的分期,把若干几个朝代融合在一起,划分为一个阶段——上古期、中古期、近古期,②等等。实际上呢,在具体的撰述当中,包括每卷分卷的主编负责制,都是在朝代分期之下。比如说宋代的一部分,谁是主编——南京大学莫砺锋老师。

朝代分期是最主要的一种撰述形式。那么既然按照朝代分期,"麻烦"就来了。恰恰是在我们通行的这个断代标准上,金代不是朝代断代的标准。这个话什么意思?就是我们现在耳熟能详的朝代更迭,唐宋之后就是元明清。金代不是我们一般叙述当中的正统的标准断代。我们现在历史分期上的断代标准是以宋为正统的。这个正统和非正统,在古代有一个专有名词,叫"正闰观"。什么叫"正闰观"?大家想一想我们农历上的历法有闰

---

① 整理者按:此词各版本文字略有差异,尤其首句。此版文字录自赵永源:《遗山乐府校注》,凤凰出版社2006年版,第53页。该书在整理时以朱祖谋《彊村丛书》本为底本。据校记,首句"问世间"为《历代诗余》《词综》和《词则》本,而阳泉山庄《元遗山先生全集》本、读书山房重刻《元遗山先生全集》本等收录之《遗山乐府》则写作"问人间"。
② 袁行霈:《中国文学史》(第一卷),高等教育出版社2014年版,第11页。

月，多余出来的那个月叫闰月。正闰，就是以谁为正、以谁为闰。就是说，以哪一个王朝为正统，哪一个王朝为非正统。"正闰观"的定义："闰"指农历年十二月以外的月份，有"不正常"之义。"正闰观"主要是指史学中的正统和非正统。

我们回到12世纪，南宋与金两个王朝，在当时的历史形势之下，谁是正谁是闰呢？当时跟我们今天的认识是反过来的：金朝是正。金朝与宋朝之间的关系，通过两个皇帝之间的关系来表述，宋朝的皇帝要向金朝的皇帝称叔叔。由于经过中间的起伏，宋朝打败了，宋朝的地位就下降一点，变成伯侄关系。宋朝和金朝是叔侄关系（伯侄关系），我们今天看起来这点好笑是吧！这个叔叔伯伯有什么了不起的呢？但是在古代，这是大为不同的！这个叔侄或者伯侄关系不仅经过了口舌之争，而且付出了战争的代价！

也就是说，在历史进程当中，金朝和南宋之间，事实上构成了中国历史上的第二次南北朝。北朝也好，南朝也好，我们都把它融入到了中华民族历史的进程当中来了。可是对于金朝，它融入到中华民族历史进程当中的一部分，可能要来得晚。我们可以回想一下，明清时期以来，很多通俗的文体，比如说评弹、评书等文本中所描绘的金宋关系，例如岳家将的故事，都是站在什么立场上呢？是站在汉民族的立场上。我小的时候听到杨家将的故事、岳家将的故事，都是讲汉王朝的民族怎么反抗外族侵略的。

这种历史观的描述与近现代以来，中华民族被列强欺辱有关系。由于近现代以来的这样一种民族关系，使得很多文学研究者在描述南宋和金的王朝关系的时候，就有意识无意识地把金朝比喻成近代以来的列强，把它看成是外族，把杨家将岳家将的抗辽抗金看成是抵御外侮。

这种现象，不是个别案例。比如在陆游的研究当中，有一个著名的学者叫欧小牧，他明确讲，为什么要为陆游作年谱呢？就是有感于当时的抗日战争。文人手无缚鸡之力，怎么报国？也不能投笔从戎，真的去握枪杆。那么就通过著述来报国，他要给陆游立传，为陆游作年谱。他写陆游，心中想的是另外一件事儿，想的就是当下的抗倭。

所以经过了现代以来的接受，很长时间以来，发祥于东北的金朝，用一个时髦的词儿来说，就是它被"妖魔化"，至少是被伪化了。事实上在12世纪，宋、金两国可以被看成中国历史上的第二次南北朝；甚至在正闰之间，还有一个倒过来的这种关系。但是，在近现代以来的史学文学的接受历程当中，金朝就没有这样一个断代标准的地位，不仅如此，它还被比喻成外族。事实上，在当时，无论金还是宋，都是"王朝国家"，与近代以来的"民族国家"是不一样的。所以，金宋之间的民族矛盾是什么呢？可以说是所谓中华民族内部大家庭之间的矛盾，它不等于近代以来中华民族所受到的帝国主义列强的那种欺辱。

我们追根溯源，说明了金朝为什么在长时间以来，它的接受是这样一个情况。

我们再往前推，有一个更大的观念，就是应该建立什么样的文学史观。这个很重要。我们的文学史观是从各个版本的文学史著述中来的。大家考研之前，我们吉林大学主要指定的复习教材是什么？是"红皮本"①的。那么，在这之前还流行过复旦大学章培恒先生——刚刚去世不久②——和骆玉明等，联合撰著的另外一种文学史——曾经在90年代很流行。③那么，如果说我们

---

① 整理者按："红皮本"指的就是高等教育出版社袁行霈先生主编的《中国文学史》。
② 整理者按：章培恒先生去世于2011年6月。此处的"刚刚去世"，指的是作者在授课时所处的时间。
③ 章培恒、骆玉明：《中国文学史》，复旦大学出版社1996年版。

以前的文学史是有的，像六十年代以后写就的那些文学史，比如游国恩先生《中国文学史》，[1]以及中国社会科学院（当时叫中国科学院哲学社会科学分部），他们所撰著的《中国文学史》[2]，是三大本，但是不太流行。这两种文学史是带有着六十年代的学术痕迹的，强调的是文学性当中的这种人性要素和阶级性要素的统一，更甚或强调一种阶级性。最简单的表述是什么？"没有无缘无故的爱，也没有无缘无故的恨。"这说的是什么意思呢？就是"林妹妹不会爱焦大，焦大也不会爱林妹妹"。章、骆二位先生的这个文学史就是反此前两种文学史观而写的，贯穿了文学史的发展，是人性的进步史，是文学内容与文学形式和人性结合的历史——这样一种文学史观，就是怎么样更适合于表现人性。而章培恒、骆玉明两位先生的这套文学史，虽然一度非常流行，可后来章先生他们又觉得，其在文学史中表述的上述史观过于简单：这部文学史中的"说法"实际上是一种翻转和替换——无非是用人性替换了阶级性。从思维模式和文学史观上来讲，实际上还是一元的，从表述模式上是一样的。因此后来章先生又组织人写了一部《中国文学史新著》，上中下三大本。[3]这个书，反而没有老版本流行了。

我们举这个例子是要说明什么？就是在一种文学史观之下，它会产生不同的文学史表述。那么，我们应该持有什么样的文学史观呢？我个人持有的是"文化建构文学史观"。什么叫"文化建构文学史观"？在之前我们讲到，现在的文学史，它的大跨度是"双视角"，但基本上是以朝代自然的断代作为分期标准的。

---

[1] 游国恩、王起、萧涤非、季镇淮、费振刚：《中国文学史》（四卷本），人民文学出版社1963年版。
[2] 中国社科院文学研究所中国文学史编写组：《中国文学史》（全三册），人民文学出版社1962年版。
[3] 章培恒、骆玉明：《中国文学史新著》，复旦大学出版社、上海文艺出版社2007年版。

而"文化建构文学史观"是超越朝代分期标准的一种大跨度的文学史观，它强调文学的发展与文化总体之间是一种互涵互动的关系。那么文化构型的嬗递就会带来根本性的文学转折和转型。

上述表述可能有些"空"，所以我们举具体例子来讲。在"文化构建文学史观"之下，我们强调的是，宋金都处于所谓的近世社会，处于近世文化转型之中。这个近世文化转型跟中古、由中古到近世，在文化构型上有什么区别呢？中古的文化构型是一维的，只有一种士人文化。到了近世，文化构型是二维的。近世社会从哪里开端呢？可以远溯到中唐，但事实上真正确立是在北宋：确立近世社会制度杠杆就是科举制。科举制在文化上消灭了贵族，消灭了贵族文化。中唐以降，中国社会渐渐步入到所谓的近世社会，在文化构型上则是由"一维"变成了"二维"。其中一维，是依托科举制所产生士大夫阶层和他们所承载和秉有的士大夫文化。再有一维，是依托城市建设的转型发展起来的市民阶级文化。

我们认为，无论是北宋、南宋还是金，都属于近世，所以这几个朝代在我们这个逻辑前提和起点之下，其"文化建构文学史观"在同一文化构型之下，它们有整体性趋同的一面。这就是我们为什么要把南北宋两朝文学，甚至两宋和金三朝文学合在一起看的学理性根据。当然，南宋的文学和北宋的文学有差别，南宋的文学和北方金代的文学也有差别。但是，我们强调的是这几个朝代整体性的那一面。概要地说，同一文化构型下产生文化建构文学史观，文化建构文学史观之下产生宋金文学整体观，宋金文学整体观之下再产生南北词坛整体观，它们之间是链接在一起的，一个套一个，即由"文化建构文学史观"决定宋金文学的整体观，然后再决定宋金文学整体观之下的一个南北词坛的整体观。

当然，如果多说两句的话，今天怎么看宋金时期的"南北朝"文学？这里为大家推荐两本书：《重绘中国文学地图：杨义演讲集》①《重绘中国文学地图通释》②。这两本书的作者都是杨义，他是中国社会科学院文学研究所的前所长。杨义先生提出了一个命题：重绘中国文学地图。自从这个命题被提出并且在学界获得了积极响应之后，我们在这个命题下回过头来再看宋金文学之间的关系，里面有一个不言而喻的问题是，我们现在看到的文学地图，是残缺的，是不完整的，所以要重绘。怎么重绘呢？就是要把金朝这一面的地图画得完整，画得充分；同时，杨义先生还提出了另一个命题——北方文学。他提出，中国文学史的发展——包括在"动力机制"上，离不开北方文学。北方文学相对于中原文学的这个中心，具有一种天生的边缘的活力，总能给中国文学史增添新的审美内容。杨义先生的这个观点，自然也包括金代文学，为中国文学加入了诸多新鲜的内容和血液。

20世纪80年代以来，也就是惯常所说的"新时期"之后，金代文学的研究得到了长足的发展。在这个学术发展大背景之下，金词研究也步入了正轨。在做了前面这些铺垫之后，我们下面就回到主题上来。作为知识储备，要求大家在以下几个方面要做一点延伸的阅读。我们要找到宋、辽、金这几个王朝更替的准确时间、这几个王朝之间的交替关系，以及宋朝——北宋、南宋，各有几帝，金朝各有几帝，他们在年号上大体的一种对应关系。比如，南宋的宋高宗时期，对应于金朝哪位皇帝的什么时期，相当于公元多少年。这些是我们需要具备的最基本的一个知识背景。我们在从事学术研究过程中的认识之所以会模糊，甚至不准确或被扭曲，很大一个原因就是头脑里没有准确的时间坐

---

① 杨义：《重绘中国文学地图：杨义演讲集》，中国社会科学出版社2003年版。
② 杨义：《重绘中国文学地图通释》，当代中国出版社2007年版。

标。如果研究对象本身不是一个朝代的问题，却要拿到一个朝代来论说，这就不仅仅是张冠李戴，而且是"关公战秦琼"了。

那么另一方面呢，我们这个课程的具体的参考书目，稍后会给大家列出来，大家的入学手续陆陆续续地办好之后，可以到图书馆借，可以到我们的资料室去借。我们这个书目是长期有效的，你先借到哪一本，就可以先看哪一本。

再有一点，就是要对20世纪初确立的文学观念予以反思，这也是一个关键前提。我们把这个前提概括为对"代胜文学史"阐释模式的反思。"一代有一代之文学"，或者说"文学代胜"，是20世纪在古代文学界最有影响的一句话。当然，影响20世纪文学史观的强有力的话语还有其他，比如说"爱国主义"。作为关于文学史发展观的一个著名的论断，"一代有一代之文学"，是由王国维提出来的，具体说是1912年王国维在其《宋元戏曲考》自序中明确概括出来的："凡一代有一代之文学，楚之骚，汉之赋，六代之骈语，唐之诗，宋之词，元之曲，皆所谓一代之文学，而后世莫能继焉者也。"在王国维提出"一代有一代之文学"论断之后的第五年，也就是1917年，当时身在海外的胡适也在《文学改良刍议》中提出了类似的观点："文学者，随时代而变迁者也。一时代有一时代之文学。周秦有周秦之文学，汉魏有汉魏之文学，唐宋元明有唐宋元明之文学。此非吾一人之私言，乃文明进化之公理也。"自从20世纪以降，王国维、胡适所倡导的"文学代胜观"，几乎成为不证自明的定谳，影响巨大。要对金词予以正确的理解，并对其历史地位准确衡估，就不能不对这样一种历史观、文学史观之下对文学史的阐释以及书写予以反思。王国维也好，胡适也好，这种文学史观的哲学基础并非传统的周易循环论，而是西方近代传入的进化论。但在具体论述上，王国维和胡适的观点之间又有具体的差异。胡适从其历史的、进化的文学史观的内容出发，形成了其贯穿古今的白话文学史观。——胡适的词史观实际上就从属于整体的白话文学史观。这样的观念，一方面极大提升了词体或者说词体文学的文学史地位，但是另一方面也忽略了词体的声乐特征。胡适的"代胜文学史观"与他的"白话文学史观"，在1928年出版的《白话文学史》这一本代表作中成熟了（在这之前他也有若干的表述）。在《白话文学史》中，他提出，古文传统史的文学是死文学，只有白话文学才是活文学，是时代文学的代表。[1]——这本书只写到上卷，写到中唐的诗歌，但是已经把词体文学看成是白话文学，并且拟定了若干词目、篇目。比如晚唐五代的词、北宋的白话词、南宋白话词——当然这个纲目没有具体展开。而往前追溯的话，胡适活文学观念的萌芽可以追溯到1915年，与王国维正式发表"一代有一代之文学"的论断相去不远。在《胡适留学日记》当中所举的活文学例证便是李煜的《长相思》、苏轼的《点绛唇》、黄庭坚的《望江东》、辛弃疾《寻芳草》，等等。[2]

为方便阅读，下面将例子中提到的几首词录之如下（标点依照规范调整）：

长相思
李煜

云一绹。玉一梭。澹澹衫儿薄薄罗。轻颦双黛螺。

秋风多。雨相和。帘外芭蕉三两窠。夜长人奈何。

---

[1] 整理者按：此段话为胡适先生在《白话文学史》上卷的"引子"当中提出来的，其原文为："古文传统史"乃是模仿的文学史，乃是死文学的历史；我们讲的白话文学史乃是创造的文学史，乃是活文学的历史。——《胡适全集》第11卷《文学·专著》，安徽教育出版社2003年版，第218页。

[2] 见《胡适留学日记》第十三卷之"八 谈活文学"，见《胡适全集》本第二十八卷，安徽教育出版社2003年版，第367—368页。除了上述所举例子，"词"部分还有向子諲《如梦令》"谁伴明窗独坐"、吕本中《采桑子》"恨君不似江楼月"、柳耆卿《昼夜乐》"洞房记得初相遇"。

点绛唇
苏轼

独倚胡床，庾公楼外峰千朵。与谁同坐。明月清风我。

别乘一来，有唱应须和。还知么。自从添个。风月平分破。[1]

望江东
黄庭坚

江水西头隔烟树。望不见、江东路。思量只有梦来去。更不怕、江阑住。　　灯前写了书无数。算没个、人传与。直饶寻得雁分付。又还是、秋将暮。

寻芳草
辛弃疾

有得许多泪。又闲却、许多鸳被。枕头儿、放处都不是。旧家时、怎生睡。　　更也没书来，那堪被、雁儿调戏。道无书、却有书中意。排几个、人人字。

之后在1922年，胡适发表论文《南宋的白话词》，1927年出版了著名的《词选》。在《词选》前言以及词人的小传当中，胡适具体阐明了他的词史观。胡适的"白话文学史观"是从历史进化的文学史观进一步推论而来，正如胡适自己所说："历史的文学进化观念"，"这个观念是我的文学革命论的基本理论"——这是他在《尝试集》的自序当中讲的。在《文学改良刍议》"二曰不摹仿古人"当中，胡适又说，"文学者，随时代而变迁者也"，

---

[1] 按：此词首句苏轼词诸本多写作"闲倚胡床"。而《方舆胜览》卷四十四《名宦》部分、《明诗话全编》收录的从《徐文长集》《徐文长逸稿》等辑录的《徐渭著辑诗话》，以及该书收录的沈际飞《草堂诗余四集》等引用时则写作"独倚胡床"。

"各因时势风会而变,各有其特长","今日中国,当造今日之文学"。他在追溯新文学运动时,又说:"简单说来,我们的中心理论只有两个,一个是我们要建立一种'活的文学',一个是我们要建立一种'人的文学'。前一个理论,是文字工具的革新,后一个是文学内容的革新。中国新文学运动的一切理论都可以包括在这个中心思想里面。""我们要用这个历史的文学观来做打倒文学的武器,所以屡次指出古今文学变迁的趋势,无论在散文或韵文方面都是走向白话文学的大路。"(《〈建设理论集〉导言》)正是从历史进化的文学史观出发,胡适确立了白话文学由古到今的历史进化。所以他更说:"文学的历史只是一部文字形式(工具)新陈代谢的历史,是'活文学'随时起来代替'死文学'的历史。文学的生命全靠能用一个时代的活的工具来表现一个时代的情感与思想。工具僵化了,必然另换新的、活的,这就是'文学革命'。"(《逼上梁山的文学革命》)以上我们讲的是胡适白话文学史观如何从历史进化的文学史观里面推演而来。胡适进一步认为,文学进化的历史动力在民间。从这种历史进化的文学史观进一步归纳,就是任何文体皆出于民间,衰于文士。当此一种文体已经成为文人模仿下的习套,失去了时代文学的精神,新的文体就在民间兴起,渐取而代之,最后又在文人手里僵化,如此循环递变,便变成了文学发展的历史。如果再进一步配合以朝代作文学史分期的依据,便是"一代有一代之文学"的看法。从"一代有一代之文学"这种文学史观出发,自然把元曲和宋词各看成是一代文学的代表。

20世纪另外一个很流行的、似乎是不证自明的观念是元曲代宋词而兴。我们要对金词历史地位予以准确的评估,也要对这种看法予以反思。词曲递变是不是元曲对宋词的代兴?只有对20世纪以来流行的"代胜文学史观"予以明确的反思,我们才能够对金词的历史地位予以准确地衡估。换句话说，对"代胜文学史观"的反思是对金词历史地位反思的必要条件。显然，从文体的角度来讲，如果词体文学与曲体文学之间的递变，只是在元曲和宋词之间发生的话，当然就没有金词的位置。这是我们在这一讲当中要给大家介绍第二个方面的问题，就是对"代胜文学史观"做出反思的必要性。

第三讲 在金元词分观即金词本位视角下理解金词

曾经，我听到过这样的一句话：有的先生讲，思想不可以复制，但是经验可以复制。我们可以通过别人的经验，来感受和激活自己的内在经验。一个研究者，他的思路确实是不可以模仿的，所以最重要的是什么？是意识到某些时候提出问题比解决问题更重要。你提不出来问题，就不可能解决问题啊！所以思路是什么呢？就是你以何种思路提出问题，以何种思路解决问题。

简单地说，我研究金词的思路就是强调金元词分观，金元词要分开来看。这是我研治金词以来所持有的一个最基本的观点。大家可能会注意到，我开具的参考书目里面很多是关于金元词不分开的，金元×××，金元词×××。金元词合观，是一种习惯。为什么呢？因为从金、元这两个王朝的特点上来看，它们都是以北方少数民族为统治主体建立起的王朝。所以，一直以来，有金词和元词、金元文学合在一起的这种习惯。那么习惯归习惯，习惯有没有学理性、合不合理呢？这个是我们要探究的问题。我们说金元词合观,有很多不合理的地方,为什么不合理?我们目前已经看到它最大的一个弊端,就是对词体功能的定位、迁变时限不清楚。实际上,金代的词,描述的是金代词的特征;而把金元词放在一起,实际上隐含着"金元词同质"这样一层意思,就意味着把金词和元词看成是一样的东西。但实际上,由于金词和元词异质异构,从词史的定位角度来看,金词属于词史高峰进程中的产物,而元词则是高峰之后的回波;从词史地位的角度来看,金词与元词也分野于不同的历史阶段。

把金元词合在一起看,在词体功能上:一方面它向上、向诗靠拢——就像诗一样,它获得了像诗一样的文体功能;另一方面,它向下、向曲体靠拢。一个向上,一个向下。所以,我就把它概括为"双类说"——即在金元词合观之下,就把金元时期词体功能看成是向上类诗,向下类曲。这样表述,问题来了,什么时候像诗?什么时候像曲?可不可能一种文体,它既像诗又像曲?所以我们说,金元词合观,它的一个很大的毛病,就是词体功能定位不清,功能迁变时限不清。什么时候像诗?什么时候像曲?金元词合观造成的一锅烩,自然不能自圆其说。此外,还有一种说法是"过渡说",就是把金词看成是宋词和元曲之间的过渡。金词,怎么可能是宋词和元词之间的过渡呢?"过渡说"最主要的问题是什么?是历史时限不清楚,历史坐标放错了。

我们研究金词的角度是以金词为本位,要把金词和元词分开来看。那么以金词为本位来观照是不是没有参照系呢?非也。相反,至少在词体文学内部,它有好几个参照系。横向,要与南宋词比;纵向,它要与元词比。在词体文学的外部,在词曲递变的过程当中,我们还要考察金词扮演了什么样的历史角色。因此我们说,以金词为本位的研究至少有两个参照系:一个是词体文学内部的递变关系，一个是词曲之间的递变关系。将金词放进这两个参照系当中，我们就能够看清楚，金词扮演了什么历史角色。也就是说，以金词为本位，不是缺少参照系，反而是有一种双重的参照系。为什么要强调金词为本位的研究呢？或者说，我们强调金元词分观的学理性依据何在？其学理性依据就是金元词不同质。不同质，就是异质，就是金词和元词不是一个东西。为什么呢？我们接下来会介绍。那么作为整体性的观念有两个：一个是词史观，一个是南北词坛整体观。事实上，任何一种局部上的观点，都是从某一种具体的词史观生发出来的。有一些歧见，从哪里来的呢？从根本上来讲，就是词史观不同。研究者所秉有的词史观不同，观点自然不同。

那么我本人作为词这种文学形式的研究者，所秉有的词史观是什么呢？

谈到这个问题，首先我们要知道，词史自唐五代以迄宋金，"词"一直是歌本与辞本统一的声学，即音乐文学。声学是古人运用的一个概念。而音乐文学呢，是五四以后形成的一个概念。音乐文学的概念是什么？它不是音乐+文学的并列结构，而是音乐的文学，是偏正的结构。那么，既然词是一种音乐文学，它的传播形态、接受方式、传播范围，就必然和音乐有关系。而金词，同样是音乐文学。具体来说，金词是燕乐歌舞活动的一个部分。做一个不太准确的比拟，词体文学在唐、五代、宋、金时期就有点像我们现在的卡拉OK、流行歌曲。词体文学的传播方式是通过演唱活动来被大家接受的。也就是说，上面的结论应该是词史自唐五代以迄宋金，"词"一直是歌本与辞本统一的声学，即音乐文学。我们以这样一个最基本的词史观，再结合创作形态、词体功能和传播方式、接受背景，来确立和把握整个金朝的词体文学——它内容的特质、形式的特点。而元词与金词是不同的，元词，是案头文学，不能够演唱。它是通过阅读的方式来传播的。以上就是我所秉持的、最基本的观念——金元词分属不同类型的词史观。

其次，我们还另有一种整体观，也就是在12世纪、乃至于13世纪，在中国整个词史发展上，南北词坛是一个整体。具体来讲，北方的金代词坛与南方的南宋词坛，具有一个南北的整体观。为什么南北词坛有一种整体观？因为南北词坛发展、建构的趋向是一致的。其中，最重要的趋向有两条：一条是词体的尊体，向上尊体；一条是回旋运动，词体在建构中发展成曲体。尊体是化俗为雅，把词雅化让它看起来更雅；曲体的建构是个回旋运动，回旋运动的实质就是由雅入俗。金代文化构型的二维机制就是雅俗的消长。在这样的一个观点之下，我们认为，无论是南方词坛还是北方词坛，都具有一种我们称之为"异轨同奔"的历史进程。这么讲并不是一种历史目的论，而是作为一个后发研究者来看历史，应尽可能地把阐释做到一种线性还原程度。所谓"异轨同奔"的历史进程，内涵就是我刚才讲到的内容——一方面是词体的尊体，由俗化为雅；另一方面是曲体的建构，是由雅入俗。这样的历史方向、历史进程、历史趋势，南北是一致的。

我这么讲是有大量的材料做支撑的。在上述两个观点之下来看金词的发展过程、特点，就是我的思路。我之所以不同于时贤研究的内在根据是什么？我这么讲，是不是先入为主？当然，任何一种阐释都可能是设定了某种既定的框架：在阐释学上就可以这样理解，就是所谓的潜意识里面，是不是我们这种先入为主的前理解会妨碍到我们研究的真理性？因此，在具体的学术理论上，我们力图做到这样的一种融合，即所谓的先样态再到质态。南北词坛整体观，要遵循和贯彻先"还原"再"阐释"，由"样态"到"质态"的学术理路。

过去的文史研究当中，一个很大的弊端就是被称之为"主题先行"的东西——就是把结论先想好了，然后再找材料去证明，这就是所谓的"以论代史"。而我们强调的是论从史出。用刚才的语言表述，就是由样态到质态。用这样的学术理论从事研究活动会经历一个先还原、再阐释的过程，要尽可能多地把材料找得充足。在这些材料基础之上、解析之上再做到阐释，所以说，我所秉有的上述有关金词研究的观念是有大量材料做支撑的。当然还有一个具体的运用问题，就是如何做到"先还原再阐释"，"先样态再到质态"？是不是真正做到了由样态到质态，是不是先入为主了？是不是有可能没有做到论由史出，而是由论代史、以史代论？我所讲到的后两者是我们研究中应当避免的，在学术理路上应该强调是先样态再质态，先还原再阐释。先还原再阐释的含义就是去弊，把我们原来所接受的一些不正确的观念去掉，屏蔽掉。过去的有一些观念是不对的，只有把这些东西屏蔽掉，再面对大量材料本身的时候，我们才能从中抽绎出应该有的结论。

以上就是在引言当中，给大家介绍的一些思路、理路等方面的内容。

附：金词研究参考书目[①]

（一）专著类

刘毓盘：《词史》

王易：《词曲史》

吴梅：《词学通论》

况周颐：《蕙风词话》

胡云翼：《宋词研究》

詹杭伦：《金代文学思想史》，台版名称为《金代文学史》（贯雅文化事业公司）。

朱谦之：《中国音乐文学史》

张博泉：《金史简编》，辽宁人民出版社，1984年。

傅海波、崔瑞德编：《剑桥中国辽西夏金元史》，中国社会科学出版社，1998年。

李修生、查洪德：《20世纪中国文学研究：辽金元文学研究》，北京出版社，2001年。

张晶主编：《中国古代文学通论：辽金元文学卷》，辽宁人民出版社，2005年。

赵维江：《金元词论稿》，中国社会科学出版社，2000年。

[①] 整理者按：此书目是根据作者授课视频及本讲义整理。作者授课视频中提到的参考书目多为本学科的基础阅读图书，且较为易得。另外，本讲义提到的书目中，也有涉及金词、金史等学科，包括总集、年谱和今人的相关著作，以及目前较难见到的一些刻本、民国年间的专著，故一并列入。部分列有版本信息的图书为目前版本较少或仅有唯一版本的图书。另有一些作者于词学研究推荐的基础书目，如吴熊和《唐宋词通论》、唐圭璋《唐宋词简释》等不再列入。

陶然：《金元词通论》(《历代词通论》丛书)，上海古籍出版社，2010年。

(二) 选集类

夏承焘、张璋选编：《金元明清词精选》

严迪昌选编：《金元明清词精选》

黄兆汉主编：《金元十家词选》，太白文艺出版社，1996年

钟陵：《金元词纪事会评》(历代词纪事会评丛书)，黄山书社，1995年。

(三) 总集类

唐圭璋：《全金元词》

吴昌绶：《仁和吴氏双照楼景刊宋元本词》

陶湘：《武进陶氏涉园续刊景宋金元明本词》

刘毓盘：《唐五代宋辽金元名家词录六十种辑》

赵万里：《辑校宋金元人词》

元好问：《中州乐府》

(四) 年谱类

孙德谦：《吴彦高年谱》《二妙年谱》(刘氏求恕斋1915年刊刻)

金毓黻：《王黄华先生年谱》(辽海丛书本)

王树楠：《闲闲老人年谱》

金词的渊源与分期

金词与北宋词、南宋词的关系及与元词的切割

金词的分期

第四讲 金词与北宋词、南宋词的关系及与元词的切割

序号	皇帝庙号及姓名	生卒年	在位时间起讫	对应宋朝年号时间	备注
1	太祖 完颜旻 （阿骨打）①	1068—1123	1115：收国元年	北宋 政和五年	天辅七年八月，完颜阿骨打去世。
			1123：天辅七年 （天会元年）	北宋 宣和五年	
2	太宗 完颜晟 （吴乞买）	1075—1135	1123：天会元年	北宋 宣和五年	建炎为南宋立国的首个年号，建炎元年为1127年。宋徽宗死于五国城（今黑龙江依兰）。
			1135：天会十三年	南宋 绍兴五年	
3	熙宗 完颜亶 （合剌）	1119—1149	1136：天会十四年	南宋 绍兴六年	金熙宗即位后，沿用了天会年号两年，于1138年（南宋绍兴八年）改年号为天眷元年，三年后的1141年（南宋绍兴十一年）改年号为皇统元年。
			1149：皇统九年 （天德元年）	南宋 绍兴十九年	
4	海陵王 完颜亮 （迪乃古）	1122—1161	1149：天德元年	南宋 绍兴十九年	完颜亮在位期间，先后于1153年（南宋绍兴二十三年）改年号为贞元元年，1156年（南宋绍兴二十六年）改年号为正隆元年。
			1161：正隆六年 （大定元年）	南宋 绍兴三十一年	

---

① 小括号内为金代皇帝原名，依据万国鼎编，万斯年、陈梦家补订：《中国历史纪年表》，中华书局1978年版，第106页。

续表

序号	皇帝庙号及姓名	生卒年	在位时间起迄	对应宋朝年号时间	备注
5	金世宗 完颜雍 （马禄）	1123—1189	1161：大定元年	南宋 绍兴三十一年	
			1189：大定二十九年	南宋 淳熙十六年	
6	金章宗 完颜璟 （麻达葛）	1168—1208	1190：明昌元年	南宋 绍熙元年	金章宗在位期间，先后于1196年（南宋庆元二年）改年号为承安元年，1201年（南宋嘉泰元年）改年号为泰和元年。
			1208：泰和八年	南宋 嘉定元年	
7	卫绍王 完颜永济 （允济）	1153—1213	1209：大安元年	南宋 嘉定二年	卫绍王在位期间，先后于1212年（南宋嘉定五年）改年号为崇庆元年，1213年（南宋嘉定六年）改年号为至宁元年。
			1213：至宁元年 （贞祐元年）	南宋 嘉定六年	
8	金宣宗 完颜珣 （吾睹）	1163—1123	1213：贞祐元年	南宋 嘉定六年	金宣宗在位期间，先后于1217年（南宋嘉定十年）改年号为兴定元年，1222年（南宋嘉定十五年）改年号为元光元年。
			1223：元光二年	南宋 嘉定十六年	
9	金哀宗 完颜守绪 （守礼、宁甲速）	1198—1234	1224：正大元年	南宋 嘉定十七年	金哀宗在位期间，先后于1232年（南宋绍定五年）改年号为开兴元年，同年不久又改为天兴元年。
			1234：天兴三年 （盛昌元年）	南宋 端平元年	
10	末帝 完颜承麟	1202—1234	1234：盛昌元年	南宋 端平元年	
			1234	南宋 端平元年	

进入到这个题目之前，我们要对金代的帝位传承、公元纪年与南宋的对应关系有一个基本的了解。金代历八帝二王，大体的起讫阶段如上表。①

女真族建立金源王朝，女真后裔建立清朝。民国期间著名学者孟森曾经对女真族，以及具有同源族源关系的满清有这样的评价：

> 本以女真崛起于东北，难言政治知识。顾其族为善接受他人知识之灵敏者，其知识能随势力而进，迨其入关抚治中国，为帝王之程度，亦不在历朝明盛诸帝之下。虽然死于安乐，以致亡国，在女真之根性，实一个优秀之民族也。②

"一个优秀之民族"也有时代的话语背景。

我们知道，20世纪20～30年代，种族主义思想在世界史的范围内很流行，而且因为纳粹的推演，种族主义已经臭名昭著了。但是，民族有没有民族性，有没有国民性的问题，今天仍然值得思考。可以简单地从宋金末帝的结局上思考这个问题。

言归正传，要了解金代的自然延续过程，需要头脑里有对应

---

① 整理者按：此部分内容原为作者以口述叙述方式，对金代皇帝及对应宋年号等情况做了梳理，且没有提到末帝完颜承麟，以金哀宗完颜守绪为金最后一帝，总结金代为"八帝一王"；以上表格是整理者为读者行文方便，根据万国鼎编，万斯年、陈梦家补订：《中国历史纪年表》，以及张博泉：《金史简编》（辽宁人民出版社1984年版）等书整理。

② 孟森：《明清史讲义》（全二册），中华书局1981年版，第379页。此书前言："这部书是我的老师（引按：整理者商鸿逵）孟森先生三十年代在北京大学历史系授课时的讲义稿，当时分作两年轮授，今年明史，翌年清史。现在编在一起，合称《明清史讲义》。"是书后分别以《明史讲义》和《清史讲义》在中华书局出版，除单行本，也收录于中华书局2006年《孟森著作集》《中国文库》等丛书中。孟森（1869—1937），字莼孙，号心史，江苏武进人。东京政法大学毕业，曾先后在南京中央大学历史系、北京大学历史系授课。主要著作有《明史讲义》《清史讲义》《心史史料》《清朝前纪》《满洲开国史》《心史丛刊》等。

的关系：它与公元纪年的对应关系，与南宋的对应关系，等等。这样论起问题来才有一个参照的时间坐标，这个烙印还需要以后再加深。

我们接着讲"关于金词的渊源与分期"，就不能不讲到"金词与北宋词"以及"金词与南宋词"之间的关系。简单用一句话概括：金词与南宋词都是北宋词所衍生的，金词与北宋词是子之于父，金词与南宋词是弟之于兄。用带有学术性的语言可以表述为：金词与南宋词同为北宋词的南北分蘖。北宋灭亡之后，词体文学，北上南下一脉二支，在北方落地生根的是金词。金词在北方的文化土壤里面生根发芽，走过了一百二十年的发展历程，为词体文学提供了北派风格。

词史演化中，一个基本事实是，金词与宋词是一种平行关系，是词史当中相互平行的南北关系——金词是与南宋词平行的北派词。我也曾在引言中用"分身"的概念来阐释过，事实上，金词与南宋词各是中国词史在北南的共时性一环：这是我们一个基本的看法。事实也是如此。南北词坛的重建基本上是同时发生的。具体说来，12世纪到13世纪上半叶，南宋和金两个政权在南北对峙，词体文学就分裂成南北两个词坛。南北两个词坛，起讫的时间基本上也差不多，只是南宋词坛下限延续的时间要比金代词坛多出四十年。从代群关系上来看，金代文人词和词坛的代群交替，基本上与南方的南宋词坛存在着一种对应关系。金词的发展，从代群关系来看，其创作主体经历了四个代群的消长：

第一代词人，代表人物有宇文虚中、高士谈、吴激、邢具瞻、张中孚、刘著；

第二代词人，代表人物有蔡松年、完颜亮、赵可，还有同时代的邓千江；

第三代词人，代表人物有任询、王寂、王礀、党怀英、刘迎、耶律履、王庭筠、刘昂；

第四代词人，代表人物有赵秉文、王特起、完颜璹、李纯甫、李俊民、王渥、元好问、段克己、段成己。

这四代代群消长当然应该包括所谓全真道士词人在内。以全真教的王喆和马钰的情况来看，他们的时代，与第三代词人时间相差不大，我们也把他们纳入进来。

金词与南宋词的共时性不仅表现了一种平行关系，还存在着相互影响关系——可以看成是整体上南北词坛的一种互动关系，总趋势是南北词坛"异轨同奔"。虽然它们在历史长河中，各自走过不同的历史轨迹，是在不同的轨道，是"异轨"，但是却是"同奔"。"同奔"何以见得呢？南北词坛之间所出现的词学现象、文学现象——文人词的雅化加剧、尊体的强调，以及与民间词雅俗张力的消失，孕育着词曲递变发生的趋势，所有的一切代表着南北词坛的整体性，这就是"异轨同奔"。对于南北词坛融合视角的看法古人其实早已有之，即记载在陶宗仪《南村辍耕录》以及燕南芝庵《唱论》中的所谓"宋金十大曲"的说法：

如燕南芝庵《唱论》：

> 近世（引按：据元末陶宗仪《辍耕录》本改）大乐：苏小小《蝶恋花》，邓千江《望海潮》，苏东坡《念奴娇》，辛稼轩《摸鱼子》，晏叔原《鹧鸪天》，柳耆卿《雨霖铃》，吴彦高《春草碧》，朱淑贞《生查子》，蔡伯坚《石州慢》，张子野《天仙子》也。①

"宋金十大曲"这个说法本身就折射出了一个隐含的视角，把南北词坛融合在一起看。我们今天有所谓的流行歌曲的提法，在当时很广大的区域里面，在南北延伸很长的一段时间，乃至于元初

---

①《中国古典戏曲论著集成》（一），中国戏剧出版社1959年版，第159页。

的时候，所谓的"宋金十大曲"，即引文中所说的近世十大曲，十分流行。"近世十大曲"或者"近世十大乐"的说法，就代表将南北词坛加以融合审视的内涵。

所以，我们如何来评估金词的历史地位？首先是要把金词作为中国词史在12到13世纪上半叶在北方与南宋词平行地存在来看待。同时，我们已经讲到，金词是词史当中典型的北派词，所以说金词的历史价值首先是它的审美价值。金词为词史提供了一些南派词所不具有的北派风格、一种审美范型。

讲到这儿，还不能不涉及金词与元词的关系。简单说来，在整个词史的进程之下，金词对元词的发生及演化是有影响的，换句话说，元词的初源就是金词的遗留。元词的初源是由由金入元的元好问等人所开启的。但是另一方面，金词与元词既有连续性，更有不同时、不同朝的一面。如果忽略词体的音乐文学特征，忽略词史的声学特征，仅从文学风格的角度合看金元词，无疑是片面的。从文学风貌上来看，元词也与作为典型的北派风格的金词迥异。元代的文人词由于曲化的结果呈现出整体性的浅俚俳谐化风格。根据我的统计，《全金元词》收元代词人二百一十二位，收入词作有三千七百二十一首，其中除去道士词约五百一十五首，有浅俚和俳谐风貌的元代文人词的作品数量有将近千首之多。这里我们看一首元人刘敏中的《南乡子·老病自戏》：

　　　　老境日蹉跎。无计逃他百病魔。强打支撑相伴住，难呵。也是先生没奈何。　　耳重眼花多。行则欹危语则讹。暗地自怜还自笑，休么。智者能调五脏和。

这是一首文人词，作者刘敏中是元初的词人。他写词自我调侃。"老境"是"百病魔"无计可逃，只能"强打支撑相伴住，难呵。也是先生没奈何"，没办法。具体有什么表现呢？"耳重眼花多"，是眼睛视物不清，耳朵听声音有重音，听不清楚；而且"行则欹危语则讹"，是动一动就怕跌倒，别人说话也听不清，净打别人的岔。"暗地自怜还自笑，休么。"作者的结论是"智者能调五脏和"，人老了也有老的"优势"，虽然身体不行，但是精神上成熟了，能弥补身体上的不协调。

总体上来看，这首词是一种自我调侃，是具有俳谐化风貌的一首词。所以我们说，评估金词要单看。金词与元词属于中国词史的不同阶段，金词是词史的高峰，与南宋词属于同一个历史阶段，而元词与金词不仅在历史的发展过程中不属于同一个历史形态，而且从词史的地位上看，元词在词史价值上是高峰之后的余波。对于这一点，清人陈廷焯这样讲："金词格律尤高，不流薄弱，虽不逮两宋，固远出元明之上。"[1] 所谓"不流薄弱"，就是讲元、明词"流于薄弱"，"薄弱"就是曲化后的俳谐，即词受曲体文学影响之后表现出的俳谐浅俚的特征。近人蒋兆兰也有类似的看法："元人词断不宜近，盖元词音律破坏，且非粗即薄。"[2] 蒋兆兰这里所说的"薄"，就是指元词曲化之后文学风貌上的浅俚和俳谐化，"粗"就是学元好问而流于叫嚣的一面。

说到金词与元词的切割，即指金词与元词的异构异质性。

金词与元词的异质性是我研治金词以来一直秉持的一个基本观点。这个基本观点可以说代表了我金词研究的一个特征，即认为金词是音乐文学，金词与元词拥有异质性。由此生发的关于金词的分期、金词的定位，自然与时贤的看法有异。

传统的看法习惯于把金词和元词合在一起，讲金元词的所谓

---

[1] 陈廷焯：《云韶集》，葛渭君编：《词话丛编补编·云韶集辑评》，中华书局2013年版，第1644页。
[2] 蒋兆兰：《词说》，唐圭璋编：《词话丛编》，中华书局2005年版，第4638页。

的合观：因为金和元都是北方少数民族所建立且作为统治民族的王朝，把金词和元词合观，这是向来的积习，其学理性根据是时贤所提出的一个观点，即对于词体风格"北宗说"的倡导。具体是认为金词和元词同质于北宗词。而北宗词的说法实际上是词体文学豪放风格地域化的推演。这种看法有合理性的一面。但是，我们之所以强调金词与元词不同质，主要是在于以下两个方面。一方面是金词与元词的异质性。金词仍是音乐文学，与元词有着"异质性"；另一方面二者又处于词史的不同发展阶段，具有"异构性"，所以金词与元词的关系是"异构异质"。而金词与宋词的关系，特别是与南宋词的关系，则是"同构异质"。另外，元词最晚的下限不会晚于中期，就成为纯粹的案头文学，这是二者另一个方面上的"异构"。而另一方面的"异质"，体现在金词与元词的文学风格上。从文学风格的角度来看，金词是北派词风的代表；元词从总体上来看，称不上北派词风。而对于金词和宋词，二者仍然是音乐文学，这属"同构"；但风格上与宋词不同，这是"异质"。所以，金元词合观，除了"北宗词"说，其实也并没有更多的学理性根据。

元词的遗留性发生源有两个，其中一个，是金词的遗留；另外一个，是在元统一南北之后，南宋词的遗留。这使得元词在发展的后五十年间，基本上处在一种南北词风交汇、整体风格处在逆向嬗递这样的阶段。

综合以上论述可知，无论是从风格、文体性质，还是所处的词史进程来看，金词与元词都是异构异质的。所以，忽略词体的音乐属性，仅仅从风格的角度来合论金元词是片面的。在整个词史进程的视野之下，金词对元词的发生和发展、演化当然是有影响的。但是金词是辞本和歌本同体统一的音乐文学，它的创作、生产、传播、接受是音学文化现象，而元词大部分就已经是案头文学了。时间的断限，如前所述，最晚在元代中期。

那么按照我的分期方法：元词的初中晚三期的时间断限为：

蒙古灭金后至元灭南宋为初期（1235—1279）；

元统一南北后至元仁宗延祐初为中期（1280—1314）；

延祐以还迄元末为晚期（1315—1368）。

第五讲 金词的分期

新时期以来，特别是20世纪90年代以后，关于金词深化表征的专题研究的另一个方面就是关于金词的分期研究。海外学者黄兆汉先生的《金元词史》，出版于20世纪90年代，具体把金词划分为三个时期：

第一个时期是由太祖收国元年到海陵正隆五年（1115—1160）；

第二个时期由世宗大定元年到卫绍王崇庆元年（1161—1212）；

第三个时期由宣宗贞祐南渡到金哀宗天兴三年（1213—1234）。

大陆学者最早提出三期说的划分者是周笃文先生。周笃文先生在《金元明清词选序》当中把金词具体划分为初、中、末三个时期。

金词的发展，大致有以下几个阶段：

> 初期的词人如宇文虚中、吴激等，本是宋朝使臣……故其词多悲咽之声，遂使一脉北传，开了金代词运。

> 中叶以后，世宗、章宗时朝，与南宋议和，战端暂息，四十年未经大战。……大定、昌明之世，经济文化都比较昌盛，……这时主持文柄的是党怀英和赵秉文。……赵秉文与党怀英、完颜璹为词友，而元好问、段克己兄弟俱出其门。……其他如邓千江、折元礼等并以大泼墨技法极写边塞生活，悲壮凄凉，有了浓厚的地方和时代色彩。……
>
> 代表金词成就的是杰出的现实主义作家元好问。元生于末世，饱经离乱，对人民的苦难生活，有切身的体会。反映到词里，就显现出一种慷慨低回、真切而兼沉郁的境界。……这样的作品，即使求诸两宋名家也不多见，称得上是金词的上乘了。①

大家可以把思路往远扩散一下分析问题，唐诗当中有所谓的三唐说、四唐说。那么，宋词当中有几种划分？宋词更复杂一点，其分期的划分有多种说法，学界目前也尚未达成共识。而金词的初中晚分期，具体的时间断限，周先生的划分方法、划分的起迄时段与海外学者黄兆汉先生的划分大体相同。对金词划分持有三期说的还有金启华先生，他在《金词论纲》一文中有论述：

> 有金一百八十年间，作者辈出。从词作、词风等情况来看，似可分为三期叙述，即：一、金初时期；二、世宗章宗时期；三、金末时期。②

金先生的"三期说"，与前两位先生有所不同的是，强调了从词作词风——也就是文学内部因素考察的特征。对于金词予以"三

---

① 周笃文：《金元明清词选序》，《词学》（第一辑），华东师范大学出版社1981年版，第181—182页。
② 《词学》（第四辑），华东师范大学出版社1986年版；同时收录于金启华：《中国词史论纲》，南京大学出版社1992年版，第75页。

期说"划分的还有王兆鹏、刘尊明两位学者。他们在《风云豪气慷慨高歌——简说金词》一文中也对金词持有"三期说"。①

第一代词人群,是生活在金初而与南渡人群同时的宇文虚中(1079—1146)、高士谈(？—1140)、蔡松年(1107—1159)、完颜亮(1122—1161)等人。其中,吴激、蔡松年最为著名,二人并称,号"吴蔡体"。这一阶段,可视为金词的"承传期",即承传着北宋苏轼词的创作范式,抒情取向上以抒发个体人生感慨为主。

……

第二代词人群,主要生活在金中叶社会相对安定的时代(1161—1208),与辛弃疾等南宋中兴词人群同时。较为知名的词人有耶律履(1131—1191)、赵可、王寂(？—1193)、党怀英(1131—1211)、王庭筠(1151—1202)、赵秉文(1159—1232)、完颜璹(1172—1232)等人。……这是金词发展的"凝定期",主要是凝定和强化由蔡松年承传发展而来的"东坡范式"。

……

第三代词人群,生活在亡国前后的金末元初,主要有李俊民(1176—1260)、元好问(1190—1257)、段克己(1196—1256)和段成己(1199—1279)兄弟等。……这是金词发展的最后阶段,可称为辉煌的"创获期"。②

不同的是,这种划分标准延续了王兆鹏先生在宋词分期划分当中所秉有的代群消长观点,也就是说,着眼点不仅仅是外在的社会发展史,而主要是词人内部代群消长的具体情况。第一代词人

---

① 《古典文学知识》1997年第5期。
② 同上书,第74—79页。

群、第二代词人群、第三代词人群，三个群体之间的交替形成了金代词史的自然延续。

关于金词的分期，在诸多观点当中还有所谓的二期说、四期说以及五期说。

"二期说"是由我的师兄张晶先生提出来的，这是一种比较特殊的划分方法。对于文学史某一个时段予以"三期说"划分比较通行，反正是初中晚，大致不会差。"二期说"划分为两个阶段有它的特点，具体而言是以海陵时期为界，把金词划分为前后二期。张晶师兄在此前出版的《辽金诗史》[①]当中，把金诗划分为四个时期，即为：金初时期，大定、明昌时期，南渡时期和金末时期，同时在每期金诗之后附论金词，也就是说主体部分描述金诗的发展轨迹，同时附论金词的发展情况。

对金词予以比较严格的四期划分的是钟振振先生。钟先生在《金元明清词鉴赏词典》前言当中提出金词划分"四期说"。[②]钟先生又将这部分前言的内容，以"论金元明清词"为题目，发表于台湾学者林玫仪先生所主编的《第一届词学国际学术研讨会论文集》。钟振振先生的"四期说"实际上是对"三期说"的发展，是将初期当中的海陵一朝单列为一期。

"五期说"是由刘锋焘在其专著《金代前期词研究》[③]一书当中提出来的：

> 笔者在充分吸收和继承前人研究成果之基础上，将金词的发展分为五个时期。金初太祖至熙宗时期（实际上主要

---

① 张晶：《辽金诗史》，东北师范大学出版社1994年版，辽海出版社2020年出版修订版。
② 唐圭璋、钟振振：《金元明清词鉴赏辞典》，江苏古籍出版社1989年版，前言第7—8页。
③ 刘锋焘：《金代前期词研究》，陕西师范大学出版社1998年版。

是太宗、熙宗时期）为第一个时期。这一时期的词人基本上都是由宋入金的文人，他们以"宋儒"心态在金地写词，词作主要写对北宋故国的怀念与羁滞异邦的悲苦之情，其写作特色也多承北宋词坛。我们把这一时期称作金词的准备期，其意义是对以后金人写词起了开先河的作用。……因而把蔡松年与完颜亮时期的词称为金词发展的第二个时期，其显著的特征便是词作出现了一种全新的气象。大定、明昌时期，为金词发展的第三个时期。这一时期的词人较多，但总的说来成就并不太高。……宣宗南渡前后可以划作金词发展的第四个时期。……本期词坛则更多地表现为对前一期的继承；不过也有所变化，就是词艺在趋于深化，而词境更趋于醇雅。……金亡前后为金词的最后一个时期。……本期词人以元好问最为杰出，有了元遗山，金词便有了一个辉煌的结束。①

按照刘锋焘的总结，金太祖、太宗与熙宗时期，是金词发展的初期，这一时期是金词的准备期。海陵朝是词坛的过渡时期。金世宗大定及章宗明昌承安时期。第四个时期是金宣宗南渡以后。最后一个时期也是第五个时期指金亡前后，具体指金哀宗正大元年（1224）一直到元世祖至元八年（1271）。这种划分是在钟先生的四期基础之上，又参考了另一位学者詹杭伦的划分。詹杭伦有一本书叫《金代文学思想史》——在"五期说"当中，海陵朝仍然被单列为一个时期；同时对金末时期和金亡时期又做了一个更细的划分，就是把贞祐南渡以及金亡前后划分为两个阶段。

对以上这些划分，稍作回顾，可以看出各家的划分所根据的

---

① 刘锋焘：《金代前期词研究》，陕西师范大学出版社1998年版，"导论"部分第5—6页。

标准同中有异。

同在哪里？"三期说"——无论是周笃文先生的"三期说"还是黄兆汉先生的"三期说"，主要是以金代社会兴衰的历史进程为依据。从文艺学上来讲，他们所秉有的是文学反映观或者叫文学反映论，基本上是以外在的、金代社会兴亡历史进程为主要发展依据，同时内在依据"文学是社会生活的反映"这一观点。金启华先生的"三期说"，也基本上是持有文学反映观的论点，同时强调了金代词风词作这一文学内部的要素，兼顾了社会史分期与文学内部分期要素两个方面。钟振振先生的"四期说"也以社会史的分期为主要参考，但强调了蔡松年、完颜亮是金词百年词坛的奠定者，所以将这两位主要词人合而为一，单列为一个时期。与上述各家视角不同的是王兆鹏先生的"三期说"。此种"三期说"划分，延续的是此前对宋词划分标准的"代群说"。"代群说"以代群及代群的消长和代群的创作特征为主要依据，同时结合社会历史进程。

以上是所谓的"同中有异"。

"三期说"当中，看起来时间的起讫大致相同，但是它所秉持的逻辑起点和划分角度还是有差异的。在"五期说"和"三期说"划分当中，第一期都起自太祖收国。这是值得再考量的。为什么呢？从词体文学这种特殊文体的具体情况来看，金初词体文学移植的主源是在北宋。词体文学作为音乐文学，它的输入不但要有作家作品，同时也要伴随着词乐以及乐工歌伎的输入。而乐工歌伎的大量输入以及金初"借才于宋"的词人走上词坛的时间断限主要是在金太宗时期。从文人词作者宇文虚中、吴激以及蔡松年（蔡松年的年代更晚）来看，在太祖时期乐工歌伎还都没有来到金国，也还没有登上所谓的词坛开始创作。这个情况是有史料记载可以考察清楚的。所以，我认为，金词发展的第一个时期应该是从太宗朝开始，方为妥帖合理。

除上述对金词的分期方法之外，还有学者从综合分析角度关照到了金词分期。这主要体现在陶然和赵维江两位学者的划分。陶然在其《金元词通论》当中把金元词划分为五个时期，而金词属于两个时期，具体而言是"借材异代期"和"气象鼎盛期"。而所谓"遗民悲歌期"就是公元1233年到公元1300年，已经是合论金宋遗民，事实上已然同付之元词了。

赵维江的划法是以北宗词的创立、完善、高峰、持续繁荣、衰微这五个阶段总论金元词的发展轨迹。具体而言是：金初词是北宗词体派创立阶段，大致限定在宋廷南渡到金世宗继位这三十年左右的时间。北宗词的完善阶段是指大定明昌时期，也就是指金世宗继位后的明昌年间，到宣宗贞祐南渡之前这半个多世纪的时间。北宗词的高峰期是指金末元初这一段时间，以元好问走上词坛为标志，大致从金宣宗贞祐南渡后到元世祖中统建元前。此后的持续繁荣和衰微讲的是什么？讲元词了。

以上我们介绍了金词分期的大体脉络。从词史全局来看，金词分期的深入研究无疑对准确把握整个词史走向、发展规律具有重要意义。只有对金词予以深入研究，才能准确把握整个词史的走向，才能真实客观地揭示词体文学发展演变的规律。

金词的创作形态和群体特征

三种创作形态
文人词的群体特征
文人俗词（道士词）的群体特征

第六讲 三种创作形态

接下来看，我们来了解一下有关金词的创作形态和群体特征。

金词的创作形态有三：文人词、民间词（市井）和文人俗词。在这三种创作形态中，我们在民间（市井）词后面加上一个括号，这是因为金代所谓的民间词，实际上已经是市井化的民间词，比如诸宫调。由于金代词体的体制不仅有作为文人词的只曲，也有作为民间词体的套曲，所以，从词体体制上来看，金代民间的诸宫调及唱赚都是民间词体的一种。

我们把诸宫调看成是民间词体，一方面源于金词传播的史实，另一个方面也有相关的文献记载。张炎在《词源》的"拍眼"一节当中就专门概括了所谓词曲文学在体制上的九种体制，其中就包括诸宫调。这是在我的讲述中一再强调的。从这一点上引申开来，也就是说，我们今天的词史观需要有一定程度上的修正。

我们今天的词史观还不包括民间的词体。今天的词史观很大程度上是来源于"新词学"，按照施议对先生的说法：1908年王国维先生发表《人间词话》之后，新词学建立。王国维先生忽视民间词体，秉持的是把词曲文学看成是纯文学的词史观。这种词史观我认为是需要有一定程度的修正的。对宋金时期词体文学的观照，如果不包括民间词体，是片面的。所以我们一再讲，"诸宫调"就是民间词体的一种。而后人的学科分类方式，通常把诸宫调看成是讲唱文学，以至将词体文学看成是两大块，这里就有了概念上的交叉。也就是说在宋金时期，所谓"讲唱"和"演唱"有了并进当中的分流。这种大势，"讲唱"按照五四以后形成的概念叫"讲唱文学"或者叫"说唱文学"，它的艺术形式，包括唱传诸宫调以及嘌唱。在这些体制当中，宋人王灼在叙述中是把诸宫调与俗词放在一起的。他在《碧鸡漫志》卷二中讲完了北宋俗词之后，马上就讲诸宫调的情况：

> 长短句中作滑稽无赖语，起于至和，嘉祐之前，犹未盛也。熙、丰、元祐间，兖州张山人以诙谐独步京师，时出一两解。泽州孔三传者，首创诸宫调古传，士大夫皆能诵之。

显然在王灼的接受视野里，他是把诸宫调看成是一种俗词的。这些俗词形式——也就是民间新的这种词体形式——在具体的组织形式上是各不相同、各有差异的，但是有一个共同点：词体的叙事性功能在这种新式的词中被开发了。我们把它们看成是民间词体的新变体。因此谈到金词的创作形态，不能舍弃民间的套曲——诸宫调。

下面我们看金代文人词创作的群体特征。金代文人词的群体划分有不同的视角和标准。在我发表过的相关论文当中，采取了以词人主体身份特征为主、兼顾词人的世代先后这样纵横结合的标准。即世代先后和身份特征两者相结合。后来中国社科院的刘扬忠先生发表了两篇关于金词的群体划分研究的大作，主要是基于地域分布的区域文化视角。[①]这种视角主要是从词人所属的籍贯出发，有"山西词人群""河朔词人群"这样的一种概括。其实词人群体划分的视角和标准，各有利弊。文化的视角——尤其北方文化的视角划分，它的弊端是易流于泛化；而地域籍是静态的，某一个词人的籍贯是固定的，是跟他一辈子的，但是这个词人的活动随着他的游宦、仕宦，其一生的活动是动态的，所以仅仅从地域籍属的角度划分词人群体，又有静态化的弊端。如果这样划分的话，群体内部的个体词人随着仕履、游宦、迁徙的动态活动，以及词人与词人之间有无交流的情况是需要考虑的：也就是说这样的划分需要对这两个因素再加以考虑。在以前的相关论文当中，我提出金代的文人词人创作群体有三个：借才于宋的移民词人群体、具有中州文派特点的本土词人群体以及女真贵族完颜氏词人群体。今天，我这个观点要做进一步的修正，具体就是在"具有中州文派的特点的本土词人群体"当中，再把移民词人群体单独划出来，这是我对于以往观点的修正。

关于金词的创作形态和群体特征的研究，这个涉及了我本人的研究情况。对于金词进行的群体性划分，并不是我本人第一个提出来的。20世纪80年代时，就有张仓礼等人对金词的创作群体予以划分。张仓礼的文章，叫《金代词人群体的组成》，发表在《东北师范大学学报》（1987年第4期）。张文把金词的词人群体划分为五个组成部分，一是金初来自北宋的词人，二是完颜氏词人，三是金代培育的词人，四是金末重节词人，五是道士词人。张仓礼在稍后一年（1988年）发表了另外一篇文章《金

[①] 两篇论文分别为《金代山西词人群》和《金代河朔词人群体述论》，分别发表于《晋阳学刊》2003年第4期，《学术研究》2005年第4期。

代词述略》①，在这篇文章当中，他的观点又有了相对的调整和修正，他将金代的词人又划分为总体上的四类：金初的开创词人、金代的中坚词人、金末的重节词人、超凡脱俗的道士词人。比较而言，这种划分，是把前一种划分之中列为一个类型（群体）的完颜氏词人去掉了。对各个群体的命名，用词亦有所调整，例如以"开创词人"这种说法代替了"金初来自于北宋的词人"。

那么，我们把这两篇文章合起来看，它的分类标准有没有问题呢？事实上是有问题的。比如，有的分类是兼顾于词人的身份特征，比如说"道士词人"；又如，所谓的"金代培育的词人"和"金末重节词人"，从逻辑关系上来讲，金末重节词人也是金代培育的。在第二篇文章当中，他又把"金代培育的词人"易之以"金代的中坚词人"，以对应所谓的"开创"和"金末"。这样一来，事实上他是以时段为标准，划分不同时代、不同词坛上所活跃的词人。另外，完颜氏词人，是不是构成一个群体呢？这些问题，都引起我们对金代词人群体划分的进一步思考。

我在《文学遗产》1998年第4期发表的《论金词的创作形态和群体特征》，距现在有十多年了。这篇文章当中，主要解决了两个问题。一个是强调了词坛从唐五代以降一直到宋金时期，所谓的创作形态有三种。具体而言，这三种创作形态就是本讲开篇我们提到的：文人词、文人俗词以及民间词。换句话说，词坛从其开创一直到金朝这个时期，从创作形态上看，这三种创作形态的词一同流行于词坛，这是词坛本真的面貌。创作形态相同，但是在同一创作形态之下，有没有各自的特征呢？当然是有的。金代的文人词创作、民间词创作，以及金代的文人俗词创作，在共同的创作类型之外，都有其自己的特征。我的文章具体分析了金代词坛上三种创作形态的具体特征。另一个是对于金代词人创

---

①《吉林社会科学》1987年第6期。

作群体的划分，给出了我的一个意见，并且说明了这种划分的理由。同时提出"金代道士词是金代文人俗词的特殊形态"。或者换句话说，金代整体功能意义上的文人俗词，是由道士词充当的。

我们可以回顾一下，词史上"文人俗词"，最有典型性的，例如，柳永的创作、黄庭坚的创作。那么金代词坛上有没有这样的类似人物呢？至少从目前金词流传下来的作品来看，是没有的。那么，整体意义上的文人俗词是由哪一个类型的词来充当的呢？就是道士词。因为道士词人的身份是极其特殊的，一方面他是文人身份，介乎于正统词坛和民间词坛之间；另外一方面，他又是道士，一定程度上又与正统的词坛有了相对的距离。基于他的这种特征，我们可以判定，道士词就是连接着民间和文人词坛的特殊形态的金代的文人俗词。

再有，在这篇文章当中，我也强调了在南北词坛上，"词曲递变"这种总趋势的必然发生。为什么呢？因为从整体的发展趋势上来看，所谓的民间词坛和文人词坛，他们之间的雅俗张力是越来越减弱的。而这样的一种趋势，在南北词坛——无论是在南宋的词坛，还是北方的金人词坛上，都是共同的。雅俗之间的张力越来越弱，就意味着民间词坛终究有一天要回归到民间，也就意味着"词曲递变"总趋势是必然发生的。所谓总趋势，它涵盖了南与北。简单地说，两个词坛、三种创作形态、两种传播方式，是当时南北词坛共有的基本特征。所谓的两个词坛，就是民间词坛和文人词坛；所谓的三种创作形态，就是民间词、文人词以及文人俗词；所谓的两种传播方式，就是指歌唱传播方式和案头书册传播方式。

在群体划分的这个问题上，我的意见是具体划分为三个群体。第一个群体是"借才于宋的移民词人群体"。活跃在金代初期词坛上的词人，他们的身份主要是借才于宋的，由辽入金的词人只有一位，叫邢具瞻，他只流传下来一首词，是一首导引词。换句话说，所谓的金初词人群体的主要来源是北宋。第二个群体，我称之为"具有中州文派特点的本土词人群体"。相对于移民词人群体而言，它是本土词人群体。第三个群体，就是"女真贵族完颜氏词人群体"。在这里，我没有把道士词人列为文人词人群体，因为在此之前，我已经判定它是文人俗词的代表。

今天看来，我对个人的观点也有所修正。一方面我坚持以往的看法，认为道士词是金代文人俗词的特殊形态——这一观点不变；另一方面，在金词的整体分期，以及金代词坛的整体性上来看，应当把道士词人这个因素算进来。也就是说，在金代词人群体划分的层面上来讲，可以相对忽略文人词坛和民间词坛的这样一种二元划分。也就是说，我今天所修正的地方就在于，要把道士词人作为金代词人群体划分的要素和内容予以考虑。这样一来，事实上划分的标准是两个，一个是身份特征，一个是世代的先后。即从金源词人的身份特征着眼，兼顾世代辈分先后。事实上在这个地方，如果把道士词人作为金代文人词人群体划分进来的话，也就不能够完全坚持逻辑上的唯一性。

第七讲 文人词的群体特征

下面我们简单地梳理一下金代文人词人群体的构成和创作特征。

一、移民词人

讲群体的话，至少得三个人以上才能算群体。

首先看第一个词人群体，属于"移民词人群体"的词人有如下：宇文虚中、高士谈、吴激，刘著、蔡松年。金初的"移民词人群体"，都是借才于宋的人。他们由宋入金的原因各有不同，或是由于出使被留，比如像宇文虚中、吴激，他们是因为出使而被留掌文命；有的是先仕于宋，南渡的时候留在中原，随后又仕于金，这样的情况有高士谈；或者是生于宋而长于金，像蔡松年——蔡松年的情况，是随父归顺金朝。他们每个人具体入金的情况虽然各个不同，但是作为一个群体，具有共同的特点：首先，他们本为宋人而仕于金，并参与金初文化建设。最近有人写文章说，金初词人的身份特征除了这个"移"，这个"移民"之外，还有一个"遗留"的"遗"。尽管文章发表在地位很高的刊物上，但我认为这种看法是错误的。因为这些人都出仕于金，做了金朝的大官。南宋编词选的时候，可以把他们看成是前朝故臣，但是他们本身却不能是传统意义上的"遗民"。因为他们已经出仕于新朝。无论如何是不能够称之为所谓的"遗民"的。身份都错了，在这个基础之上再分析所谓的"遗民意识"，那是无的放矢。他们作为词人群体的第一个特征就是本为宋人，而仕于金，并且参与金初的文化建设，可以说金初的章典制度很大一部分是由宋入金的"借才异代"人的辅助之下所完成的。

实际上金初的"借才异代"有两个来源：一个是"借才于宋"，一个"借才于辽"。借才于宋的人在金初的政治格局当中所起的作用主要表现在文化方面，而且从词体文学的创作主体上来看，它的主源来自于北宋。来自于辽的，只有一个人，叫邢具瞻。他们在传播文化的同时，也就为文化原本落后的金朝带来了词体文学这一崭新的文学题材。他们的创作有什么特征呢？

从政治待遇上来看，虽然金廷多官之以隆位，禄之厚俸，但他们作为没有根的移民，却不能不为由于文化背景、民族关系、思想意识等引起的冲突、焦虑所困扰。长短句的创作对他们来说虽然是余事，却也是"南朝词客北朝臣"生涯的最真实心态的流露。他们在金朝出仕之后位高俸厚，但是另外一方面，作为没有根的移民，他们的心态是非常矛盾的。之所以有矛盾的心态，是因为在传统士人心目当中，有一个凝聚不化的情结，即"夷夏之辨"。金朝毕竟是由女真族——少数民族外族建立起的一个王朝。仕于新朝，而且仕于一个"夷族"为统治民族的新朝，他们的心态是不可能不冲突的。冲突伴随而来的就是焦虑，矛盾无法化解，那就是有焦虑。面对焦虑、困扰，文学创作就是一种有效的排遣方式。这样一来，对于金词起点就有正面的促进作用。虽然对他们来说创作是余事，但是因为他们的创作心态是真实的，这就使得金初词体文学的创作在一个比较高的起点上发展，这个高起点体现在他们在创作上重视词体的抒情性，也就是"东坡范式"的引进。这里关于"东坡范式"①，我们还是借用前文王兆鹏先生的说法——"东坡范式"最主要的一个特征就是抒情的自我抒情化。②重视主体的抒情，重视词体的抒情功能，这使得金词在一个比较高的起点上发展起来。另一方面，由于"移民词人"具有这样的一种群体特征（群体的焦虑和矛盾），使得他们的词体文学创作在内容、主题方面具有共同性和趋同性。这种共同性和趋同性用一句话概括就是怀念故国，抒发"去国怀乡"的情思。以唐圭璋先生所编纂的总集《全金元词》统计，宇文虚中、高士谈、吴激、蔡松年、刘著五个人的词作，一共有103首。——这个不可能是全貌，因为我们知道金词的散佚是大量的。——从这五个人的创作数量上来看，虽然不算多，但是已经非常可观了。而对于金初词体文学的创作取得的成就，金末的元好问曾经总结说："百年以来，乐府推伯坚与吴彦高，号吴蔡体。"③伯坚是蔡松年的号，吴彦高就是吴激，彦高是他的字。关于吴蔡体的问题，我也很早就在研究生的课里面讲到了，我一直是把吴蔡体看成是两体的。吴蔡体的含义不是说是一体，而是讲吴、蔡两人，他们的影响和地位相当。这个地方就不做展开了。

---

① 整理者按：以"范式"的方式做词学研究，是词学名家王兆鹏先生20世纪八九十年代起从韦勒克《文学概论》中引进过来并逐步被学术界接受的。关于"东坡范式"的论文，可见王兆鹏先生发表于《文学遗产》1989年第5期的文章《论"东坡范式"：兼论唐宋词的演变》。王兆鹏先生在论文中对"范式"的定义是：(范式是指)作家在他的作品中建立的一种审美规范，既包括作品本体上的特征，也包括创作主体的审美理想及其把握、表现现实世界与心灵世界的方式。
② 同上。
③ 元好问编、张静校注：《中州乐府集校注》甲集第一《蔡丞相松年》，中华书局2018年版，第109页。

二、本土词人

以上我们给大家介绍的是"金初移民词人群体"的构成和特征，下面我们看"具有中州文派特点的本土词人"群体。这个群体，应该把它的纵深——时代先后关系——当中金亡后的移民词人这一块，单列出来。也就是说，这个群体的纵向跨度范围始于世宗朝的蔡珪，终止于金末以前的元好问。中州文派是国朝文派的另外一种说法。相对于之前的"借才异代"，国朝文派也好，中州文派也好，它的文学史意义是，其代表文学史上金初文学对于北宋文学的延续与总结。

无论从创作主体上看，还是从创作的风貌上看，这个群体的词人和创作都具有了金词的本土化的特征。换句话说，金词的北派特征主要是在这个词人群体当中，是由他们来完成的。从主体身份上来看，这个词人群体已经不是"借才于宋"的所谓的宋人。这个群体的词人对于金王朝，对于金政权是完全认同的。他们是在金朝本土吸吮着新型的北方文化——也就是金朝文化的乳汁成长起来的北方汉族词人。他们不再是宋儒，情感上已经完全和本土成水乳交融之势，移民词人的那种悲慨沉郁，去国怀乡的哀音，杳然无迹。

这个词人群体大多是北方籍贯，这其中以山西河北为多。按照张金吾的说法，他们在文化性格上具有"秉雄深浑厚之气，习峻厉严肃之俗"[①]的特征。加上汉与女真等民族间文化心理的交渗融合，使这些词人秉有不同于南方词人的特殊文化心理素质，从而使他们的创作为长短句这一颇具南方文学特点的体裁，加入了新鲜的北方文化因子。

前人所谓的金元人词"伉爽清疏，自成格调"，呈现出不同

---

① 此语为清人张金吾编纂的《金文最》序言。该书已有中华书局整理本出版。

于南宋词——尤其是南宋雅词——的北方审美风貌。词的北派风格是在这个词人群体手中得以完成的。他们积极吸纳前辈及北宋名家的审美经验，抒发自己的胸襟怀抱，描绘北国的风光景物，以其令人瞩目的创作实践，为词史提供了北派风格。也就是说，大量的北方风物、北方景色第一次纳入到词体文学当中，是由"具有中州文派特点"的词人群体提供的。这其中，每个词人的个体的创作风格并不相同，比如蔡珪之清逸、党怀英之松秀、赵秉文之飘逸。在每个具体而微的个体风格中都具有金源词风的同构性——北派的特征。这一派还有诗人与词人合一的特点，换句话说专业词人较少，就是专力作词的人很少，他们既作词也作诗，专门只作词的这种词人很少。诗人词人合一的特点影响到了他们的创作和词体观念。关于金人的词体观，我们曾经以诗化词体观来概括。诗化词体观既是对北宋的诗化词体观的容受，也是对其文人词创作特征的概括。这种容受从阐释学上来讲，都有一个前理解。这个容受和理解，以北方文学精神为底蕴，是对"东坡范式"的一种接受和改造。他们肯定苏轼的诗化词体观，重视主体情感的抒发，不拘文字工拙，但并不是完全不考虑辞章、修辞，而是置其于性情的从属地位，不以辞章为上。这种在创作观念上对"东坡范式"的接受，是以北方文学精神为底蕴，就像元好问在《论诗绝句》第七首所讲的：

> 慷慨歌谣绝不传，穹庐一曲本天然。
> 中州万古英雄气，也到阴山敕勒川。

他强调北方文学的抒情传统，以这种抒情传统为精神底脉。当然，诗化词体观重视词体的抒情功能，强调主体情感的独立地位，有其必然性和合理性一面，但是也有其限度，这个限度就是词体在合乐发展过程当中形成的自身特质，也就是王国维在《人间词话删稿》当中所讲的:"词之为体,要眇宜修。能言诗之所不能言,而不能尽言诗之所能言。"以音乐修养而论,这个群体的音乐修养与南方的南宋词人相较而言,他们不及南宋的张炎、姜夔等人,这是可以肯定的。这就使得这些北方作家在填词创作的过程当中,一方面沿用唐宋词旧调,又颇多变体。同时,他们也自然地引入了北方语言及其音韵特征。这影响到了金词风格的倾向特征。

下面我们看刘著这个人,他在金初的时候身份比较特殊,他是主动投金而且仕于金。即便是刘著这种身份的词人——金初的移民词人来看,他在词体文学当中所表现的这种心绪,看看是什么样的,我们看这首《鹧鸪天》:

雪照山城玉指寒,一声羌管怨楼间。江南几度梅花发,人在天涯鬓已斑。　星点点,月团团。倒流河汉入杯盘。翰林风月三千首,寄与吴姬忍泪看。

这首《鹧鸪天》用一句话来概括,就是忆别记旧与乡国之思相纠缠、融合在一起。末句"翰林风月三千首,寄与吴姬忍泪看"或是作者以李翰林(李太白)来自况。他认为写下的这样的记旧之作,吴姬也"忍泪看"——忆别记旧与乡国之思纠缠在一起。所谓"人在天涯"——金代的东北并不是文学当中概念中的天涯,作者在这首词里用这样的一个意象,实际是他心理感受的折射。他已经做了金朝的大官,但是他觉得自己"人在天涯",并且"鬓已斑",流年之叹。"天涯"对应的是江南的过去的记忆。那么梅花、羌管、天涯这样的一些隐晦意象,反映或者折射的是什么心态呢?大家可以体会一下。这首词尽管是出于主动投金的词人刘著之手,他也是将忆别记旧与乡国之愁融合在一起。那么其他的像吴激的词,就更明显,如《满庭芳》这首词:

> 射虎将军，钓鳌公子，骑鲸天上仙人。少年豪气，买断杏园春。海内文章第一，属车从、九九清尘。相逢地，岁云暮矣，何事又参辰。　　沾巾。云雪暗，三韩底是，方丈之滨。要远人都识，物外精神。养就经纶器业，结来看、开阃平津。应怜我，家山万里，老作北朝臣。

这种感叹当然是今世之叹。又如《风流子》这样的词，也属于今昔对比：

> 书剑忆游梁。当时事、底事不堪伤。念兰楫嫩漪，向吴南浦，杏花微雨，窥宋东墙。凤城外、燕随青步障，丝惹紫游缰。曲水古今，禁烟前后，暮云楼阁，春早池塘。回首断人肠。年芳但如雾，镜发成霜。独有蚁尊陶写，蝶梦悠扬。听出塞琵琶，风沙淅沥，寄书鸿雁，烟月微茫。不似海门潮信，能到浔阳。

昔是上阕"书剑忆游梁"至结尾，今是下阕"回首断人肠"至全词结束。作者情感很哀伤，他认为自己连"潮信"都不如，因为寄书不达。他的感受是"出塞琵琶，风沙淅沥"，这个"北方"其实是指现在的东北，在文学上讲，"出塞"的概念一般是多偏于"西方"，那么在这里把"东北"说成"出塞"，这是文学当中惯语的运用，也是一种借用。他的心态是不能够与当下实际的地理状态完全地统一。

正如宇文虚中所讲："故国莺花又谁主。念憔悴、几年羁旅。把酒祝东风，吹取人归去。"[①] 实际上宇文虚中在南北和议之后，被金人指明把他的妻儿全都接到北方与他团聚，那么他还在词里讲"故国莺花又谁主。念憔悴，几年羁旅"。金初的移民词人中，

---

① 宇文虚中：《迎春乐·立春》，唐圭璋：《全金元词》，中华书局1979年版，第3页。

这种矛盾心态是非常典型，而且具有共性的。这种感情到了二代移民蔡松年就有所变化，毕竟他与父降金的时候刚刚成年，他是长于金仕于金，而且金人"擢之以高位，以耸南人视听"[1]，他的心态就又有了变化。总体上来讲，蔡松年的心态是尽可能在官场的泥沼当中超脱，忘怀自己现实的世俗角色，获得相对的精神自由。总体上讲，他所有的词都是这样的。当然，他在精神层面上，还远达不到苏轼过海之后的那种达观境界。[2]在蔡松年的词作当中，他很明确地引魏晋人为自己的榜样，希望自己能像魏晋人那样出尘。看这首《永遇乐》[3]：

> 正始风流，气吞余子，此道如线。朝市心情，云翻雨覆，千丈堆冰炭。高人一笑，春风卷地，只有大江如练。忆当时，西山爽气，共君对持手版。　　山公鉴裁，水曹诗兴，功业行飞霄汉。华屋含秋，寒沙去梦，千里横青眼。古今都道，休官归去，但要此言能践。把人间、风烟好处，便分中半。

起句"正始风流，气吞余子，此道如线"，是作者认为魏晋以来这种风流不传了。"朝市心情，云翻雨覆，千丈堆冰炭。高人一笑，春风卷地，只有大江如练。"事实上从苏轼以来，士人所追求的这个所谓的"隐"都是"心隐"，在实际生活当中都不可能

---

[1] 阎凤梧、康金声：《全辽金诗》蔡松年诗前附小传，山西古籍出版社1999年版，第231页。
[2] 整理者按："苏轼过海"指的是苏轼晚年遇赦，从海南岛北还。渡过琼州海峡时，苏轼以诗《六月二十日夜渡海》明志："参横斗转欲三更，苦雨终风也解晴。云散月明谁点缀，天容海色本澄清。空余鲁叟乘桴意，粗识轩辕奏乐声。九死南荒吾不恨，兹游奇绝冠平生。"
[3] 整理者按：此词前有小序云："建安施明望，与余同僚，三年心期，最为相得。其政数文章，皆余所畏仰，不复更言。独记异时，共论流俗鄙薄之态，令人短气。且谋早退，为闲居之乐。斯言未寒，又复再见秋物，念之惘然。辄用其语，为《永遇乐》长短句寄之，并以自警。"

"挂冠而去",隐的是心。蔡松年也讲"古今都道,休官归去,但要此言能践"。他实际上也并没有实践这句话。"宦游"于翻云覆雨风波中,保持一种高蹈的心态,属于"千丈堆冰炭"。

再如《水调歌头·送陈咏之归镇阳》:

> 东垣步秋水,几曲冷玻璃。沙鸥一点晴雪,知我老无机。共约经营五亩,卧看西山烟雨,窗户舞涟漪。雅志易华发,岁晚羡君归。　　月边梅,湖底石,入新诗。飘然东晋奇韵,此道赏音稀。我有一峰明秀,尚恋三升春酒,辜负绿蓑衣。为写倦游兴,说与水云知。

"飘然东晋奇韵,此道赏音稀。"他写这首词的时候,正当壮年,却在词中说"倦"称"老",如何为"倦",如何称"老"也,这都是他心态的一种折射。而蔡松年最有代表性的词作是《念奴娇·还都后诸公见追和赤壁词,用韵者凡六人,亦复重赋》:

> 离骚痛饮,笑人生佳处,能消何物。夷甫当年成底事,空想岩岩玉壁。五亩苍烟,一邱寒玉碧,岁晚忧风雪。西州扶病,至今悲感前杰。　　我梦卜筑萧闲,觉来岩桂,十里幽香发。鬼隗胸中冰与炭,一酹春风都灭。胜日神交,悠然得意,遗恨无毫发。古今同致,永和徒记年月。①

词中用了不少典故,涉及的人物有王夷甫,可笑他们当年做成了什么事呢?"空想岩岩玉壁"。"西州扶病"用了谢安的典。谢安曾扶病入西州门,不久去世。他去世后,他的外甥羊昙"辍乐弥年,行不由西州路",后来大醉的时候曾经又误走此门,所以悲伤不已,一边吟诵着曹植的诗一边痛哭流涕着离去了。所以这里

---

① 整理者按:此词各版文字略有不同,《中州集》此词前五句文字为:"离骚痛饮,问人生、佳处能消何物。江左诸人成底事,空想岩岩青壁。"

蔡松年用这个典故，接"至今悲感前杰"，最后"古今同致，永和徒记年月"，这里是隐括魏晋时期《兰亭集序》事。

从抒情的内在格调上来看，金词走的是轻疏的一路，即便用典也是偏于轻疏，像蔡松年的《小重山》"东晋风流雪样寒"，这说明蔡松年对于魏晋风度追摹与北方自然物候的一种契合。这种"风流"、这种"寒"像北方雪一样，"东晋风流雪样寒"，也就是况周颐所说的金人"以冰雪为清"[①]。

三、女真完颜氏贵族词人

下面我们看第三个群体：女真族完颜氏贵族词人群体。女真入主中原之后，它的文化结构的改变是从上层开始的，上层接受中原文化，汉文化元素迅速吸收，改变了金朝的社会文化结构。女真族步入词学殿堂，这是词体文学在发展史上首次有少数民族词人加入。汉语言文学——也是韵文学之中一种的词体被女真族掌握，这个事情本身就代表了金词发展的一种特殊表征，这是与女真族汉化相伴生的一种新的文化现象。

我们看具体词作。

> 天丁震怒，掀翻银海，散乱珠箔。六出奇花飞滚滚，平填了、山中丘壑。皓虎颠狂，素麟猖獗，掣断真珠索。玉龙酣战，鳞甲满天飘落。　　谁念万里关山，征夫僵立，缟带占旗脚。色映戈矛，光摇剑戟，杀气横戎幕。貔虎豪雄，偏裨真勇，共与谈兵略。须拼一醉，看取碧空寥廓。

女真族进入汉文化的程度的不同，使得他们的词作出现了不同的面貌。我们来看看完颜亮的这首《念奴娇》。这是一首咏雪词，

---

① 况周颐：《蕙风词话》卷三《宋金词不同》："北人以冰雪为清。南或失之绮靡，近于雕镂之技；北或失之荒率，无解深袭大马之讥。"

但在完颜亮的笔下充满了杀伐之气，充满了动感。他用了几个比喻修辞：

"天丁震怒，掀翻银海，散乱珠箔"，大雪飘飘是天丁发怒，掀翻了银海，散乱了珠箔；"六出奇花飞滚滚，平填了、山中丘壑"，雪是六棱形的，所以称其为"六出奇花"；大雪像"皓虎颠狂，素麟猖獗，掣断真珠索"，像癫狂的白老虎、猖狂的麒麟，还像"玉龙酣战，鳞甲满天飘落"，像玉龙在长久地打架，鳞片满天飘落：这里用了几个轮番的比喻。在谋篇布局上，完颜亮的这首《念奴娇》还是上景下情——上阕布景，下阕写情。其下阕写军容，写军威，写那一统天下的心情："谁念万里关山，征夫僵立，缟带占旗脚。色映戈矛，光摇剑戟，杀气横戎幕。貔虎豪雄，偏裨真勇，非与谈兵略。须拼一醉，看取碧空寥廓。"这首词写的是非常的雄健横霸。过片处的"谁念万里关山，征夫僵立，缟带占旗脚"写的是军容。"征夫僵立"写的是在寒冷的大雪中士兵僵立着，军容是"缟带占旗脚。色映戈矛"，寒光、寒气折射杀气。"光摇剑戟，杀气横戎幕"，这仅仅是表面现象，如此的军容，此时此刻是否有能与完颜亮——我，真正对话的人呢？没有。他眼下"貔虎豪雄，偏裨真勇"——像貔虎一样勇猛的士兵，以及具有"真勇"的偏将都不足以谈略论韬，我是一统天下、胸怀大略的统帅，所以他"须拼一醉"。这也是一种焦虑，"须拼一醉"，就能"看取碧空寥廓"了吗？这个节拍非常有力，我个人感觉这种词只有霸主一类的人才能写出来。

再看一首章宗完颜璟的词。完颜璟是一位守成的皇帝。发展到章宗朝的时候，可以说北方宫廷文化已经与赵宋王朝毫无二致。完颜璟的这首词是一首咏物词，词牌是《蝶恋花》(《蝶恋花·聚骨扇》)，它咏的是高丽进口的聚骨扇：

> 几股湘江龙骨瘦。巧样翻腾，叠作湘波皱。金缕小钿花草斗。翠条更结同心扣。　金殿珠帘闲永昼。一握清风，暂喜怀中透。忽听传宣颁急奏。轻轻褪入香罗袖。

这首词写的是扇子。上阕是描绘扇子的工巧的形制。聚骨扇质地是骨头还是檀香木？我们今天常见的是檀香木。聚骨扇"龙骨瘦"，"巧样翻腾，叠作湘波皱"，打开如此地精巧，扇面上画就像湘水一样起伏，手艺上这么工巧的是"金缕小钿花草斗。翠条更结同心扣"。"同心扣"是指最后活动关节那个地方，有一个结扣把它挽合在一起。它不仅仅是装饰，还有实用的功能。在上朝之前，皇帝召见的时候，"一握清风，暂喜怀中透。忽听传宣颁急奏"，赶快就把扇子折叠起来轻轻褪入香罗袖。这首词词风鲜丽典雅。一首咏物词是否成功就在于能否取神于貌。这首词来看已经能够取神于貌。词中所透露的心态是一种志得意满的帝王心态，而且它体现的是宫廷生活当中的雅趣。从这个角度上看，随着金代社会的承平日久、民族文化心理的交融，女真贵族上层，他们心态也就渐趋雅化，这跟女真民族在上升时期当中的那种词风——完颜亮的词风迥然而别。

再看一首有"汉人老儒"之称的完颜璹的词。完颜璹的词几乎看不出女真人的民族特征了。这首《沁园春》：

> 壮岁耽书，黄卷青灯，留连寸阴。到中年赢得，清贫更甚，苍颜明镜，白发轻簪。衲被蒙头，草鞋著脚，风雨潇潇秋意深。凄凉否，瓶中匮粟，指下忘琴。　一篇梁父高吟。看谷变陵迁古又今。便离骚经了，灵光赋就，行歌白雪，愈少知音。试问先生，如何即是，布袖长垂不上襟。掀髯笑，一杯有味，万事无心。

这首词里所体现的理念、意念，完全跟汉民族的读书士人全无二致。安贫乐道——"壮岁耽书，黄卷青灯"，时光时光你慢点走——"留连寸阴"；词中的物质生活是"衲被蒙头，草鞋著脚"，"清贫更甚"；镜子当中的白发已经禁不住很轻的簪子，既白又少；"风雨潇潇秋意深"，深秋季节，他自问自答，"凄凉否，瓶中匮粟"，但是"指下忘琴"；"一篇梁父高吟"，指隐士看沧海桑田、"谷变陵迁"；"便离骚经了，灵光赋就，行歌白雪，愈少知音。试问先生，如何即是，布袖长垂不上襟"，这里的"布袖长垂不上襟"指古代士人取得功名之后就要把布衣换掉，词中对此的回答是"掀髯笑，一杯有味，万事无心"。这样的词已经看不出是出自于少数民族词人之手了。到了金代社会的中后期，随着文教浸润的日深，完颜璹已经完全是一个汉儒的形象，他与宋代士大夫（文人士大夫、汉人士大夫）的那种理念和骨气没有差别。

下面这首《西江月》，从创作形态上来讲，可以看成是一首文人俗词：

一百八般佛事，二十四考中书。山林朝市等区区。著甚来由自苦。　过寺谈些般若，逢花倒个葫芦。少时伶俐老来愚。万事安于所遇。

而下面这首完颜璹的《青玉案》是步韵之作，是步贺铸的那首著名的《青玉案》[1]的韵：

冻云封却驼冈路。有谁访、溪梅去。梦里疏香风似度。觉来惟见，一窗凉月，瘦影无寻处。　　明朝画笔江天暮。

---

[1] 贺铸《青玉案》是北宋词史上的名篇，其原文为：凌波不过横塘路，但目送、芳尘去。锦瑟华年谁与度。月桥花院，琐窗朱户，只有春知处。　飞云冉冉蘅皋暮，彩笔新题断肠句。试问闲情都几许。一川烟草，满城风絮，梅子黄时雨。

定向渔蓑得奇句。试问帘前深几许。儿童笑道，黄昏时候，犹是帘纤雨。

　　这首词虽是步韵之作，也有模仿的痕迹，但自有胜处，而且通篇是圆融的，写相梅忆梅，这种意趣与汉人士大夫的那种雅趣、那种心怀胸襟都是一样的。

　　女真贵族词人群体在接受汉文化的进程中，由于浸润程度的深浅不同，有着一种明显的风格递变。当然，由于战乱和民族偏见，尤其元朝灭亡金朝的时候，曾有意识地对金朝历代历主的文学作品予以销毁，所以我们今天看到的女真贵族词人群体中流传下来的作品是极其有限的。不过，即便从现存的有限的作品来看，仍然可以看到内部的风格递变特征。

第八讲 文人俗词（道士词）的群体特征

一、"游于艺"的象喻性

接下来我们看文人俗词创作群体的构成。在以往的讲授过程中，我曾经给大家介绍了这样一个观点：金代的文人俗词整体上是由道士词来充当的，道士词就是金代整体上的文人俗词。

近些年金代道士词的研究有了进一步的发展。饶宗颐先生在《词集考》中考录了王重阳、马钰、刘处玄、谭处端、王处一、邱长春、尹志平等人的词集。在前些年出版的、由钟陵所编的《金元词纪事汇评》中也收录了丘处机的七首词。在已出版的相关论著中，陶然的《金元词通论》对于金元道士词有专章论述。大陆学者赵山林的相关文章[①]以及台湾学者陈宏铭的《金元道士词研究》，是近些年来关于道士词

[①] 整理者按：赵山林相关金词研究文章有《金元词曲演变与音乐关系》，赵敏俐主编《中国诗歌与音乐关系研究：第一届与第二届"中国诗歌与音乐关系"学术研讨会论文集》，学苑出版社2005年版；《从词到曲：论金词的过渡型特征及道教词人的贡献》，《山东师范大学学报（社会科学版）》1992年第3期。

比较著名的研究成果。特别是台湾学者陈宏铭的《金元道士词研究》，1997年作为高雄师大的博士论文，由花木兰出版社2007年出版。——花木兰出版社的出版模式是出版成套的书，而且不投放市场，它的发行渠道主要是面向全世界各大高校的图书馆，所以这种发行渠道有一定的限制性，一般读者不易见到。

对于这样一个群体的创作，他们的特征有哪些呢？首先我们看到这样一个现象，就是全真道士词人喜欢作词，"染指"于词体文学。至少从他们的自觉的意识上来讲，"染指"于词体文学不妨碍他们修道，也就是在游艺与修道之间构成一种促进关系。金代全真道士的创作具有群体性，具有师徒唱和相传的特征。这样的特征，与南方南宋的方外（道士）词人——比如白玉蟾、北宋的张伯端——相比较，后者属于散兵游勇，不成气候。这也从另外一个角度说明，金代道士词人的创作具有群体特征，构成了道教文学史上的一大景观。

这个群体的构成主要是以所谓的全真教主和七子为主体，根据《全金元词》的收录，一共有十三人，其中像马钰、孙不二、谭处端、郝大通、刘处玄、王处一、丘处机就构成了所谓的"七真"，"七真"与王喆是师徒关系，这个群体的构成很特殊。在金朝的时候，全真教的发展经历了大体奠基和兴盛两大阶段。在奠基时期，全真教的教士们以王重阳为代表，主要接触的是民间层，交往圈是所谓的俗文化圈。这个俗文化交往圈里以下层百姓为主体，时间大致是从金朝的海陵王完颜亮正隆四年（1159）王重阳正式创教，到卫绍王大安三年（1211）蒙古开始崛起于漠北，南下攻金。这个时期，金朝建立了王朝统治的合法性和道统的合法性。全真教初兴于民间，金朝多管控和猜忌，王重阳等人基本上是在民间传教。在这个过程当中，再争取金廷承认的合法性。全真教教主王重阳——也叫王喆，在正隆四年率先开始修道，金世宗大定七年（1167）——也就是八年之后，他到山东传教，并在那里打开了局面，在宁海一带招收了所谓的"七子"。与此同时，他成立了同仁同修会，在文登有所谓的"三教七宝会"，在宁海有所谓的"三教金莲会"，在釜山有所谓的"三光会"，在登州有"玉华会"，在莱州有"平等会"。王重阳在山东传教之后，在大定十年返回陕西的途中病逝于洛阳。其后，随行的全真七子中的四子马钰、丘处机、谭处端和刘处玄分赴各地传教，基本上接触的还是民间层。此后全真教就从山东逐渐扩展到整个中原地区。

这个时候，金朝的宗教政策还是禁止民间教派，所以这些人——除了孙不二、谭处端两人已经在洛阳过世之外，刘处玄、马钰、丘处机先后在金世宗末期和金章宗初期被遣回了山东。但事实上，这个时候全真四子的传教活动在各地已经展开了，信奉全真教的弟子也分布各地，所以朝廷的政策实际上已经管控不住了。自此直到蒙古攻金之前，全真教已经有了相当的发展。从蒙古攻金一直到忽必烈建元前后，即金元之际，是全真教的兴盛时期。金亡二十余年，战乱摧毁了北方的秩序。由于受到蒙古统治者的崇奉，全真教传教的触角就不再限于民间的庶民阶层，开始向上层扩展。由于金末战乱带来社会心理的变化，全真教也成了大量读书人和士人吐槽的渊薮。

可以说，全真教在金亡前后直到金元之际，达到了最盛的时期。一方面，全真教包括教主王重阳和他的七位弟子都是读书种子；另一方面，受宗教激情的驱使，他们师徒之间创作相互影响，有大量的作品传世。根据唐圭璋先生所编《全金元词》统计，七真加上重阳八位词人，存词有两千零二十六首，其中，王重阳存词六百余首，马钰存词九百余首。八个人创作了两千余首词，没有宗教激情是不可能的。所以这个群体的特征是：既有统系，又富有宗教激情做动力。

这个群体在对北宋词的容受上又偏取于柳永。柳永的词受到王重阳等金代全真道士词人的喜爱，这个现象本身就是词学接受史上的一个既饶有趣味又令人困惑不解的事实。为什么有趣味？因为这些人身份很特殊，修道、学道的人怎么会喜欢柳永的词？王重阳在《解佩令》这个词牌下有一首词，下面有一个小的题注，就注明："爱看柳词，遂成。"说："平生颠傻，心猿轻忽。乐章集、看无休歇。"这个怎么能联系在一起？柳永的词，今天的词学书把它看成文人俗词或者民间市井词的代表，具有浓厚的市井气息，甚至他的艳情词写得比较露骨。修道之人，如何会喜欢柳永的词？我们先看全真教主的自我表述，也就是刚刚说到的《解佩令·爱看柳词，遂成》：

> 平生颠傻，心猿轻忽。乐章集、看无休歇。逸性摅灵，返认过、修行超越。仙格调，自然开发。　四旬七上，慧光崇兀。词中味、与道相谐。一句分明，便悟彻、耆卿言曲。杨柳岸、晓风残月。

在《双雁儿·自述》中，王重阳说：

> 意马心猿休放劣，害风姓、王名喆。一从心破做颠厥，恐怕消、些旧业。　真性真灵有何说。恰似晓风残月。杨柳崖头是清彻，我咱恣情攀折。

除了王重阳，他度化的第一个弟子马钰，也有大量仿效祖师的渡人之作，标明借柳词韵这种现象。就时贤给出的解释看，有的人认为："柳永放浪形骸的风情词，在寻求心理补偿和替代上与全真道士实质上一致。"[①] 所以全真道士喜欢柳词。我认为这种解释

---

① 黄幼珍：《柳词与全真道士词》，《甘肃社会科学》1988年第4期。

没有力量，我有个质疑：然则柳永情场对官场、情爱对功名的补偿和替代，又如何能与替代和补偿解释下的宗教心理一致？也有人认为："之所以特别崇尚柳词，最主要的原因在于柳词通俗，音律谐美，具有市井情调，流传特别广泛，用以进行教义宣传，是再合适方便不过的了。"[1] 这是华东师范大学赵昌林先生的见解，经过了对岸陈宏铭先生的引述。我认为这种看法，显然没有考虑到以禁欲苦修为教旨教制的全真教与柳词市井情调的抵牾，而且也把王重阳等人崇尚柳词，与他们运用柳永用过的某些词调创作弘化教义的小词混为一谈了。

我认为以上对全真教"偏爱"柳永词的两种解释都难以切中肯綮，都有隔靴搔痒的地方。柳永的情词，从他的创作心态上来讲，具有一种补偿性或替代性，这毫无疑问——也就是所谓的情场和官场的互补。但这样一种补偿和替代，又怎么能和宗教心理一致？怎么能统一在一起？显然是难以解释的。那种认为"柳词通俗，音律谐美，具有市井情调，适合于宣传"的看法，也显然是表面的。柳词的通俗谐美，具有市井情调，与全真教奉行的苦行主义显然是抵触的，而且这种看法实际上把王重阳等人运用柳永用过的某些词调来宣传教义和崇尚柳词本身这两个问题混为一谈。

我们怎么来解释这个问题？又可以从哪个角度来解释？经过对这个问题长时间地追踪和思考，我试着给出了一个答案，就是发表在《兰州大学学报》上的一篇文章，也是在2009年的时候提交给澳门第二届中华词学学会的一篇论文——《论金代全真道士词人对柳永词的接受》。[2] 我在论文中，对金代道士词对柳永的接受主要观点是：要看王重阳等人接受的前提和接受的方式

---

[1] 陈宏铭：《金元道士词研究》，（台湾）高雄师范大学博士论文，1997年。
[2] 原载《兰州大学学报（社会科学版）》2011年第1期。

是什么。接受前提，简单说，因为包括王重阳在内的七真都是读书种子，他们游于艺，就是对于文艺的倾力（游于艺），与他们的传道（修真悟道）之间没有矛盾，他们反而强调文字的力量，认为游艺不害修道。当然，我们说诗词是小道，但孔子也说："至于道、据于德、依于仁、游于艺。"而诗词，明显属于游于艺这个范围。游艺不害修道，是接受柳词最基本的前提。如果他们认为文字有害修道，那么不仅柳永的词包括其他词当然就不应该作为接受的对象了。

对于这一点，金末的王鹗在《云山集序》中表述更明确：

> 道行乎教，非文不宣，盖将以诏众而传远也。自黄帝、老子垂世传教，已有《阴符》《道德》二经出焉。其后文、亢、列、庄，立言兹多，逮及唐、宋，著撰弥广，皆以所发天人秘密，示学者之津梁。宋末金初，有所谓全真家者，以心传心，不立文字。然重阳祖师以降，急于化人，皆有教言，以惠后学。

这是他所认为的全真教发展的最早期阶段，"以心传心，不立文字"。那么，我们窥之于全真教发展全史，还没发现真正有这样一个阶段，即所谓"以心传心，不立文字"的阶段。这个阶段大概约等于王重阳遇到所谓的仙人得到口诀之前这一段。从王重阳开始，正像王鹗所说："然重阳祖师以降，急于化人，皆有教言，以惠后学。"王重阳夫子自道，以诗词的方式来表达，他有一首《瑞鹧鸪》词，并把《瑞鹧鸪》词调改成了《报师恩》。——稍后我们还要讲，全真教士填词有一个很明显的特征，就是喜欢把已经有的词调改成他们的用法。王重阳在《报师恩》当中这样讲：

> 为何不倦写诗词。这个明因只自知。一笔书开真正觉，

三田般过的端慈。　　回光返照缘观景，固蒂深根恰及时。密锁玄机牢闭户，唤来便去赴瑶池。

这首词的上阕，已经把为什么要写诗词讲得很清楚了。"为何不倦写诗词"，这个明因只有自己知道，是"一笔书开真正觉"，是借诗词来劝化并宣誓真理，是借诗词来宣道。当然他认为道就是他们所掌握的真理。——至于这个"真理"的内容，稍后我们会借串解上下阕词意稍作展开。全真修道，最基本的一个路径是"性命双修"，既修性功，也修命功。关于何为"性"，儒家有自己的理解。——在讲金人的词学批评和词学思想当中的矛盾和张力时，我们曾经讲到过性与情的问题。——而在全真教士的视野里，性又跟儒家的理解不同。性命双修，性与命他们有特定的理解，简单地讲，就是禅悟加内丹术。内丹术对应于所谓的命功。禅悟对应于所谓的性功，不过，全真教从重阳教主开始，到马钰、丘处机等人，他们侧重点各有不同。

总体上来讲，全真教在修道的次第和先后关系上主张先性后命，也就是先修心后练术。前引王重阳的《报师恩》上阕中"一笔书开真正觉"是要通过文字的方式——当然这个文字是加了处理的，是用了隐喻这种修辞——来开示真正的觉悟。所谓"真正觉"，就是对于性命双修中的性功而言，而下阕所言的内容，"密锁玄机牢闭户"是对应于内丹术当中的命功内容。

刚刚我们还引了一首王重阳的《解佩令》，这首《解佩令·爱看柳词，遂成》揭示的是王重阳本人由凡入道的过程以及柳词意象凡仙不同的含蕴。在"意马心猿"的凡常之态阶段，是作为一名普通的接受者来"乐章集、看无休歇"；等到"返认过"的——也就是"回光返照缘观景"，自然就开发了"仙格调"，看出了与"凡"常态不同的意蕴。这个不同的意蕴是"四句七上,慧光崇兀。词中味、与道相谒"。

下面我分别解释一下这几句话的意思。——到目前为止,我的目力所及,还没有任何人对王重阳词中的这几句话做过解释:"四句七上,慧光崇兀"说的是王重阳正隆四年(1159)四十七岁时在陕西甘河遇仙得道一事。王重阳有首《遇师》诗记述这件事:

四十八上始遭逢,口诀传来便有功。
一粒金丹色愈好,玉京山上显殷红。

此处四十七和四十八是虚实岁,没有大的妨碍。"四句七上,慧光崇兀"说的是他四十七岁得道。下面一句"词中味、与道相谒",得道之后,他再看柳永的词发现的是什么呢?我们先具体看这句词中"谒"的意思。《说文解字》:"谒者,白也。"说明陈述的意思。那么,"词中味、与道相谒"这两句合起来,就是说柳永词当中的含蕴可以用来说明悟道。从这两句可以看出,王重阳看出了柳永词当中借以说明悟道的不同的含蕴,与凡常态下"乐章集、看无休歇"看出了不同。这个不同的含蕴是用柳永的词来比喻性地说明得道后的状态:这就是对柳永词接受的前提与接受的方式的变化——接受的方式有一种由凡入圣、由凡入真的过程性。修真悟道,出之以象喻性,借用柳永词当中的语汇意象来说明他体道、悟道的状态。那么,具体象喻是什么?得道后的王重阳对柳永词的接受方式,就是通过柳永词的象喻性以隐喻的方式言说修真悟道的体验。所谓"一句分明,便悟彻、耆卿言曲。杨柳岸、晓风残月",所谓"真性真灵有何说。恰似晓风残月。杨柳崖头是清彻,我咱恣情攀折"。柳词的"杨柳岸,晓风残月"意象隐喻的是什么呢?——当然,这个地方,从修辞格上是隐喻,但是它是以世俗的物象来喻"仙格调",所以我们说它是隐喻。隐喻的是得道之后达到彼岸的、生命自由自在的状态。这几句讲的是在道家所谓内丹术的最高一级功夫——即达到所谓元神出窍出离状态。这种状态在词的结尾归结为"我咱恣情攀折"。这个"我咱恣情攀折"的主人公——正在玩耍的"东西",就是灵婴。

当然,这些"功法"问题,我们就不做过多关注了,我们关注的重点是接受方式。在这里通过隐喻的方式把现象界与本体潜在的相通可能予以了实现。比喻者为在场的成分:"我咱恣情攀折"也好,"杨柳岸,晓风残月"也好,这些比喻的内容是在场的成分,是我们能够触摸到的成分。而被比喻者缺席,被比喻者就是刚才所讲的,得道之后达到彼岸的生命自由自在的状态。通过譬喻,不在场的喻指对象,也就是所谓的道和真——当然道和真是承于肉身的道与真——就被拉进了当下的在场状态。这就是王重阳在得道之后接受柳词的方式的内涵。事实上,宽泛地说,本体是不能够被语言所把握的。老子也讲"道可道,非常道;名可名,非常名"。人类发明了文化,人类是符号的动物,但是人类要把握本真的道,必须脱去语言的外鞘。——当然,现代的西哲,包括像海德格尔,认为语言是人类的家园,这是另外的一种解释。——在我看来当然不是。语言,只能是走向家园过程中的一根拐杖。本体只能通过语言修辞中介象喻性地显现自身。如果说本体是一,现象是二,隐喻是打通一和二之间的中介,那么通过中介就形成了三,这个三是新彼岸,精神通过隐喻来抵达彼岸。智慧之光——也就是王重阳所说的"慧光崇兀",突然一下子照亮了真理的世界。真理的世界就是我们所说的道和真,就是"回光返照缘观景"。我觉得,这个解释还是比较贴切的。——当然,我们虽然也讲了宗教的内容,但我的解释侧重于哲学和审美。这就是王重阳接受柳词的方式的内涵,即"游于艺"的象喻性。

接下来我们看以王重阳为代表的金代道士词人接受柳永词的内在契合与接受的内核是什么。王重阳为什么在前代的词人当中偏偏"选中"柳永？除了"意马心猿"的凡常态时期——即得道之前凡常心态下的喜爱和接受之外，事实上还应该存在着柳永及其词与重阳由凡入仙的契合之处。外在地看，王重阳弘扬的全真教道，这种脱略行迹之处与柳永的疏狂，在佯狂玩世方面确实有几番相似。王重阳没得道之前，自称害风，就是疯子，即他所说的"平生颠傻"。说重阳得到钱，即"置之家业不顾，半醉高吟曰：'昔有庞居士，今有王害风。'"（《终南山重阳真人全真教祖碑》）在常人看来，他置家业不顾，当然打破了世俗法则。他本来出生于世家，置家业不顾，"于是乡里人见真人，曰：'害风来也'，先生即应之。盖自命而人云。"（《终南山重阳真人全真教祖碑》）他很得意，认为叫"害风"不是件坏事。王重阳得道后称风仙。《悟真歌》诗中有这样的话："四十八上尚争强，争奈浑身做察详。忽而一朝便心破，变成风害任风狂。"四十八岁以前还是跟人家一争高低，有着一种竞争之心，"争奈浑身做察详"，根本没有看到自己内心的真实想法。"忽而一朝便心破"，"心破"是俗心破了，就"变成风害任风狂"。陈垣先生指出，王重阳等全真道士"佯狂玩世，志之所存，则求返其真而已"（《道园学古录》）。这就是打破世俗的文化命名。世俗文化中，什么是好，什么是坏；什么是是，什么是非，要把这些东西打破。"志之所存"是求返其真，就是没有功利，回到婴儿的状态。没有功利，对常人是不行的，最起码人要维系生命状态，要吃东西。那么这些人像佛教一样，怎么来维系吃的问题呢？那当然是乞食。乞食也包括乞钱。——佛教当中乞食，是给你什么就吃什么，行乞过程中有可能吃荤腥的东西。有荤腥的东西在小乘佛教看来是可以接受的，但要用水洗净了之后再吃。等到大乘佛教之后，戒律就严了，不能再接触荤腥的东西。——当然，在全真教当中没有明确的规定，在乞食当中明确给什么吃什么。像马钰是世家大第，家财千万贯。王重阳通过劝道，使马钰夫妇都入道，完全舍弃掉这些世俗的东西，而且最后考验是让马钰回故乡去乞讨。马钰当时面有难色，希望到别的地方去乞讨，认为回故乡后熟头熟脸都认识。这是要把最后的是非荣辱之心全破掉。当然，这是早期全真教教义教制中的一种方式，到后来随着全真教的社会化发展，也随之放弃了这种方式，建立起了雄伟华丽的观宇，当然，这是后话。

二、"心游不离身游"的"游"观

前引陈垣先生之言："佯狂玩世"的目的是"求返其真"，是打破文化的世俗命名。"佯狂玩世"跟柳永有几分像，但这只是表象，其接受的内在的契合根据是"心游不离身游"的"游"观。王重阳在早期《重阳立教十五论》中对云游就有这样明确的规定。当然，对于普通人而言，亦强调一个人要"读万卷书，行万里路"。行万里路的目的是要增长阅历、增长识见。

> 凡游历之道有二：一者看山水明秀、花木之红翠，或玩州府之繁华，或赏寺观之楼阁，或寻朋友以纵意，或为衣食而留心。如此之人，虽行万里之途，劳形费力，遍览天下之景，心乱气衰，此乃虚云游之人。二者，参寻性命，求问妙玄，登巘岭之高山，访明师之不倦，渡喧轰之远水，问道无厌。若一句相投，便有圆光内发，了生死之大事，作全真之丈夫。如此之人，乃真云游也。[1]

---

[1]《道藏》（第54册），上海书店、天津古籍出版社、文物出版社1988年版，第237页。

这段话主要用二元对立式的"破"和"立"来讲虚云游和真云游。再结合看《重阳立教十五论》中第十五《论离凡世》，怎么能说道家的目标是求仙羽化呢？我们说，道教内在的发展到了内丹术，到了全真这一时代了。所谓的成仙、服药被抛弃了。王重阳怎么看这个问题呢，他说：

> 离凡世者，非身离也，言心地也。身如藕根，心似莲花，根在泥而花在虚空矣。得道之人，身在凡而心在圣境矣。今之人，欲永不死而离凡世者，大愚不达道理也。①

"身如藕根，心似莲花"这又是一个譬喻，"得道之人，身在凡而心在圣境矣。今之人，欲永不死而离凡世者，大愚不达道理也"。这句话的意思是说，这种人是最蠢的人，并不是真的要羽化登仙，"身如藕根，心似莲花"、"身在凡而心在圣境"，这是得道，是所谓的道成肉身。这两方面结合起来看，讲的是"身游"与"心游"的问题。两个方面，虚云游只是"身游"，目皆所见，到处拍照，"山水明秀""花木红翠""州府繁华"，这是劳形费力。虽然看了天下之景，也是心乱气衰。这就是"虚云游"，"虚云游"只是"身游"，虽行万里之途，也是了无结果，用佛教的话讲是了无慧根。而"真云游"不仅有"身游"更有"心游"。登高山是为访名师，渡远水意在问至道。总结起来，"心游"与"身游"的关系是什么？"身游"是前提途径，"心游"是目的归宿，而"心游"离不开"身游"，这是很重要的一条，就像"身如藕根，心似莲花"一样，这个"花"并不开在虚空之中，而是深深插在泥下。这样一来，王重阳的《论离凡世》就彻底改变了传统道教中的神仙信仰，得道之人身在凡而心在圣境。身心关系

---

① 《道藏》（第54册），上海书店、天津古籍出版社、文物出版社1988年版，第240页。

是"身如藕根，心似莲花"，"根在泥而花在虚空"。"心游"是内游，"身游"是外游；"心游"不离"身游"，内游不离外游；"身游"是前提途径，"心游"是目的归宿：这就使感性的现象界最终又归宿于内在的体验和开悟。于是，道成肉身的宗教体验也就有可能契合于审美体验的"主客泯灭""物我两忘"的自由之境。

我们再来看，王重阳和马钰等人得道之后在诗词中所表现的悠游之乐。词很通俗，来看王重阳的《踏莎行》：

> 东海汪洋，西山详审。金钩钓得欢无恁。一头活乐大鲸鱼，万鳞灿烂铺白锦。　随我遨游，水云信任。青山绿水相过甚。张公吃酒李公来，李公夺了张公饮。

这首词讲的是得道之后的悠游之乐。东海西山，世界任我徜徉。"张公吃酒李公来，李公夺了张公饮"，有契合的可能，更有现实之分野，所谓的分野就是，全真乐道的悠游之乐。虽然不离弃感性之神，也并不像基督教那样身心、灵肉严重对立，但同时仍是以否定世俗情感价值和世俗之乐为前提的。王重阳诫众说："诸公如要真修行……只要心中'清净'两个字，其余都不是修行。"离了清净二字，修行无从谈起。意思就是要"意马心猿休放劣"（《双雁儿·自述》），循默清修，不动心念，否则人情厚必致道心微。孔夫子讲："吾未见有好德如好色者乎。"因而，在全真道士看来，"儿女金枷玉锁，厅堂是，囚房火院迷坑。妻妾如刀似剑，近着伤形"。（马钰词《满庭芳》）对于彼时的世俗之乐，引金末刘祁《归潜志》："人之生有三乐，有志气之乐，有形体之乐，有性命之乐。夫事业、功名、权势、爵位，乐志气也；酒色、衣食、使令、车马，乐形体也；仁义、礼乐、忠信、孝弟，乐于性命也。"①这里，除了儒家色彩的乐性命，为提倡三教合一的全真教改造容纳之外，世俗之乐中的志气之乐和形体之乐都是全真的对立面，是需要予以完全否定的。这样一来，王重阳等人对柳永词的接受内核实际上是内在的一种否定论美学指向。

我们来看这样一个问题：全真道士词人对柳永词的接受放在词史的角度来看意义何在？金代词坛对北宋词人的容受以雅俗分层为特征，接受对象上分别以对苏轼词的接受和对柳永词的接受具有范性意义。因此，关于苏柳词关系也曾一度成为金代词学批评当中首要回答的问题。既然金代词坛对柳永和苏轼词的接受存在着明显的雅俗分流，从尊苏贬柳——即崇雅黜俗的导向上，以及其中隐含的"苏轼不屑以柳永为对手"的批评意向来看，很显然北方的金代词坛与南宋词坛在崇雅黜俗上是一致的，这是文人词坛的一种审美气象。另一方面，金代的道士词对柳永词的容受以及金代道士词在词曲递变的北方路向上充当了直接的环节。综合上述两个方面来看，说明12到13世纪上半叶，南宋与金代两个词坛（即南北方词坛）之间不仅存在着平行与影响关系，这两种关系的并存还存在着一种互动性和整体性（"异轨同奔"），就是南北词坛之间，存在着文人词雅化加剧的词体尊体导向和民间词暗流涌动孕育词曲递变的这种共同趋势的整体性。一言以蔽之，就是南北词坛存在着异轨同奔现象。这就是对金代道士词人接受柳永词所具有的词史意义的一种解读。

三、"道士词"的内容构成

道士词大致内容分为三类：一类是宣化教义——这个最为普遍；第二类是咏怀；再有一类，是用词来描绘某种内丹的修炼层次下的体验，实际上是以丹诀的形式来传道。金代道士词大致由

---

① 刘祁著，崔文印点校：《归潜志》卷十二《辩亡》，中华书局1983年版，第136页。

这么三大块构成。

　　道士词在体制上出现一些新特点，主要表现在两个方面。一个方面是大量改动原有的词调调名，这是出于劝道宣化的需要，也是基于劝道宣化的标准和归属。改的名字以劝道、宣化为目的指向。具体来说，比如王重阳，今存词六百六十余首，他用调一百七十余调，创调三十余调。——所谓的创调就是借用民间词调，把民间的流行歌曲改造成词调。其中这一类改调，即唐宋词里面已经有的旧有词调，有二十七种。马钰的词用调有近百调，创调不多，创调有六。——所谓的创调，是运用民间流行的歌曲时调作为词调。改调有十九种之多。比如，把《甘草子》改成《天道无亲》，"天道无亲"不是道家思想。"天道无亲"下一句是"惟德是辅"，这是儒家的思想。天道无亲，即天道没有偏向，惟德是辅，"惟"式结构。把《双燕儿》改成《化身儿》，或者叫《雁灵妙方》；把《相思会》改成《平等会》，这都是传达全真的理念；《减字木兰花》改成《四仙令》，或叫《金莲出玉花》；《浪淘沙》改成《炼丹砂》，这个既谐音也谐义；《鹧鸪天》改成《洞中天》；《燕归梁》改成《悟黄粱》，这些都有劝道宣化的意义；"悟黄粱"用了卢生一枕黄粱梦的典故，梦醒了之后小米饭还没熟；《生查子》改成《遇仙槎》；《阮郎归》改成《道成归》；《踏莎行》改成《踏云行》，一个在地上，一个在天上了，踏着草走和踏着云走；《昭君怨》改成《德报怨》，全真的教义里面讲究忍辱，以德报怨；《长相思》改成《长思仙》；《海棠春》改成《神清秀》；《白鹤子》改成《白观音》；《瑞鹧鸪》改成《十报恩》；《传花枝》改成《传妙道》；《惜黄花》改成《金莲堂》；《红窗迥》改成《清心镜》，等等。丘处机也改了十七调，他改《金人捧露盘》为《上丹霄》——这个词调原来具有仙味儿，典故从李贺的诗《金铜仙人辞汉歌》来；《恨来迟》改成《下手迟》；《西江月》

改成《玉炉三涧雪》;《声声慢》改成《神光灿》;《殢人娇》改《恣逍遥》;《青玉案》改成《青莲池上客》;《黄莺儿》改成《水云游》;《兰香子》改成《好离乡》;《渔家傲》改成《忍辱仙人》;《忆江南》改成《望蓬莱》;《更漏子》改作《无漏子》——这个一下就变化了,无漏之身是修道的基础;《戚氏》改为《梦游仙》;《念奴娇》改成《无俗念》;《离别难》改成《离苦海》;《行香子》改成《爇心香》;《浣溪沙》改成《玩丹砂》;《瑞鹧鸪》改成《拾菜娘》,改法不一样:这样的改调基本以劝道宣化为目标、标准。

  道士词体制上的另外一个特点是采用了很多新调,很多新调是以前的唐宋词当中所不见的词调。这个主要是由于金代的文人词作者对于民间的流行曲调大多持保守的态度。所以,金人创调有将近一百调,大部分是由道士词人运用民间流行的时调而成。

  总体上,金代道士词人运用民间流行的时调大致有三种类型。一种类型是金代道士词人运用的时调为后人所应用,就成为词乐体制当中的词调,但清人所编修的词律、词谱里有大量的遗漏。另外一种类型是金人所运用的调后来进入到北曲的曲乐体系——就是金人所运用的某个曲调,后来被北曲吸纳为曲牌。大体上,我们看很多字格,比如《解金锁》《挂金锁》《解冤结》,这些金代道士词人所运用的字格已经与北曲的定格一样了。第三种类型就是这些新调名既不同于唐宋词调,又较少为北曲吸纳为曲牌,而是由词到曲的一种中间状态(仅为一见而已),成为由词调到曲调之间的一种过渡。这种也是大量存在的,既没有被人跟进用作词调,也没有被曲乐体系吸纳为北曲的曲牌,而处在一种词调到曲调的过渡状态。用新调,从词调的角度而言,他们的创调近百,比如说《五更令》《带马行》《耍蛾儿》《金鸡叫》《蜀葵花》《俊蛾儿》,等等,从名字上看非常通俗,就是当时流行在北方的民间歌曲。关于这部分还没有系统的研究——即对金词的词调予以准确地甄别比勘和数量统计,进而研究词调和曲调之间的递变关系。

然后来看道士词的艺术特征。虽然道士词人出于宗教激情,师徒相传创作了大量词体文学,但是从总体角度来衡量,金代道士词的艺术性不高。因为他们的创作目的有偏重,同时文学修养参差不齐。其中,王重阳毫无疑问是首屈一指的文士,丘处机本不识字的,后来经过刻苦学习,他的诗词造诣有过乃师之处。马钰诗词造诣也很深厚,而且存词最多,有九百余首。其他七真里面有传词仅两首的,如孙不二。所以,在七真中,创作数量也有很大的差别。总体上,从艺术的角度来看,全真道士词的艺术性和文学性并不高。当然,从另外的角度看,也可以挖掘出某些新的艺术元素。比如,第一个方面,塑造了新的道姑形象;另一个方面,富有象喻性。比如,王重阳的词,通过象喻性来描绘某种体道的体验。

我们先看新形象的塑造。全真教的弘教范围非常广,女弟子也在吸收之列,这样一来,词体文学中就出现了前所未有的道姑形象——当然,道姑形象不是金代才有,在前代里面有道姑,但是金代的道姑跟前代的道姑很不相同,表现出截然不同的角色要求和所谓的审美标准。我们都知道,女子天然爱美丽,但是金代的道姑形象跟这个标准相去甚远。比如,马钰在《满庭芳·赠众女姑》中描绘:

> 嫌风怕日,爱惜容仪。画堂深处相宜。对镜梳妆,整理金缕罗衣。因闻风仙蝉蜕,慕真修、决烈无疑。弃华丽,便蓬头垢面,布素归依。 昔日灵根受病,知今却,须当下手亲医。搬运身中日月,直接天涯。自然木金成宝,现神

珠、晃曜清沂。方知道，这些儿，不可思议。

前面这几句说一般女子的情况：怕风也怕晒，为了爱惜"容仪"，总在画堂深处对镜梳妆，整理衣物；但听到了"风仙蝉蜕"，有高道者来度化，就"决烈无疑"，抛弃平时的华丽，"便蓬头垢面，布素归依"。这是什么样的"审美"标准？这种形象不以华丽为美，"布素归依"。这样的道姑形象在全真道士的词里有很多描绘，比如，王重阳《苏幕遮·焦姑求》词等两首：

听闻阐户。灭虫亡，炉灶堪安固。粹常纯空外觑。彻清清，寂静无思虑。频忘按住。结金丹，透入明堂所。斧长施钢锋_{锋字原误}，荐真元，直赳蓬莱路。①

马钰还有《满庭芳·赠泾阳县二女姑》②《满庭芳·赠长安吉祥散人王姑》③《满庭芳·赠零口通明散人害风魏姑》④（这个副标题里的"害风"，是有人模仿王重阳，也称自己为"害风"）《满

---

① 唐圭璋：《全金元词》，中华书局1979年版，第195页。引文中小字为原文所有，非引者所加。后同。
② 词全文为：奇哉至理，常净常清。知易晓难行。要做神仙，须索认此为凭。休别搜玄搜妙，便登心、遣欲忘情。无染著，更无憎无爱，无竟无争。　悟后触来不动，觉无中尺地，悉皆归宁。日月同官，昼夜团聚光明。不神而神显现，驾祥云、奔赴蓬瀛。朝玉帝，显真功，清静道成。
③ 词全文为：死生事紧，悬甚儿孙。怡然跳出家门。物外逍遥，住个无事闲轩。常常澄心绝虑，便名为、捉马擒猿。尘念断，觉惺惺洒洒，自悟玄言。　至妙精微去处，在风邻月伴，两脚云根。寂静方知洞里，别是乾坤。性命岂由天地，这灵明、返本还元。归蓬岛，更无生无灭常存。
④ 词全文为：为女子，志似男儿。悟来跳出门儿。道上搜寻，恋其美女娇儿。性似孤云野鹤，世尘缘、不惹些儿。真脱洒，便堪称，比个大丈夫儿。　认正本来清净，农_{农字疑误}何须，谓认虎儿龙儿。也不整理离坎，姹女婴儿。无为大功成就，产一个、无相人儿。阳纯了，便得与，太上做儿。

庭芳·赠洞云散人陈姑》①《满庭芳·赠小胡村李姑》②《玩丹砂·赠马姑姑》③等。其他七真中也有类似作品。对于这个现象，陈垣先生有一个评论：

> 自昔女学不兴，利禄之徒又不行于闺阃。故女子聪明无所用，惟出家学道，则必须诵经通文义，方能受度。《金史》五五《百官志》礼部注："凡试道士女冠童行，念《道德》《救苦》《玉京山》《消灾》《灵宝度人》等经，以诵成句，依音释为通，中选者试官给据，以名报有司。"夫然，故最低限度，女冠无不识丁者，是儒家无女学，道家有女学也。礼失求野。文教之保存，没不在黉舍而在寺观。巍巍宫墙，稽首者无女子也。莘莘俎豆，问字者无女子也。遑论修心养性，举族幸存乎。④

陈垣先生讲的是，古代的女学，事实上存在于边缘群体。其中一个群体是女官，一个群体是青楼女子：这两类女子是必须要识字的，而按照传统的儒家礼教来看，女子无才便是德。女子的主要功课是女红，识字倒是其次，主要在于持家。所以陈垣先生说，

---

① 词全文为：清清净净，搜获玄玄。观天可认根源。敷布参罗万象，日月相传。仿效女娲手段，撮虚无、五色新鲜。下火鍊，大功成，了了无缺无圆。　得一清宁人地，无为作，自然永永绵绵。杳杳冥冥，娠德产个胎仙。便是本来面目，更明知、无口能言。恁时节，有金童来报，得去朝元。
② 词全文为：姑姑修炼，听予重告。先要断除烦恼。擒捉心猿意马，休使返倒。如同男儿决裂，莫跨踏、更休草草。速下手，仗十分苦志，免参阎老。　万种尘缘一削，得真欢真乐，渐通玄奥。密护无为清静，自然之道。应物真常幽阒，气神相结成丹宝，功行满，跨祥云，归去三岛。
③ 词全文为：玉女瑶仙佩玉瓢。芰荷香里弄风飙。西江月内采芝苗。　九转功成长寿乐，三田宝恣逍遥。迎仙客去上青霄。
④ 整理者按：陈垣：《南宋初河北道教新考》，据《中国学术名著提要（合订本）》第六卷《民国编》下，该书的通行本有：中华书局1962年排印本、河北教育出版社2003年《明季滇黔佛教考（外宗教史论著八种）》本、安徽大学出版社2009年《陈垣全集》本等。此引文根据安徽大学出版社《陈垣全集》本，第18册，2009年版。

"儒家无女学，道家有女学也"，"文教之保存，没不在黉舍而在寺观"，"莘莘俎豆，问字者无女子也。遑论修心养性，举族幸存乎"。这个当然是正面肯定的，不是一家，而是整个一个家族幸存于修身养性。当然，这样的观点与儒家传统提倡的是不同的，儒家讲的修身养性在于齐家，在于相夫教子，这是最大的女德。

最后我们来看道士词在文学史上的影响。最重要是影响了北曲的文学风貌。所谓道情流衍，隐逸避世，无论咏怀还是劝化，正是全真道士词中最常见的情调。而恰好隐逸避世，也正是北曲的文学风貌之一，这直接来源于全真道士词的影响。我们先看一首词，丘处机的《水龙吟·警世》：

> 算来浮世忙忙，竞争嗜欲闲烦恼。六朝五霸，三分七国，东征西讨。武略今何在，空凄怆，野花芳草。叹深谋远虑，雄心壮气，无光彩，尽灰槁。　　历遍长安古道。问郊墟、百年遗老。唐朝汉市，秦宫周苑，明明见告。故址留连，故人消散，莫通音耗。念朝生暮死，天长地久，是谁能保。

此词写的是什么呢？它表达了一种历史观，所谓"六朝五霸，三分七国，东征西讨"，再雄伟的帝国最后也是灰飞烟灭，当年的雄才大略在哪里呢？都看不到了，看到的是"郊墟"，"唐朝汉市，秦宫周苑"，哪个还存在？都不存在了。所以只能任"故址留连，故人消散"，留下的是黄土和故址，再雄伟的业绩都是"风流总被雨打风吹去"了。而最大的"浮世忙忙"——个人的蝇头微利，当然也是浮世忙忙之一种。当然，跟霸业相比，这点功业根本算不得什么；但即便是霸业，也只有"野花芳草"赋予感叹。

我们再看卢挚的一首曲《蟾宫曲·咸阳怀古 京兆》：

> 对关河今古苍茫，甚一笑骊山，一炬阿房。竹帛烟消，风云日月，梦寐隋唐。　　快寻趁王家醉乡，见终南捷径休忙。茅宇松窗，尽可栖迟，大好徜徉。

这首曲表达的也是一种隐逸避世，讲的是一种历史观。"对关河今古苍茫，甚一笑骊山，一炬阿房"，这其中的典故不需更多串讲。"竹帛烟消，风云日月，梦寐隋唐。"显然，隐逸避世并不是金元时代文学的特有主题，在历代文学当中它都是一个常见的主题，但是，我们看到元代人的隐逸避世具有其时代的底蕴，这其中全真教的流行就是一剂催化剂。这样一种对待历史、对待社会、对待自我、对待人生的看法，在金末元初时期是很普遍的，具有时代性，北曲当中标明道情者比比皆是，其自称全真道士词自不待言，而且北曲前期的作者，像王恽、商挺、徐琰、姚燧等，这些人都与全真道士有过直接交往。全真之意深入这些北曲作者之心，特别是异代作者之心。

金词的双向传播与接受

南北词坛的互动

宋词（包括民间词体）在金朝的传播与特征

金词的南向回传及宋金词「双向传播」

第九讲 南北词坛的互动

关于金词研究专题的另外一个专题，就是南北词坛的互动问题。南北词坛互动这个问题的突破口是什么呢？实际上是涉及正史当中的一条记载是否正确。也就是，辛弃疾的词学渊源以及辛弃疾是否师从了蔡松年这一问题。以这个问题为突破口，自然延伸到了南北词坛的互动问题。

根据《宋史》记载，辛弃疾与他的同窗党怀英少时同师蔡松年，也就是一起拜蔡松年为师。[①] 关于这条记载，宋史研究专家邓广铭先生在《辛稼轩年谱》当中没有采录。原因是什么呢？从大的学术背景上来讲，这是由于对金代文学的性质判定——在一定程度上把它比附为沦陷区文学。

我们可以回想一下，关于东北，现代文学史上有东北沦陷区文学。金代文学也是被伪化的——就是我们所说的伪满洲国的"伪"。所谓"伪"，就是不具有

[①]《宋史》卷四百一《列传第一百六十·辛弃疾》："辛弃疾字幼安，齐之历城人。少师蔡伯坚，与党怀英同学，号称辛、党。"中华书局1985年版，第12161页。

合法性。

另外一方面，1949年之后的文学史叙述上，突出宋代文学的爱国主义，同时也把辛弃疾看成是爱国主义文学的代表。如果说南宋爱国文学的星空上有双子星的话，那么辛弃疾和陆游各是其一。这样一来，一个英雄的、爱国主义的词人辛弃疾，怎么能够有一个可以看成是叛徒和投降者的老师呢？所以自然而然地，对于正史上的这条记载，无论是邓广铭先生还是夏承焘先生，都有所规避或者弃而不谈，未予采用。

1990年以后，关于辛弃疾是否师从蔡松年的这个问题上，安徽大学的胡传志最早在《安徽师范大学学报（哲社版）》发表了一篇论文——《稼轩师承关系与词学渊源》（1997年第1期）。这篇文章，从史料的考辨和作品的比勘两个方面，论证了《宋史》所载辛弃疾师于蔡松年成立，认为"蔡松年是苏、辛两大词人间的桥梁，是稼轩词学的重要渊源"。

在同一时期，事实上比胡文发表还要早一年，就是1996年，我们吉林大学文学院在校庆50周年的时候，曾经编选了一部论文集①，我本人提交了一篇论文——《关于金词研究中的几个问题》。在这篇小文章中，我也对苏辛之间的承继关系持有类似的观点，并从作品流传和人员交往的角度，论述了金词与宋词间存在双向传播关系。这应该是第一次明确以双向传播来论述宋金词之间的这种关系；同时认为，对辛词而言，无论是金元豪壮词风的熏染，还是辛对蔡松年的直接师承，都表明金词对辛词融合南北词风给予了积极影响，这是双向传播更深一层的内涵。

另外，赵维江有这样一篇文章：《吴蔡体与东坡体》，文章发

---

① 郝长海主编：《心路历程：吉林大学文学院纪念校庆五十周年论文集》，吉林大学出版社1996年版。

表在台湾出版的《宋代文学研究丛刊》第三辑。①《宋代文学研究丛刊》是台湾宋代文学研究专家张高评主持编辑的一种研究丛刊，创刊于1995年。赵维江这篇文章的立足点是"体"，而不是"人"。文章立足"吴蔡体"是一体的观点，认为"吴蔡体"是"东坡体"与"稼轩体"之间的桥梁。那么大家思考一下，立足于"人"与立足于"体"，有没有不同呢？答案是不同的。如果我们立足于"人"，说蔡松年是苏辛两大词人之间的桥梁，这是一种表述；如果我们立足于"体"，说吴蔡体是东坡体与稼轩体之间的桥梁，这又是一种表述。那么在后一种表述当中，实际上我们加入了一个人，就是跟辛弃疾没有关系的一个人——吴激。换句话说，如果后一种观点能够成立的话，势必要把"吴蔡体"看成是一体，才能成立。

赵维江在这之后又连续发表了两篇文章：《论12至13世纪北南词坛的不同走向与互动关系》②和《12—13世纪的南北词派及其关系》③，文章里面北方词坛就包括了元代词坛。这两文基本的逻辑出发点是金元词是北宗词。所以这两篇文章严格来讲，不仅仅是论证宋金词坛之间的互动关系，还涉及南宋灭亡以前北方的元代词坛。

此外，刘锋焘的文章《历史的交替　词史的延伸：论金代初期词与北宋词的继承关系》，发表在《人文杂志》1999年第三期，陶然的《论北宋词与金词的传承关系》，发表在《浙江学刊》2001年第四期，这都是此后论述南北词坛互动关系的代表性文章。需要补充的是，作为论述南北词坛互动突破口的辛弃疾师承蔡松年这一问题，在论著当中，是由中国社会科学院文学研究所

---

① 张高评：《宋代文学研究丛刊：第三期》，台湾丽文文化事业公司，1997年。
②《新宋学：第一辑》，上海辞书出版社2001年版。
③《中国人民大学学报》2001年第5期。

的刘扬忠先生在《辛弃疾词心探微》①一书当中提出论证的。

如果我们再稍稍做一点回忆，把金词研究的综述追溯到1949年前，看看龙榆生先生的相关研究。他讲：

> 金与南宋，时代相同，自吴激（字彦高，米芾婿）诸人，由南入北，而东坡之学……发扬滋长，以造成金源一代之词。辛弃疾更由北而南，为南宋开豪放一派之风气；其移植之因缘，不可忽也。……南、北词风之不同如此，虽由地域之关系，而两派种子之各为传播，亦其重大原因。②

同时龙榆生先生在《两宋词风转变论》一文当中，也指出："稼轩词格之养成，必于居金国时早植根柢。"也就是说，20世纪90年代以来，对于辛弃疾是否师承蔡松年这个问题的突破也是在前人研究的基础之上。

下面我们介绍第二个问题，金词与宋词之间的双向传播和接受关系。在我1996年发表的文章《关于金词研究的几个问题》当中就写有"宋词、金词的双向传播"一节。金词和宋词，一方面在各自的历史时空当中走过了各自的发展轨迹；另外一方面，金词与宋词之间存在影响和传播关系。在这篇文章中，我主要从作品和人员两个角度，初步考索了宋金词体文学之间存在着这样的一种双向传播关系。这个问题，实际上是一个有待展开深入探讨的具有实证性和理论性的问题。在2009年上海召开的词学会上，我提交了另外一篇论文《宋金词体文学双向传播与接受考论》③，实际上解决的就是金词与南宋词之间的双向传播关系问

---

① 刘扬忠：《辛弃疾词心探微》，齐鲁书社1990年版。
② 引文出处见第一讲，第18页论述，后同。
③ 原载《词学》（第二十五辑），华东师范大学出版社2001年版，第9—12页，为2010年西安的词学国际学术研讨会提交的会议论文，又载《中国古代、近代文学研究》2011年第10期。

题。目前关于"词体文学的传播问题",已经有两种专门研究传播方式的论述,但是,关于"金词与宋词之间的双向传播问题",这十年来还没有专文,"鉴于直接全面论述金宋间词体文学传播接受的论文尚未见",所以,我才写了《宋金词体文学双向传播与接受考论》。

宋金词之间之所以存在着一种双向传播关系,首先是基于一个事实,即词坛在南北方已经重建起来了。北方的词坛就是金词词坛,南方的词坛就是南宋词坛。词坛不但重建,而且在各自的历史时空和文化土壤当中发展,这才有双向传播的可能性。双向传播只能是通过部分的文献去还原,当然这个还原是不完整的。根据我的考索,目前能够确切已知的北宋词人传到北方金朝的有:晏殊、张先、柳永、贺铸、苏轼、秦观、晁补之、黄庭坚、俞紫芝、晁端礼、王观。那么在写考据类文章、寻找需要的相关材料时,要找的核心文献就是当朝文献。比如说我的这个论题"金词与南宋词之间的传播关系",首先要看金朝这一方的文献中有没有明确记载,特别是在金人的序跋集里面,有没有具体提到对北宋哪一个词人或者哪几家词人有具体的接受情况:这是我们要找的第一手核心文献。其次,我们要考察的是宋金时期的笔记。笔记类的东西往往着眼于本事的记载,相关的本事,如果与我们的考证目的有关系的话,也可以加以采用。

我对以上诸位词家的考索,首先就利用了金代这一方面的文献,运用到了元好问的两篇"序"——这里的"序"就是"引","引"就是"序"——《遗山自题乐府引》《新轩乐府引》。再有,可以利用的考索文献是金人的诗话和词话,我们利用到的有王若虚的《滹南诗话》。王若虚《滹南诗话》当中明确记载了晁补之的情况。考索金人对北宋词的传承传播,要从具体的作品来看。金人的作品当中是否有化用北宋词人、词句的地方,特别是名篇名句的情况。如果能够勾稽出金代的词人具体化用了北宋哪一家词人的词篇词句，我们就可以认定，北宋的这一位词家及其作品，曾经传播到金朝，并且为金人所熟知。这个方面主要是张先词的考索。怎么证明张先的词曾经传播到金代了呢？我们看金代词人李俊民的《谒金门·忆梅》：

> 多少恨。不见旧时风韵。浪蕊浮花都懒问。江头春有信。　说[①]甚寿阳妆镜。说甚扬州诗兴。云破月来堪弄影。世间无此景。

这首词中有一句"云破月来堪弄影"，通过这一句可以判定他化用了张先的词。张先有一个绰号叫"张三影"，其中"云破月来花弄影"是他得了所谓"张三影"之名的其中一句词[②]。再看柳永词的考索，柳永在北宋时期大名鼎鼎，可以说终两宋时期柳永的词名无人能及。我们曾经讲到苏轼在走上词坛的时候有一个所谓的"影子对手"，就是柳永。柳永的词早早就传播到了北方，我们不仅可以通过作品，金代词人的化用，而且可以通过正史、野史、笔记的记载看出柳永词传播的广泛性。大家都知道文学史上常见的这条材料：叶梦得的《避暑录话》卷三当中，曾经有记载说："柳永，字耆卿，为举子时，多游狭邪，善为歌辞。教坊

[①] 整理者按：此处三晋出版社2006年版李俊民《庄靖集》写作"夸"，此处引文从唐圭璋先生《全金元词》。

[②] 整理者按：张先"张三影"之说在文学史上颇有盛名。吴熊和先生《张子野词校注》，将此说之来龙去脉交代清楚，且录之如下：陈师道《后山诗话》云："尚书张先善著词，有云'云破月来花弄影''帘幕卷花影''坠轻絮无影'，世称颂之，号'张三影'。"胡仔《苕溪渔隐丛话》卷三七引《高斋诗话》云：'子野尝有诗云："浮萍断处见山影。"又长短句云："云破月来花弄影。"又云："隔墙送过秋千影。"并脍炙人口，世谓'张三影'。"又引《古今诗话》云："有客谓子野曰：'人皆谓公张三中，即心中事、眼中泪、意中人也。'公曰：'何不目之为张三影？'客不晓。公曰：'"云破月来花弄影""娇柔懒起，帘幕卷花影""柳絮无人，坠轻絮无影"，此余平生所得意作也。'"

乐工每得新腔，必求永为辞，始行于世，于是声传一时。……余仕丹徒，尝见一西夏归朝官云：'凡有井水处，即能歌柳词。'"大家引用这条的时候，往往忽略了前面那个记载"余仕丹徒，尝见一西夏归朝官"，这就是柳永的词远播西夏的情况。同样，柳永的词也远播到北方的金朝。北方的笔记中，罗大经的《鹤林玉露》里面记载完颜亮有"南侵之志"是读了柳永的词所诱发的，读了"'三秋桂子，十里荷花'，遂起投鞭渡江之志"[①]。这当然是小说家言，是北方的小说、笔记里面记载的。金朝的典籍《大金国志》中，已经明确记载了完颜亮朝时柳永的词就已经传播到了北方。当然，关于《大金国志》是不是伪书，到底是宋人所作，金人所作，还是元人所作，近代以来是有争议的，我们暂且放下不管，截引部分："时国主（引按：指完颜亮）与梁大使及妃嫔数人在宫游观，闻人唱曲子，其词乃柳耆卿作《望海潮》也。只咏钱塘之景，主喜，随声而入。其唱者李贵儿出迎，主问曰：'适唱何词？'贵儿曰：《望海潮》。"[②]

[①] 罗大经：《鹤林玉露》卷一："孙何帅钱塘，柳耆卿作《望海潮》词赠之。此词流播，金主亮闻歌，欣然有慕于'三秋桂子，十里荷花'，遂起投鞭渡江之志。"
[②] 宇文懋昭：《大金国志》，崔文印：《大金国志校证》卷二十五《海陵炀王下》，中华书局1986年版，第207页。

第十讲 宋词（包括民间词体）在金朝的传播与特征

宋词北传的传播渠道包括：人员、词集和歌伎乐工的口耳相传等。

上节所引《大金国志》一段是带有细节性的场景记载，从叙述语言上看，有一点口语化。金代全真教对柳永词的喜爱可以从两个人来看，一个是全真教主王重阳——王喆，他在一个具体的词牌《解佩令》上注明了"爱看柳词，遂成"。王重阳本人不但有多首对柳永词的借韵和韵之作，而且他的徒弟马钰也有仿效师傅借柳韵、和柳韵之作。关于这个问题，我在《论金代道士词人对柳词的接受》[①]中有相关论述。特别是全真教主王重阳曾经通过完整地批点《乐章集》和和作的方式来点化孟宗献。孟宗献为辽世宗大定三年（1163）癸未科状元，代表作《金丹赋》。此事见之于《重阳教化集》。《重阳教化集》主要记载教主的劝化之功，首先劝化马钰夫妇入道，之后劝化七真当中的其他五位。孟宗献对于王重阳喜欢看柳词本来是怀

---

① 《兰州大学学报（社会科学版）》2011 年第 1 期。

疑的:"道人看柳词,可乎?""道人读艳词,可乎?"《论金代道士词人对柳词的接受》一文解决了这个问题:为什么看起来充满着感性甚至是艳情的柳永词会被以苦修为宗旨的全真教所喜爱。

再来看苏轼词。苏轼的整体文学——包括"苏学",在北方金朝享有崇高的地位,清人曾经把这个现象称之为"苏学北传",清人翁方纲明确提出"苏学北行"的命题。"苏学"的内涵很宽泛,不仅包括苏轼的文学,也包括苏轼的哲学、绘画乃至于苏轼的人生态度、人生哲学。"苏学北传"中的苏词也广为金代文人所喜爱,贯穿整个金史,而且元好问在词史上第一次提出了"东坡体"的概念,还身体力行地仿效。元好问的词集当中有多篇多首标明效"东坡体"之作。苏词的北传有一点特殊,它不仅仅是文人之间的传播行为,甚至是金朝统治者有意的一种行为。金人破汴京城后,指名要苏轼的词集,这很可能是金源统治者身边的汉族谋士为他们提供的建议。因为,北宋末期"元祐党争"的"后遗症"延续到徽宗朝之后,使得徽宗朝的党争愈演愈烈,"三苏"文集版被毁。金人则反其道而行之,意在重新凝聚人心。他们先于南宋为苏轼平反,指名要苏轼文集,意味着金朝政策与北宋相反,是"吊民伐罪"的一部分。而南宋到了孝宗朝,才为苏轼等人完全平反。

再看黄庭坚词。黄庭坚在北宋时期是身体力行创作文人俗词较多的一位。他的朋友陈师道曾经概括:"今代词手,惟秦七黄九耳。"(《后山诗话》)秦七指秦观,黄九指黄庭坚。陈师道的这句话被王若虚在《滹南诗话》中予以引用和论辩,[1] 加上元好问

---

[1] 王若虚:《滹南诗话》卷中第十七则:"陈后山云:'子瞻以诗为词,虽工,非本色,今代词手,唯秦七、黄九耳。'予谓后山以子瞻词如诗,似矣;而已山谷为得体,复不可晓。晁无咎云:'东坡小词,多不谐律吕;盖横放杰出,曲子中束缚不住者。'其评山谷,则曰:'词固高妙,然不是当行家语,乃著腔子唱好诗也。'此言传之。"人民文学出版社《中国古典文学理论批评专著选辑》本,1962年版,第71页。

在《新轩乐府引》中的称引，由此可以判定黄庭坚的词也传到了北方。《新轩乐府引》是元好问为新轩的词集作的序，序中写道："坡以来，山谷、晁无咎、陈去非、辛幼安诸公，俱以歌词取称，吟咏情性，留连光景，清壮顿挫，能起人妙思。"总结了黄庭坚等人词的特征。合观王若虚《滹南诗话》与元好问在《新轩乐府引》中的称引，可以判定黄庭坚的词北传到金朝并受金代文人评论。

还有一个人，是词史上不太讲的俞紫芝。元人孔齐的笔记《至正直记》，其中一节为《王黄华翰墨》，其中有王庭筠所书俞紫芝《阮郎归》"钓鱼船上谢三郎"[①]一首。由此可以判定俞紫芝的词传到了北方并为王庭筠所熟知。考据就是这样一条一条的，我们今天能够找到的，肯定只是冰山之一角。当然，还有王观、晁端礼。晁端礼的词主要通过元好问的笔记《续夷坚志》来了解。元好问在《续夷坚志》卷四"梁梅"一节中，记载了一名金朝寿阳歌伎梁梅，承安、泰和（均为金章宗年号）年间，"以才色名河东"，张巨济过寿阳，闻听梁梅有才名，就微服私访梁梅，梅"时已落籍，私致之，待于尼寺。梅素妆而至，坐久干杯，唱《梅花》《水龙吟》……唱至'天教占了百花头上，和羹未晚'，乃以酒属张，张大奇之"。根据词的内容判定这首咏梅花的《水龙吟》[②]词就是晁端礼的词。晁端礼在词史上我们也不太讲，在讲到大晟府、大晟词人的时候，才会讲到他——晁端礼曾经提举大晟府。除了晁端礼，王观的词，也曾传到北方。我们通过"南

[①] 其词原文为：钓鱼船上谢三郎。双鬓已苍苍。蓑衣未必清贵，不肯换金章。　汀草畔，浦花旁。静鸣榔。自来好个，渔父家风，一片潇湘。

[②] 晁端礼《水龙吟》词全文为：夜来深雪前村路，应是早梅初绽。故人赠我，江头春信，南枝向暖。疏影横斜，暗香浮动，月明溪浅。向亭边驿畔，行人立马，频回首、空肠断。　别有玉溪仙馆。寿阳人、初匀妆面。天教占了，百花头上，和羹未晚。最是关情处，高楼上、一声羌管。仗谁人向道，何如留取，倚朱栏看。

冠词人"(羁留于金,但不做金朝的官,我们称这样的词人为"南冠词人")洪皓曾作组词《江梅引》,其创作缘起是他听到金代歌女在演唱王观的词,证明北宋词人王观的词也曾传到北方。①

以上大概有十位词人,是目前已知并可以确切考索出来、有作品传到金朝的词人。②这些是今天我们根据一些可以看到的文献片段考索出来的,事实上作品传到金朝的北宋词人不止以上几位。南北宋之交的词人作品传到北方的,可以考索出来的有这么两位:陈与义和张孝祥。其中,陈与义我们在文学史介绍他的时候,并不以词人来介绍,而是作为江西派诗人来介绍;张孝祥则是以词人来介绍的。代表作《六州歌头》。

通过勾稽考索,梳理出以上词人的北传。那么我们更关心的,是南宋词人的北传。因为南宋与金朝从立国上来讲,有和有战,和是主流,战是支流;但是双方立国均存在古代社会的"正闰"问题,存在现代史当中的正统与非正统的问题,存在立国是否为敌,是否是相对立的政权之下文学传播的情况问题,所以更值得关注的是南宋词人有没有作品传到北方来,传到北方后,金朝人是如何接受的。这种两个王朝立国为敌的情况,会不会影响到金朝词人对南宋词的接受。

经过努力,我们找到,南宋词北传考索到三个词人,其中有两位可称之为名家,称之为南渡词人、后南渡词人:辛弃疾、陆

---

① 其首调《江梅引》(天涯除馆忆江梅)词前题序云:"顷留金国,四经除馆。十有四年,复馆于燕。岁在壬戌,甫临长至,张总侍御邀饮。众宾悉退,独留少款。侍婢歌江梅引,有'念此情、家万里'之句,仆曰:'此词殆为我作也。'又闻本朝使命将至,感慨久之。既归,不寐,追和四章。多用古人诗赋,各有一笑字,聊以自宽。……北人谓之'四笑《江梅引》'。"唐圭璋《全宋词》,中华书局1965年版,第1001、1002页。
② 整理者按:"大概十位词人"据作者《金宋间词体文学双向传播与接受考论》一文及前文提到的,有确切名字的应为晏殊、秦观、晁补之、贺铸、张先、柳永、苏轼、黄庭坚、俞紫芝、晁端礼和王观,为十一位。

游。虽然辛派词人以辛弃疾为首领，以陆游为羽翼，但陆游的创作年代比辛弃疾要早。辛弃疾登上词坛已经是后南渡词人，而陆游是"中兴四大诗人"之一（南宋的"中兴四朝"，是高、孝、光、宁四朝）。从影响的大小来看，辛弃疾的影响更大，属于开宗立派，辛词传到金朝具有特殊的意义。元好问说："乐府以来，东坡为第一，以后便到稼轩。"（《遗山自题乐府引》）这句话是元好问对词史的阐释和书写。按照现代的文学史理论，文学史也是代表一种权利——文学史的书写权利。那么元好问的话是什么意思呢？"乐府"就是词体文学，"东坡为第一，以后便到稼轩"，显然，这不是一个完整的描述，而是价值的排序。我们知道，东坡和辛弃疾之间，有许多词人，但是元好问都没有讲，略去了，由此元好问确立的一个词史叙述——体派关系，从东坡到稼轩的一个体派关系，潜台词即稼轩之后便到元好问。元好问的《遗山自题乐府引》文末署"十月五日太原元好问裕之题"，其作年据内文"岁甲午予所录《遗山新乐府》成"。这里的"甲午"，即公元1234年，此年金朝灭亡。一定程度上，可以这样理解元好问之所以在这个时候开始亲自给自己编词集，就是因为金朝要灭亡了，金灭之后他开始正式对待自己的词作。回过头来，我们看，其序文署金灭那一年的十月五日，说明元好问在这一年之前已经对辛弃疾的词有所熟知，进一步说明，辛弃疾的词在金亡之前就已经传播到金朝了。至少可以判定，辛词北传的时间下限不晚于金朝的灭亡。

下面我们再看看陆游的词。陆游的词是什么时间传到金朝的呢？党怀英的《月上海棠》（傲霜枝袅团珠蕾）下面有一个题注："用前人韵"。通过这样一个线索，我们可以把前人坐实为陆游。陆游《月上海棠》全词：

> 斜阳废苑朱门闭。吊兴亡、遗恨泪痕里。淡淡宫梅，也依然、点酥剪水。凝愁处，似忆宣华_{宣华，故蜀苑名。}旧事。行人别有凄凉意。折幽香、谁与寄千里。伫立江皋，杳难逢、陇头归骑。音尘远，楚天危楼独倚。

从上面的引文我们可以知道，陆游《月上海棠》全词七十字，十二标点句，八韵。韵脚分别是"闭"_{斜阳废苑朱门闭}、"里"_{吊兴亡、遗恨泪痕里}、"水"_{淡淡宫梅，也依然、点酥剪水}、"事"_{凝愁处，似忆宣华旧事}、"意"_{行人别有凄凉意}、"里"_{折幽香、谁与寄千里}、"骑"_{伫立江皋，杳难逢、陇头归骑}、"倚"_{音尘远，楚天危楼独倚}：其中，"闭"，属于霁韵，平水韵去声声部八；"里"，属于"纸"韵，平水韵上声声部四。"水"（上声四纸韵）、"事"（去声四寘韵）、"意"（去声四寘韵）、"里"（上声四纸韵）、"骑"（去声四寘韵）、"倚"（上声四纸韵），主要还是押"纸"韵。

再看党怀英的《月上海棠》：

> 傲霜枝袅团珠蕾。冷香霏、烟雨晚秋意。萧散绕东篱，尚仿佛、见山清气。西风外，梦到斜川栗里。　　断霞鱼尾明秋水。带三两、飞鸿点烟际。疏林飒秋声，似知人、倦游无味。家何处，落日西山紫翠。

同样是七十二字，十二标点句，八韵。韵脚分别是"蕾"（上声十贿韵）、"意"（去声四寘韵）、"气"（去声五未韵）、"里"（上声四纸韵）、"水"（上声四纸韵）、"际"（去声八霁韵）、"味"（去声五未韵）、"翠"（去声四寘韵）。这是一个简单的对比。我们现在通过检索《全金元词》和《全宋词》，发现完全符合七十二字字格、同样运用"纸"韵韵脚，在党怀英创作年代之前的，就是陆游。当然了，我们这样判断，还有一定的风险性。这个"风险"就是，今天所称之为"全"字号的《全宋词》《全金元词》，实际上肯定还是不全的；但是，在目前现有的资料条件下，可以判定党怀英《月上海棠》题注下的"用前人韵"中的"前人"就是陆游。因为目前现有的资料条件下，在党怀英之前或者同时，没有金朝的词人用这个词牌进行创作。再有一个，相对来说词名要小一点的，叫刘望之。南宋的词人，我们能够考索出来的——具体说就是我本人——能考索出来的只有这么三类，希望诸君还能够再有所补充。

除了具体名家的词可以考索之外，我们知道词体文学在宋金时期，作为音乐文学还有其他的一些物质条件，还有一些需要依托的设备：演出的乐队、乐器、声容这些方面的东西，那么自然也包括歌伎乐工的口耳传播。乐工歌女之间的口耳相传是很重要的一部分，因为事实上词体文学在宋金时期，还是声学，是燕乐歌舞活动的一部分。因此，燕乐、音乐文化和歌女乐工的输入，就成为宋词北传的必然和必要的内容。这个方面是我一再强调的。我们今天看到的是文本，但是文本阅读的金词和宋词，不等同于金朝时期、南宋时期它们作为音乐文学的创作和传播的样子，要依托一定的物质条件。这个物质条件就是乐工歌女们所依赖的也就是燕乐、音乐、文化以及具体人员的输入。

在这一节呢，我着重强调的是民间词体的北传。相对于文人词体而言，民间词体一言以蔽之，就是"套曲"。民间词体从具体的组织形式上看，包括了诸宫调、唱赚等具体的词体形式。就其本质而言，它与侧重于抒情性的文人词相区别的是侧重于叙事性。这里，我们着重考索的是诸宫调的北传。我们认定诸宫调是民间词体有没有根据？主要的根据有两条：一条是宋亡以后，张炎在《词源》中所记载的九种词体体制当中包含有诸宫调。张炎的《词源》，创作于他入元之后，在《词源》"拍眼"一节总结了九种词体体制：法曲、大曲、慢曲、引、近、缠令、诸公（宫）

调、序子、三台。①

"序子"是什么？我们看文人词体里面有《莺啼序》，是文人词调当中最长的词调，有四片。这是一个根据。再有一个根据就是王灼在《碧鸡漫志》里，是把诸宫调与俗词放在一起论述的，《碧鸡漫志》卷二："长短句中，作滑稽无赖语，起语至和。嘉祐之前，犹未盛也。熙丰、元祐间，兖州张山人以诙谐独步京师，时出一两解。泽州孔三传者，首创诸宫调古传，士大夫皆能诵之。"

中国古代的文体——特别是与音乐有关系的文体之间是一种既平行又交叉的关系。诸宫调这种文体，我们今天把它看成是说唱文体。而说唱文体这样一个概念，也与音乐文学一样，是一个五四以后后起的概念。当其时在王灼看来，诸宫调与民间俗词就是一样的东西。而在入元的宋人张炎看来，诸宫调是词体体制之一。有了这两种根据，我们就可以大胆地判定、论述，诸宫调作为民间词体北传的情况。那么，前引王灼所说的"诸宫调古传"就是强调作为民间词体的叙事性。

按照民间词体北传路线，实际上还应该指出，包括缠令一

---

① 《词源》卷下《拍眼》：法曲、大曲、慢曲之次，引、近辅之，皆定拍眼。盖一曲有一曲之谱，一均有一均之拍，若停声待拍，方合乐曲之节。所以众部乐中用拍板，名曰齐乐，又曰乐句，即此论也。《南唐书》云："王感化善歌讴，声振林木，系之乐部为歌板色。"后之乐棚前用歌板色二人，声与乐声相应，拍与乐拍相合。按拍二字，其来亦古。所以舞法曲大曲者，必须以指尖应节，俟拍然后转步，欲合均数故也。法曲之拍，与大曲相类，每片不同，其声字疾徐，拍以应之。如大曲降黄龙、花十六，当用十六拍。前衮、中衮，六字一拍。要停声待拍，取气轻巧。煞衮则三字一拍，盖其曲将终也。至曲尾数句，使字声悠扬，有不忍绝响之意，似余音绕梁为佳。惟法曲散序无拍，至歌头始拍。若唱法曲、大曲、慢曲，当以手拍，缠令则用拍板。嘌吟诐唱诸宫调则用手调儿，亦旧工耳。慢曲有大头曲、叠头曲，有打前拍、打后拍，拍有前九后十一，内有四艳拍。引近则用六均拍，外有序子，与法曲散序中序不同。法曲之序一片，正合均拍。俗传序子四片，其拍颇碎，故缠令多用之。绳以慢曲八均之拍不可。又非慢二急三拍与三台相类也。曲之大小，皆合均声，岂得无拍。歌者或敛袖，或掩扇，殊亦可哂，唱曲苟不按拍，取气决是不匀，必无节奏，是非习于音者，不知也。

体。南宋诸宫调作品传到北方——具体而言，就是南宋时期的艺人张五牛创制的《双渐小卿》传到了北方。张五牛何许人也？张五牛是南宋绍兴年间创制了赚词的著名的民间艺人。赚词中什么是"赚"？这一部分我们的文学史，现在讲的都非常模糊，因为我们的文学史，一方面是朝代文学史，另外一方面的文体分类，基本上是按照"四分法"——诗歌、散文、小说、戏剧。按照"四分法"来分类有很大的问题。从小说问题上来讲，所谓"讲唱文学"，就有交叉的部分，有溢出的部分，有能为其涵盖的部分，也有所不能为其涵盖的部分。我们的文学史，对于什么是赚词，什么是唱赚，其实也是讲了的，只是可能在具体讲述的过程当中不会作为强调的内容，仅仅按文体分类来讲。南宋人灌园耐得翁——这个当然是个笔名，就是不慕荣华富贵耐得住浇自家自留地的老头儿——在笔记《都城纪胜》当中"瓦舍众伎"的这条之下记载："唱赚在京师日有缠令、缠达：有引子、尾声为缠令，引子后只两腔互迎，回环间用者为缠达。中兴后张五牛大夫因听动鼓板中又有四片'太平令'，或赚鼓板，即今拍板大筛扬处是也，遂撰为'赚'。"[①]"唱赚在京师日有缠令、缠达"，什么叫缠令呢？"有引子、尾声为缠令，引子后只两腔互迎，回环间用者为缠达。"就是说唱赚包括缠令和缠达。什么叫缠令呢？有引子尾声叫缠令——前面有引子，后面有尾声；而有引子没有尾声，"引子后只两腔互迎"：ABAB，A调B调A调B调，两腔互迎回环间用者就叫缠达。对于这样两种具体的唱赚体制，发展到南宋绍兴年间，张五牛大夫——民间艺人往往是没有身份，所以要标榜身份，听"张五牛"这个名字，他本来是一个民间的艺

[①] 孟元老等：《东京梦华录（外四种）》，古典文学出版社1956年版，第97页；吴自牧《梦粱录》卷二十"伎乐"文字记载稍异。引按，"缠令""缠达"皆无作品存留。

人，就是俗俚的张五牛，但是要冠之以大夫，张五牛先生、张五牛教授等，他说"因听动鼓板中又有四片'太平令'，或赚鼓板，即今拍板大筛扬处是也，遂撰为'赚'。"这个话今天各加点逗，标点不同，而且各家的理解有差别。简而化之，就是张五牛这个著名的艺人，在已经有的缠达、缠令基础之上，他又在里面加了一个叫赚的东西。这个赚是什么东西？什么叫唱赚？赚，就是这个缠达（或缠令）当中最精彩的那一部分。还是缠达（或缠令）之体，但是最精华的那一部分，这叫赚。无论是缠令还是缠达，非常可惜的是都没有作品流传下来，反而唱赚有作品流传下来。

我们说南宋的唱赚是发展了加入了"赚"词后的缠令（或缠达），而构成唱赚精华部分的"赚"来自于板鼓四片的"太平令"。这个文本是王国维勾稽出来的，他在日本翻刻的元刊《事林广记》戊集卷二中，发现了一首完整的唱赚文本——圆社市语［中吕宫·圆里圆］，并辑入《宋元戏曲史》。这个文本是当时南宋的同仁社，是踢毽子的——我们现在看公园里面有很多爱好文艺的票友们聚在一起唱这个唱那个，这些市民文艺活动，在南宋时期不仅有，而且有同仁社。这个同仁社就叫圆社，踢毽子的一个同仁组织叫圆社。他们用唱赚的形式把踢毽子的口诀给写了下来。从它所运用的曲调词调的组织结构上来看是这样的：［紫苏丸］→［缕缕金］→［好女儿］→［大夫娘］→［好孩儿］→［赚］→［越恁好］→［鹘打兔］→［尾声］。我们看，它的第一调是"紫苏丸"，第二调，是"缕缕金"，第三调"好女儿"，第四调"大夫娘"，第五调"好孩儿"，中间加上一个"赚"词，然后，"越恁好""鹘打兔""尾声"。我们看，中间具体词调先暂时忽略不计的话，它有引子有尾声，中间还有赚词，说明它是加入了赚词的缠令，正是缠令体制。但是唱赚它不叫赚，它和赚不是一回事，唱赚还包括什么东西呢？我们刚才讲了，有缠令、缠达两体。赚是缠令的精华部分，而唱赚则包括着缠令和缠达两体。关于诸宫调的问题大家可以参考我的论文《诸宫调文体特征辨说》，发表在《中国文化研究》2007年的夏之卷。

很奇怪的是，我们的文学史，事实上还在讲文人文学部分比较多，也比较侧重，对于称之为说唱文体的这些诸宫调等等，相对来说基本不太讲。但是，很多国外的汉学家，倾其毕生之力研究中国这些变文诸宫调。据我所掌握的材料，国外20世纪70年代以来，至少有三个人选择诸宫调作为自己的博士论文选题。我们在这方面，国内投入确实不够。反过来老一辈学者，像冯沅君、郑振铎等人，在七十年前，在民国时期，对诸宫调反而有很深入的研究。

我们回过头来看正文，也就是说，在民间词体文学传播这方面，有南宋艺人张五牛创制的诸宫调《双渐小卿》传到了北方。由金代的商道（元好问的好朋友）把传入的《双渐小卿》加以改编。《双渐小卿》诸宫调讲的是个什么故事呢？它叙述书生双渐、庐州歌伎苏小卿、富商冯魁之间的情感故事，讲的是一个"三角恋"故事，是书生、富商、歌女之间的"三角恋"。这个故事在元代的戏曲当中成为一个非常普遍的母题，在元杂剧当中有大量这种题材的作品。当然我们说文学就是白日梦，在这些作品当中，最后的胜利者是穷书生，是书生赢得了爱情，打败了富商，打败了金钱的力量。但现实社会正好是相反的，是农民企业家打败了书生娶走了大学生。商道改编的诸宫调入元之后还一直在传唱。根据元人夏庭芝《青楼集》的记载，赵真真、杨玉娥善唱诸宫调，唱得好，所以元人杨立斋，就作了一首《鹧鸪天》

歌咏这件事，[①]其中讲，"张五牛创制似选石中玉，商正叔重编如添锦上花"。商正叔就是商道的字。我们通过这个具体作品的考索，可以证明南宋艺人所创制的诸宫调曾经北传到金朝，不但受到金朝文人的喜爱，将其加以改编加工，而且金亡之后仍然在元朝传唱。那么，我们可以初步判定南宋的诸宫调《双渐小卿》传入到金朝的最晚时间，下限就是在金亡之前。很可惜的是《双渐小卿》的诸宫调文本没有流传下来。

以上我们从几个方面介绍了北宋词以及南宋词的北传情况，主要偏重于史实的考索。下面我们考论结合，稍试归纳北宋词北传的内在规律性。我们分几个方面：

第一个方面来看宋词北传与金词移植性和内在关联性。

一是宋词北传与金词的移植性发生是直接的因果关系，就是说金词的发生是一种移植性的传播结果。在这样的一种关系之下，宋词北传中的移民词人，像宇文虚中、吴激、刘著、张中孚这些人，他们的身份原来都是北宋的旧臣，但是他们同时入金，也仕于金。入金如果没有出仕，像朱弁、张邵、洪皓等人，我们可以称之为南冠诗人。这些人先后以借才异代的方式入金，并且仕于金，他们为金朝带来了词体文学这种文学形式。当然词体文学的输入，还包括着乐工歌伎这个方面的输入，因为词体文学在彼时还是音乐文学，除了文人作者仕金的这些词人之外，还有乐工歌伎的输入情况。那么金词的发生的时间上限，最早应该在金太宗朝。也就是说，这些仕于金的遗民词人在金太宗时期，由于

[①]《青楼集》"赵真真 杨玉娥"条："善唱诸宫调，杨立斋见其讴张五牛、商正叔所编《双渐小卿》，恕因作《鹧鸪天》《哨遍》《耍孩儿煞》以咏之。后曲多不录，今录前曲云：'烟柳风花锦作园，霜芽露叶玉装船。谁知皓齿纤腰会，只在轻衫短帽边。啼玉靥，咽冰弦，五牛身去更无传。词人老笔佳人口，再唤春风在眼前。'"中国戏曲研究院：《中国古典戏曲论著集成（二）·青楼集》，中国戏剧出版社1959年版，第3页。

他们的创作使得金词得以发生，开金词一代词运，这是时间上讲。在空间上，这些遗民词人随着其仕履沉浮，以及金初政治中心由北向南的移动，他们围绕几个地点：一个是云中（今大同）、上京会宁府（今黑龙江省阿城县南，阿城已合并入黑龙江哈尔滨市）、再有就是燕京（今北京）。围绕这几个地方，在公私宴集上，宇文虚中、吴激、洪皓等人，有一种相互唱和关系。"仕履沉浮"主要指是做金朝官或做地方官，指做官之后的情况。做官之前，就是入金还没仕，这一段不算；入金之后仕于金，才有宦海沉浮。如果是做金朝官，主要是在燕京，做地方官就在各地州县。而金初政治中心由北向南移动，是指金初随着版图的扩大，政治中心必然要求由北向南移动。最初的政治中心在上京，就是会宁府，在东北。正式完成迁都是在完颜亮天德五年的时候。金人从天德三年开始谋划筹建新首都燕京，历两年之久，到天德五年正式迁都到燕京，也就是今天的北京。所以说，北京作为中国历史上王朝的首都始于金朝。而且遗留到今天的卢沟桥就是金人的遗物。"卢沟晓月"是京城八景之一，现在留下来的那个"卢沟晓月"几个字是乾隆的御笔。这是第一个方面，我们解决金词发生的特点。金词发生的特点记住两点：一是时间的断限，时间的断限在太宗朝，不能更早了。一是空间上，创作者随着其仕履沉浮以及政治中心的由北向南移动，围绕着今天的大同、燕京等地，在公私的宴会上松散的这种创作关系。

二是金源文人词是在重视词体抒情性的高起点中发展的。金初的这些文人，他们会重视词体的抒情性的内在原因是他们需要通过创作词体文学这种方式来抒发内在的情愫。他们的创作冲动、内在的矛盾是由什么引起的？显然，金初的这些词人，如前文所说，他们还被"夷夏之辨"这样的情结所困扰，也就是说他们出仕的，是一个由少数民族——女真族建立起来的王朝。这样的一种"冲突"——就是自己这样做对与不对,这样的一个矛盾心态,促使他们在词体文学的创作方面——如前文所说,重视词体的抒情性,也就是向"东坡范式"的"靠拢"。①——这个论断,我在十年前的文章就已经提出来了。②——长短句的创作对于他们来讲,虽然是余事,但却也是"南朝词客北朝臣"生涯最真实心态的流露。我们知道,词体相对于诗,它能"言诗之所不能言,而不能尽言诗之所能言,诗之境阔词之言长"(王国维《人间词话》),更适合于表达一种内心的深层次的波动、深层次的意趣,甚至是一个片段。——当然,我们主要是讲金词。——只要我们把金初词人的词与诗歌对读,就会发现,这两种文体的创作在主题、心态上具有一致性和同构性。具体来说,我们在这个地方就化用了"东坡范式"的说法,"东坡范式"是王兆鹏先生提出来的,是把"范式论"引进到词学批评、词史研究当中的一个产物。"东坡范式"最主要强调的是主体的抒情性。关于"东坡范式"大家可以找来王兆鹏《论"东坡范式"》(《文学遗产》1989年第5期)这篇文章仔细地阅读。由于"东坡范式"的引进,使得金词(文人词)在一个比较高的起点上发展起来,可以说是开百年金词的词运。

三是北宋末年文人俗词的创作潮基本在北方断流。这一条跟我们刚才提到的"文人词是在一个重视抒情性的高起点上发展起来"是互为因果的关系。正因为重视抒情性,所以文人俗词大家就"染指"的比较少。反过来说,之所以很少的人去写俗词,是因为重视抒情性。——我们知道,词体是个矛盾体,词体内部内蕴着抒情性和娱乐性、文学性和音乐性这两对矛盾因子。重视文

---

① 见本书第七讲相关论述。
② 整理者按:此处或指作者发表于《文学遗产》1998年第4期上的《论金词创作的形态和群体特征》。

学性、抒情性还是重视音乐性、娱乐性，其创作目的是有不同的。我们知道，北宋末年的词坛上，俗词非常流行。活跃在北宋末年词坛上的俗词作者，我们可以举出好多人，比如晁端礼、曹元宠。当然，我们今天看到的《全宋词》，虽然称其为全，但是事实上它并不全。包括文人俗词这一块，我们今天能够看到的已经很少了。这是因为文人最后结集的时候，都会把自己认为过于俳谐化、过于浅俚化的这些词删掉，没有收到自己的词集里面来。而我们今天看到的这个《全宋词》，它主要依靠的文献是文人的词，是经过著录的词。北宋词坛上的那一股非常流行、既广且久的文人俗词创作潮，至此是戛然而止的。这是因为外在的因素，这个外在因素就是北宋的覆亡，王朝的更替这是一个史面的因素，是不可抗拒的，这个因素使得北宋词坛上的俗词创作潮戛然而止；另一方面北宋词坛覆亡之后，在南北方词坛又得以重建，在南渡以后重建的南宋初年的词坛上，这一股俗词创作潮仍然没有断流。何以见得呢？我们用材料来说话，我们举鲖阳居士所编的《复雅歌词》为例——当然，这个总集没有流传下来，但是这篇序流传下来了。鲖阳居士《复雅歌词序》成于绍兴十二年，就是公元 1142 年，背景就是南宋恢复了教坊。鲖阳居士这个《复雅歌词》作为一个总集，它的选词标准是"鄙俚俗下者不取"。"鄙俚俗下"针对的就是此前、此间俗词流行状况而发。我们知道选本作为一种特殊的批评文本，它能够起到引导、扭转审美风尚的作用。从鲖阳居士的《复雅歌词序》所开列的选词标准（"鄙俚俗下者不取"），就可以看出南渡初期的词坛上，这种俗词的创作还是有它的市场的。但是在北方的金源词坛上，这种文人俗词创作就基本断流了。

以上我们从三个角度给大家总结了宋词北传与金词发生的一些关联性的、具有一定规律性的特征。

下面我们看第二个方面：金人对北宋词人的接受具有雅俗分层的特征。这个雅俗分层，"雅"是以对苏轼词的接受为范型，"俗"是以对柳永词的接受为范型。金人对北宋词人的接受，恰好以柳永和苏轼词为范型而呈现出俗雅的分层。换句话说，金人对柳永词的接受和对苏轼词的接受，分别具有范型意义，这个"范型"就是"范式"的意思。

在金人的词学批评当中，苏柳词关系也一度是首要解决的理论问题。我们看，金人在这个问题上有哪些论述。我们可以举王若虚的例子。王若虚这样讲：

> 呜呼！风韵如东坡，而谓不及于情，可乎？彼高人逸才，正当如是，其溢为小词，而间及于脂粉之间，所谓滑稽玩戏，聊复尔尔者也。若乃纤艳淫媟，入人骨髓，如田中行、柳耆卿辈，岂公之雅趣也哉？①

> 公雄文大手，乐府乃其游戏，顾岂与流俗争胜哉！盖其天资不凡，辞气迈往，故落笔皆绝尘耳。②

这个话什么意思？就是不承认事实上柳永是苏轼的影子敌人，苏轼没有以柳永为影子对手。这个基本取向，很显然就是所谓的崇雅黜俗。事实上，这个阐释暗含着这样的一层意思：苏轼不但不曾以柳永为对手，而且是不屑与之为对手。接着再看元好问的相关论述：

> 而谓东坡翰墨游戏，乃求与前人角胜负，误矣！自今观之，东坡圣处，非有意于文字之为工，不得不然之为工也。坡以来，山谷、晁无咎、陈去非、辛幼安诸公，俱以歌

---

① 丁福保：《历代诗话续编·滹南诗话》（卷二），中华书局2006年版，第517页。
② 同上。

词取称。吟咏性情,留连光景,清壮顿挫,能起人妙思;亦有语意拙直,不自缘饰,因病成妍者,皆自坡发之。①

元好问的态度非常明确,说苏轼的词体文学创作是"翰墨游戏"的性质,而把苏轼的词体文学创作,说成是与柳永争胜负、争高低,这种说法"误矣",不对。这里回忆一下,苏轼曾经在给朋友鲜于侁(鲜于子骏)的信当中说:"近日颇作小词,虽无柳七郎风味,亦自是一家。"②最后还有一个感叹,"呵呵",就像我们现在常用的表示这种语气的"呵呵"。连苏轼自己都说"虽无柳七郎风味,亦自是一家",显然是心里有了一个影子——柳七郎。但是我们需要进一步关注,进一步思考,元好问为什么要这样讲?他为什么要这样阐释?他这样阐释的目的是什么?他要表述的是什么?他说:"自今观之,东坡圣处,非有意于文字之为工,不得不然之为工也。"不是对于文字工拙方面有意,而是"不得不然之为工也",就是苏轼的文字的"工"是不期然而然,不必然也必然,不得不这样,这是他的高明之处。"坡以来,山谷、晁无咎、陈去非、辛幼安诸公,俱以歌词取称,吟咏性情,留连光景,清壮顿挫,能起人妙思。"下面接着又说:"亦有语意拙直,不自缘饰,因病成妍者,皆自坡发之。"无论是好还是不好,无论是胜出还是稍稍带一点弱点,全是祖述于东坡。显然,元好问这样讲,包括他的论述,"坡"以来列举的词人,目的在于建构起一个体派,而这一体派强调的是吟咏性情,也就是强调词体的抒情性、文学性。他们达到的效果,是"清壮顿挫,留连光景,摇动人心"。这一派,他们的创作弱点也有"不自缘饰",

---

① 元好问:《新轩乐府引》,元好问撰,周烈孙、王斌校注:《元遗山文集校补》(卷三十六),巴蜀书社2013年版,第1249页。
② 苏轼:《与鲜于子骏三首之二》,苏轼著,李之亮笺注:《苏轼文集编年笺注》(卷第五十三),巴蜀书社2011年版,第35页。

不考虑修辞文字方面的问题而带来的"语意拙直""因病成妍"。所谓"因病成妍",就像珍珠产生的过程,就像珍珠、牛黄等一样,本身是病,因病而成妍。当然这个话里面可以看出,在元好问的眼里实际上是没有毛病,即使是有,"因病成妍者"也是好的。所以,元好问毫无疑问在这个地方透露了他的一种阐释意向,指向一种体派论的建构,东坡以来,后面强调的诸公是以辛稼轩殿后,强调苏辛之间的开宗立派的承传性。

而我们刚刚像这样对元好问的阐释对不对呢？我们再看他在另一处的表述：

>……乐府以来,东坡为第一,以后便到辛稼轩,词论亦然。东坡、稼轩即不论,且问遗山得意时,自视秦、晁、贺、晏诸人为何如？"予大笑,拊客背,云:"那知许事,且噉蛤蜊！"①

元好问说"乐府以来,东坡为第一,以后便到辛稼轩",果然在这个地方的叙述当中,他把东坡以来某某诸公——山谷（黄庭坚）、陈去非（陈与义）,等等,都省略掉了。元好问这样的论述省略了体派里面的其他人物,隐而未发的是什么呢？第三便到元好问本人也,实际上是这个意思。果然,他通过一个答客问的方式把这个问题含蓄地阐释了一圈。我们接着看,客人问他："东坡、稼轩即不论,且问遗山得意时,自视秦、晁、贺、晏诸人为何如？""予大笑,拊客背,云:'那知许事,且噉蛤蜊！'"这里没有直接回答,但是用了一个典故。为了说明这段话的含义,我们把这个典故看一看：

---

① 元好问:《遗山自题乐府引》,元好问著,狄宝心校注:《元好问编年校注》（卷四）,中华书局2012年版,第336页。

（融）诣王僧祐，因遇沈昭略，未相识。昭略屡顾盼，谓主人曰："是何年少？"融殊不平，谓曰："仆出于扶桑，入于阳谷，照耀天下，谁云不知，而卿此问？"昭略云："不知许事，且食蛤蜊。"①

这个典故典出于《南史·王融传》，王融曾经拜访王僧祐，"因遇沈昭略"，在王僧祐那个地方遇到了沈昭略，"未相识"，彼此都不认识。"昭略屡顾盼"，"屡顾盼"，东看西看，左看右看。"谓主人曰：'是何年少？'融殊不平。"说这个年轻人是谁？"谓曰：'仆出于扶桑，入于阳谷，照耀天下，谁云不知，而卿此问？'"年少王融口气很大，我"出于扶桑，入于阳谷，照耀天下，谁云不知"。"昭略云：'不知许事，且食蛤蜊'。"我们回过头来看，元好问引这个典，他在说明什么问题呢？实际上他没有直接答客问，而是含蓄地表示：说你不用跟东坡比，不用跟稼轩比，你得意的时候，看秦、晁、贺、晏等人怎么样，含蓄地回答了这个问题，含蓄地表达了对秦观、晁补之、贺铸，大晏或者是小晏诸人不屑之意。他不但明确推尊苏辛，勘定苏辛的词史地位，而且实际上隐含着"直欲追配于东坡、稼轩之后作"（李宗准《遗山乐府序》）。

以上我们介绍了金人对北宋词的接受的第二个方面的特点，以对苏轼和柳永的接受为雅俗分层。那么这个地方，我们需要补充一个问题，在北宋词人里边，在民间词坛和文人词坛受到雅俗共赏的词人及其作品，还有周邦彦。可是，根据我们目前掌握的材料来看，周邦彦的词，没有确切的材料表明已经为金人所熟知，或者说周邦彦的词曾经传到北方的金朝，目前我们还没有材料来确切地指证。

---

①《南史》（卷二十一），中华书局1975年版，第576页。

接下来我们看，金人接受北宋词的第三个特征：金人对辛弃疾等南宋人词的接受没有受双方政权敌对性质之下的意识形态的影响。这个观点是我早在2005年在另外一篇文章就提出来的一个看法，[①] 在这个地方，我还仍然坚持以前的看法。也就是说，金与南宋北南对峙、立国为敌，元氏对稼轩词的接受则完全不受其词"抗战内容"的影响，即政权对立性质并未影响到文学的接受。此中原因何在？盖金人既以"中州"自居，即"文化中国"的道统自居，故在金人的接受视野里，即无"夷夏之辨"之必要，则必无古代版之"民族意识""爱国主义"内容之前理解。这涉及传播的另一个方面的接受问题。我们今天按照接受美学角度，或者是解释学的原理，知道所谓的接受都存在着前理解。对文本的接受，实际上是接受者的前理解与文本的召唤结构相互作用的结果。也就是说，文本是能动的，具有了无限可能的阐释性。那么，不同的接受者所秉有的前理解可能会与文本的某些内在的倾向性——也就是内在的文本结构——产生一种互动作用：这是一般的接受原理。回到具体的金人元好问对辛弃疾的接受问题。我们在讲辛弃疾词的传播的时候，已经指明了元好问对辛弃疾词的接受绝不是在金亡之后；反过来说，元好问在金亡之前已经对辛弃疾的词非常地熟悉。也就是说，事实上，元好问对辛弃疾词的接受，并没有顾及到当时南北政权对峙的政治情况。其中内在原因是什么呢？是因为随着金人统治中原地区合法化的内在要求，金代文化、金人内部产生了"中国"意识。也就是说，金人以中国文化的正统者自居；反过来看，南宋是南蛮。金人内部产生的这种中国意识——具体说是文化中国的道统观——使得"夷夏之辨"在金人眼中已经没有意义。

[①] 整理者按：此处"2005年文章"指的是作者发表的《千古谁堪伯仲间——词学批评史中的苏辛词比较论》，《乐山师范学院学报》2005年第3期。

金与南宋双方是立国为敌的，尽管和平的时间要远远超过了战争的时间，但是两国之间实际上是南北对峙的。在这样的一个大背景之下，元好问对辛弃疾词的接受，没有受辛弃疾词"抗战内容"的影响，也就是说政权对立性质并未影响到文学的接受。为什么会这样呢？这个地方我继续作个简单的分析，那是因为，以元好问为代表的金代的文人阶层、精英分子，他们是以中州自居的，也就是以"文化中国"的道统自居。在金朝的历史发展上，曾经有过多次关于所谓的王朝合法性的德运之争。古人怎么论证王朝的合法性呢？有一种方式是通过五行生克的角度，来论证后一个王朝对前一个王朝的替代的合法性。在金朝，关于金朝应该是什么"德"——到底是火德还是土德，还是其他什么"德"，有多次的论争。这些论争的背后，实际上是凸显了金对于王朝的合法性诉求。既然金是以文化中国道统来自居，显然从逻辑上来说，在金人的接受视野里面，传统的"夷夏之辨"问题就不称其为问题。

总括来看，以元好问为代表的金人的词学批评中的"苏辛词比较论"表现出类似于南宋词学批评中的"苏辛词比较论"模式的特征，即重视和强调苏辛主体天资、胸襟等因素，同时又较辛弃疾的学生范开等论稼轩和东坡词有进一步的丰富和补充。为了方便，我们将范开的相关论述转录如下：

> 器大者声必闳，志高者意必远。知夫声与意之本原，则知歌词之所自出。是盖不容有意于作为，而其发越著见于声音言意之表者，则亦随其所蓄之深浅，有不能不尔者存焉耳。世言稼轩居士辛公之词似东坡，非有意于学坡也，自其发于所蓄者言之，则不能不坡若也。坡公尝自言与其弟子由为文□多而未尝敢有作文之意，且以为得于谈笑之间而非勉

强之所为。公之于词亦然……是亦未尝有作之意，其于坡也，是以似之。虽然，公一世之豪，以气节自负，以功业自许，方将敛藏其用以事清旷，果何意于歌词哉！直陶写之具耳。故其词之为体，如张乐洞庭之野，无首无尾，不主故常；又如春云浮空，卷舒空灭，随所变态，无非可观。无他，意不在于作词，而其气之所充，蓄之所发，词自不能不尔也。其间固有清而丽、婉而妩媚，此又坡词之所无，而公词之所独也。①

那么，元好问对苏辛词都比较的论述丰富在何处？补充在哪里？至少有这么两个方面：一是率先在词史上提出了东坡体；二是首开苏辛词派之论——在词学批评史上第一次提出了由苏到辛的这样的一个体派论。

宋词北传和金人接受第四个特征就是：宋金南北间文人词、文人词坛和文人词体与民间词、民间词坛和民间词体是整体对应的传播和接受。这是我现在着力强调的一个观点，我认为这是一个以前有所忽略的事实。我们以前关注的往往是前者——文人词、文人词坛以及文人词体的北传问题，忽略了民间词、民间词体、民间词坛北传的问题。文人词体归根结底，都是只曲，而民间词体——像诸宫调这样的——是套曲。对文人词很重视这种观点，内在的原因也是渊源有自的，我们可以追溯到现在形成的特定的词史观。从王国维、胡适以降，逐渐形成了关于词体文学叙述的词史观的纯文学史观。我们想一想，王国维在《人间词话》当中开篇即讲："词以境界为上。"有境界自有格调。那么，王国维以来，实际上是把词的应用功能、实用功能——比如说王国维

---

① 范开：《稼轩词序》，张惠民：《宋代词学资料汇编》，汕头大学出版社 1994 年版，第 226 页。

所说的这种"羔雁之具"①排除在境界之外的。词到南宋为什么不好了呢？就是祝寿、唱和，实际的作为文体的实用功能破坏了词体文学性，使词成为"羔雁之具"而亡。当然王国维对这个问题的论述不像我讲的这么简单，他还有内在的一个论证过程。王国维实际上在《人间词话》当中表达的是一种文体内部的退化观。总体上来讲，王国维在文学史观上持"进化论"的文学史观，但是在内部的、具体的每个文体上来讲，则持一种"退化论"文学史观，认为文体成于民间死于文士，在文士手里面就变得僵化而死。为什么变得僵化而死呢？就是文体越来越成为"羔雁之具"，这种实用功能破坏了文学性。事实上，从王国维以来，一直到胡适都是把词看成是纯文学的。胡适的词史观也与他的白话文学史观密切相关，最大的问题就是忽视词体的声学特征，忽视词体的音乐性。那么，把词看成是纯文学、文人纯文学，利弊是非常明显的。一方面，这种纯文学史观，史无前例地提高了词体文学在文学史上的地位；另一方面，也造成了不应该有的一些遮蔽——就是对民间词的遮蔽。当然，我们说民间词，因为没有文人的介入，可能在当时是曲山词海，非常流行，但也是因为没有文人的介入，所以后代人看到的很少。

早在20世纪30年代，俞平伯先生就在他的一篇文章《民间的词》中提醒人们注意。俞平伯老这样讲：

> 在这儿，似乎有一个错误的观念须校正的。错误的来源，因为已词亡了，所存的是词集，而词集多出文人手里。严格说来，我们所讲说评论的，只是文人的词，不是"词"。真的词论必须能诠明词的流行的实在情况，即包括了民间的

---

① 王国维："诗至唐中叶以后，殆为羔雁之具矣。"王国维著，徐调孚校注：《校注人间词话》(卷下)，中华书局2003年版，第34页。

词，不经著录的作品。①

平伯老的这个话在20世纪30年代就讲了。至于完整的词史应该是包含着文人词坛和民间词坛，包括文人词和民间词，包括文人词体和民间词体的全景，才是完整的词史演变过程。正因为有这种相对的忽略，所以我们要强调：宋金之间词体文学的传播关系当中，应该更加重视民间词体、民间词和民间词坛的传播关系。——具体来说就是诸宫调的传播问题，诸宫调是民间词体之一。

①《民间的词》，《俞平伯全集》（第四卷），花山文艺出版社1997年版，第388页。

第十一讲 金词的南向回传及宋金词『双向传播』

以上给大家介绍了双向传播当中的一方,主要的一个方面——宋词的北传。既然是双向传播,那么就有金词的回传,就包括"南向回传"的问题。金词的"南向回传",应该从哪些角度来考察呢?考察角度仍然不出回传的主体、载体和人员几个方面。具体来说,"南向回传"的金代词人有:吴激、蔡松年、完颜亮、韩玉、辛弃疾、元好问等。金词回传的主体渠道和载体,也包括人员、金人词集词作通过榷场买卖、走私、回传、被著录,通过"归正人"和题壁传播南传等。尤其值得我们注意的是金词的回传当中还包括着音乐的交流和词乐、词调的回传。

关于人员,这一部分仍然是着眼于它的可能性。因为尚未有明确的材料,进一步指证具体的金人使臣当中有哪一位在出使南宋时,有了词体文学的即时传播行为。作为文臣词人出使南宋的金人有:翟永固、蔡松年、施宜生、郑子聃、张行简、杨云翼、王渥。与上述文人情况有着本质不同的是两个人——辛弃疾和韩玉的南归——特别是辛弃疾的南归。词史上比较特殊又特别值得重视的是，辛弃疾在金海陵朝时率千骑南渡，这一由北而南的行为带给词史发展的巨大影响。

韩玉由金投宋的年代与辛弃疾相仿，且与辛弃疾有比较密切的交往。但是金代有两个韩玉，词史上往往弄混。事实上在南宋时期，在陈振孙的《直斋书录解题》里已经把这两个韩玉混淆了。投奔到南宋的韩玉，他原来是大梁（开封）的豪杰。他是豪杰也是富豪之一，大梁之豪民。南渡初期，他举家投宋，后来做了张俊都督府里面的主要幕僚。在他留存下来的《东浦词》里面，不但有写给张俊的祝寿词，也有写给辛弃疾的词《水调歌头·上辛幼安生日》，全文如下：

> 重午日过六，灵岳再生申。丰神英毅，端是天上谪仙人。凤蕴机权才略，早岁来归明圣，惊笋汉庭臣。言语妙天下，名德冠朝绅。　　绣衣节，移方面，政如神。九重隆眷倚注，伟业富经纶。闻道山东出相，行拜紫泥飞诏，归去秉洪钧。寿嘏自天赐，安用拟庄椿。

还有写给康与之的《感皇恩·广州与康伯可》一词，全文如下：

> 远柳绿含烟，土膏才透。云海微茫露晴岫。故乡何在，梦寐草堂溪友。旧时游赏处，谁携手。　　尘世利名，于身何有。老去生涯嫳樽酒。小桥流水，一树香雪瘦。故人今夜月，相思否。

由此可知，他与辛弃疾、康与之等人有唱和关系。这个韩玉，与我们讲授的内容和词史是有关系的。而金代另外的一个叫韩玉的人跟词没有关系。另外的一个韩玉，字温甫，是章宗朝明昌年间经义与词赋"双料"进士，但他的最后结局很惨，冤死狱中，《金史》有传。元好问的《中州集》以及刘祁的《归潜志》对这个韩玉都有记载。

而我们要讲的韩玉有《东浦词》传世，而这个韩玉在陈振孙的《直斋书录解题》里面就已经混淆了，今天有些论著还在沿用。从身份上来看，辛弃疾和韩玉其实都是所谓的"归正人"——即起义投诚人员。作为"归正人"或"归明人"，我们为什么要单独讲呢？是因为这两个人，辛弃疾和韩玉——特别是辛弃疾对词史有重大的影响。他们与仅仅作为传播载体的"归正人"是截然不同的。所以，他们不能与下文所要叙述到的作为金词传播载体的"归正人"混在一起。

金人词集词作通过榷场买卖和走私回传并且被著录。金人的词集，通过合法的榷场买卖渠道或者通过非法的走私渠道被南传回南宋。具体的词集，目前还没有直接的材料来指证，但是我们可以看到有记载金人的别集和诗文集。里面是否包括词？还不能确认。可以肯定的是金人的别集或诗文集，也可能包含着词，曾经通过榷场买卖的方式回传到南宋。这里举一例，这个人叫毛麾，北宋覆亡之后年幼随父入金，并在金朝长大。他写有诗文的别集，就曾经通过榷场贸易的方式被南宋人阅读。

那么金人词集，像蔡松年的《萧闲集》、吴激的《东山集》，都通过榷场买卖回传而为南宋的藏书家所著录。具体讲，这个南宋的藏书家就是刚才提到的陈振孙。陈振孙在其《直斋书录解题·歌词类》当中，著录有蔡松年的《萧闲集》以及吴激的《东山集》。[①] 同时，吴激、蔡松年的词作也被多种南宋的词选词话著录和评论。比如，黄昇的《中兴以来绝妙词选》。现在把黄昇的词选简称为《花庵词选》。《花庵词选》之名是清人的命名，

---

① 陈振孙《直斋书录解题》卷二十一《歌词类》："消闲集六卷，蔡伯坚撰，靖之子，陷金者。吴彦高词一卷，吴激彦高撰。米元章之婿，亦陷金，二人皆显贵。"《丛书集成初编》本，商务印书馆 1937 年版，第 596 页。

这部词选包含着上下两部分——《唐宋诸贤绝妙词选》和《中兴以来绝妙词选》。在《中兴以来绝妙词选》卷二就著录了吴激的《春从天上来》(海角飘零)、《青山湿》(南朝千古伤心地)这两首词,并且在著录完之后还有一个评注。两宋词人批评当中的几种文本形式,其中就包括选本、书录解题以及书录解题和选本当中的评注。黄昇的评注很有意义,他说:"右二曲皆精妙凄婉,惜无人拈出。今录入选,必有能知其味者。"①从评注中可以看出,吴激等人的词是第一次入选。"无人拈出"是指从黄昇开始入选。那么黄昇是什么年代?解决这个问题首先要解决吴激的词南传到南宋是什么时间。我们看一个坐标,《花庵词选》的编成年代以及黄昇本人的生卒年代都是什么时候。可是,我们发现,黄昇的生卒年不详。根据他的朋友胡德方在序言当中说他是魏庆之的朋友。胡德方为黄昇的词选所作的序最后所署的时间是"淳祐季秋",也就是南宋理宗淳祐九年(1249);而金亡于1234年。——金朝的年代其实很好记,金朝太祖收国元年是1115年,等到金朝覆亡是1234年,立国历一百一十九年。——南宋理宗淳祐九年的时候,是对应于公元1249年,这个时候金朝已经灭亡。所以有人据此判定吴激的词传入到南宋是金朝灭亡之后。这种看法对吗?不对!我们接着看,黄昇在《春从天上来》(海角飘零)这首词下面还有一注:"三山郑中卿从张贵谟使虏日,闻有歌之者。"这个注非常重要。意思是三山的郑中卿,跟随张贵谟出使金朝的时候,曾经听到有人唱这首《春从天上来》(海角飘零)。下一步工作是:一是要考证出郑中卿何许人也。其二是要知道郑中卿"从张贵谟使虏日"是在哪一年。这两个问题都解决了。"三山郑中卿"就是郑汝谐。查《宋史·宁宗本纪》和《金史·交聘表》,确定"张贵谟使虏日"在宁宗庆元三年,即

① 黄昇:《花庵词选》,辽宁教育出版社1997年版,第192—193页。

公元1197年，对应于金章宗承安二年。这一年正月焕章阁学士张贵谟使金贺正旦。①这个时间段解决了，它提示的意义是吴激的词有早于金亡近四十年传入南宋的可能。张贵谟、郑汝谐在使金时候听到有人唱这首词，有可能当时就把它们带回来了。

除了黄昇的这部词选，像赵闻礼的《阳春白雪》，这是一部宋人所编的词选。从词选的名字来看，该书是以雅词相标榜。在赵选当中也选有吴激的《风流子》（书剑忆游梁）、蔡松年《梅花引》（春阴薄）、《梅花引》（清阴陌）二词，以及《水调歌头·送陈咏之归镇州》（东垣步秋水）、《水调歌头·寄浩然》（云间贵公子）二词以及《浣溪沙》（溪雨空濛洒面凉）、《念奴娇·秋娘之感》（念奴玉立）等词。编成于入元之后的、周密的《绝妙好词》卷二也选有蔡松年的两首词《鹧鸪天·赏荷》（秀樾横塘十里香）、《尉迟杯》（紫云暖。恨翠雏、珠树双栖晚），当然这个年代比较晚了。

此外，像南宋人王灼的《碧鸡漫志》卷二，著录有宇文虚中的《迎春乐·立春》（宝幡彩胜堆金缕）："宇文叔通久留金国不得归，立春日作《迎春乐》曲云（词略）。"王灼的《碧鸡漫志》根据他的自序，我们知道这部词话完成于绍兴十九年（1149）。以此作为最晚的时间下限，它对应于金朝金熙宗皇统九年。金熙宗是金朝第三位皇帝，太祖太宗之后就是金熙宗。而金词的创作正始于太宗朝。王灼的《碧鸡漫志》中关于宇文虚中词的这条著录，所指的是哪一年的立春呢？还不能确定。但是毫无疑问，宇文虚中的这首词很快就回传到了南宋。而且，我们还要考虑这样的一个因素：王灼的《碧鸡漫志》是写于成都碧鸡坊的一个

---

①《金史》卷六十二《表第四·交聘表下》："（承安）二年正月乙亥宋焕章阁学士张贵谟、严州观察使郭倪贺正旦"，中华书局1975年7月第1版，第1456页。《宋史》卷三十七《本纪第十七·宁宗一》："（庆元二年九月）丁酉，遣张贵谟使金贺正旦。"中华书局1985年版，第722页。

寺庙。碧鸡坊，坊就是北方所说的胡同。那么，考虑到这部书成书，是在相对偏远的四川成都。这就说明，远在成都的王灼在绍兴十九年之前已经知道了这首词。那我们做一个合理的推定：宇文虚中这首词不但南传时间很早，在南宋的传播范围也很广。

其次，我们再看"归正人"的问题。金词通过归正人、交聘使臣以及题壁碑刻而传播南传。为了方便，我们把这几个方面合在一起讲。这些主体、载体，是归正人或交聘的使臣，或者是通过碑刻题壁而传播南传。所谓通过"归正人"而传播金词，主要是指完颜亮的词。"归正人"，即"弃暗投明"的起义人。这涉及一首词的著作权问题。具体的考辨我们就不讲了。

关于完颜亮词的南传，在洪迈《夷坚志》、岳珂《桯史》中都有记载。岳珂的《桯史》卷八《逆亮辞怪》："金酋亮未篡伪，封岐王，未平章政事，颇知书，好为诗词，语出辄崛强，愁愁有不为人下之意，境内多传之。……余又尝问开禧降者，能诵意尚多，不能尽识。观其所存，寓一二于十百，其桀骜之气，已溢于辞表，它盖可知也。"[①] 这条材料说明，通过归正人的传播，传播的完颜亮的词的数量不在少数。完颜亮的词不但在金境内为其统辖下的人所熟知，而且"归正人"（"归正人"，他们的身份是相对模糊的，可以是文臣，也可以是武将、朝官、地方官）却能够记忆数量不菲的完颜亮的词。从时间上来看，一直到南宋宁宗开禧北伐的时候，完颜亮的词还在通过降者和归正人传播。

题壁和碑刻也是金词传播方式之一。我们看其中一种传播方式——题壁传播。

这里我们举"仆散汝弼"的例子，他的《风流子》（三郎年

---

① 岳珂撰，吴企明点校：《桯史》，中华书局1981年版，第95页。

少客）词①被刻于骊山石碑：

> 近侍副使仆散公，博学能文，尤工于诗。昔过华清，尝作《风流子》长短句，题之于壁，其清新婉丽，不减秦晏。四方衣冠，争诵传之，称为今之绝唱。恐久而湮灭，命刻于石，以传不朽。正大三年重九日承务郎主簿幕蔺记。②

这里提到的是一首女真词人的词作，作者叫"仆散汝弼"。我们会讲到，词体文学发展到金朝的时候，他们能够娴熟地运用汉语言进行创作，这是金词发展的一个特殊表现。换句话说，词体文学能够被少数民族所掌握，就是从金朝开始的。我们想一想，词体文学为女真等民族所掌握，这是金朝金词发展的一个特殊的标准。完颜汝弼的这首《风流子》被刻于陕西骊山的石碑。其传播方式首先是被"题之于壁"，然后"四方衣冠，争诵传之，称为今之绝唱。恐久而湮灭，命刻于石"，它的传播方式实际上先后有两个：首先，是这首词被"题于壁"的时候，因为脍炙人口，四方争诵；怕时间长了风吹雨打，久于湮灭，就"命刻于石"。时间是"正大三年重九日"。而"正大"是金哀宗完颜守绪的年号，对应于南宋礼宗的宝庆二年，即公元1226年。事实上几年

---

① 整理者按：该词全文据唐圭璋编《全宋词》录（中华书局1965年版，第4142页）："三郎少年客，风流梦，绣岭记瑶环。想娇汗生春，海棠睡暖，笑波凝媚，荔子浆寒。奈春好，曲江人不见，偃月事无端。羯鼓三声，打开蜀道，霓裳一曲，舞破潼关。　马嵬西去路，恁牵愁不断，泪满青山。空有香囊遗恨，钿盒偷传。叹玉笛声沉，楼头月下，金钗信杳，天上人间。几度秋风渭水，落叶长安。"另外，此词亦为陕西省地方志办公室编纂《历代咏陕词曲集成》辽金元卷"金词"部分收录（三秦出版社2007年版，第64页），文字略与《全宋词》本不同："三郎少年客，风流梦，绣岭盅瑶环。看俗酒发春，海棠睡暖，笑波生媚，荔子浆寒。况此际，曲江人不见，偃月事无端。羯鼓数声，打开蜀道，霓裳一曲，舞破潼关。马嵬西去路，愁来无会处，但满目关山。赖有紫囊来进，锦袜传看。叹玉笛声沉，楼头月下，金钗信杳，天上人间。几度秋风渭水，落叶长安。"

② 王昶：《金石萃编》卷一百五十八《金五》《温泉风流子词》，《石刻史料新编》第一辑第四册，台湾新文丰出版公司1977年版，第2938—2939页。

之后金就灭亡了。在"四方衣冠,争诵传之"当中,在题壁之前有没有可能已经传到南宋?可能有,所以我们加一个"或由南传于北"。这个只能是一个可能性。

另外,吴激的名作《风流子》(书剑忆游梁)也通过题壁而南传。南宋陈岩肖《庚溪诗话》卷下记载:"绍兴间陈侍郎相之往使金,至燕山驿,壁间得词云:'书剑忆游梁,当时事、底处不堪伤。念……(下略)'然不著名氏,必中原士大夫沦异域者所作也。以乐府《风流子》按之,可歌。"[①] 这是金词通过题壁与南来交聘使结合而南传的例证。

这条材料讲的是什么的?它说在绍兴年间,陈相之在使金期间,住在"燕山驿"——就是燕山的公馆里边,看到墙壁上有一首《风流子》词,但是没有写作者。而从词意上推断,词的作者一定是中原的士人"沦落异域者"。而且用《风流子》这个词调,是可以唱的。合而观之,这是金词通过题壁与南来交聘使臣结合而南传的一个例证。

我们曾提到过,金词回传还包括词乐词调的回传。具体来说,有两个词调,一个是《饮马歌》,一个是《番枪子》。《饮马歌》原来是流行于金朝的"笛曲",是由宋使臣曹勋带回南宋,而且"实之以词"[②]。曹勋《饮马歌》的词前小序里边这样介绍:"此腔自房中传至边。饮牛马即横笛吹之,不鼓不拍,声甚凄断。闻兀术每遇对阵之际,吹此则鏖战无还期也。"[③] 小序中"不鼓不拍",意思就是纯粹的笛曲。而曹勋听说,这首"笛曲"往往是

[①] 丁福保:《历代诗话续编·庚溪诗话·卷下》,中华书局2006年版,第190页。
[②]《宋史·乐志》:"其时知音者,或先制腔,而后实之以词,如杨元素先制腔,而张子野、东坡先生填词实之……"转引自贾文昭:《姜夔资料汇编》之四《清代·方成培》,中华书局2011年版,第244页。
[③] 词云:"边头春未到。雪满交河道。暮沙残月照。塞烽云间小。断鸿悲。陇月低。泪湿征衣悄。岁华老。"唐圭璋:《全宋词》,中华书局1965年版,第1230页。

金兀术在双方（指宋金双方）对阵、僵持不下的时候吹奏，也就意味着"无还期"，一定要血战到底。

我们检索《全宋词》，发现以《饮马歌》为词牌的，仅曹勋这一首。可能《全宋词》还不全，但我们以目前文献来看，发现由曹勋带回来的北边笛曲在南宋并不流行，甚至没有人跟进。

前文提及的南宋孝宗隆兴初年由金投宋的韩玉，结集有《东浦词》。在《东浦词》中，有一个词调叫《番枪子》，词云：

> 莫把团扇双鸾隔。要看玉溪头、春风客。妙处风骨潇闲，翠罗金缕瘦宜窄。转面两眉攒、青山色。　到此月想精神，花似秀质。待与不清狂、如何得。奈向难驻朝云，易成春梦恨又积。送上七香车，春草碧。

以此词结拍处"送上七香车，春草碧"命名。我们检索《全宋词》，此《番枪子》在宋词中为仅见的"孤调"；——我们这个时候，已经把投诚归宋的韩玉看成是宋代词人了——我们再检索《全金元词》，则没有《番枪子》这个词调，却有《春草碧》这一调。《全金元词》中《春草碧》有两人两首，分别是李献能一首[1]、完颜璹一首[2]，另外还有元人四首[3]。但是，无论是李献能的还是完颜璹的《春草碧》在字数、用韵、句格、韵位都与上引韩玉《番枪子》相同。这样一来，就出现这样的一个问题：在"近

---

[1] 李献能《春草碧》全词为：紫箫吹破黄州月。簌簌小梅花、飘香雪。寂寞花底风鬟，颜色如花、命如叶。千里浣兵尘、凌波袜。　心事鉴影鸾孤，筝弦雁绝。旧时雪堂人，今华发。断肠金缕新声，杯深不觉琉璃滑。醉梦绕南云，花上蝶。

[2] 完颜璹《春草碧》全词为：几番风雨西城陌。不见海棠红、梨花白。底事胜赏匆匆，正自天付、酒肠窄。更笑老东君、人间客。　赖有玉管新翻，罗襟醉墨。望中倚栏人、如曾识。旧梦回首何堪，故苑春光又陈迹。落尽后庭花，春草碧。

[3] 这四首词及作者分别为：邵亨贞的《风流子》"更筹图子宣和谱"和"儒冠不解明韬略"、钱霖《风流子》"客窗闲理清商谱"、钱应庚《风流子》"折冲樽俎谈兵略"，收录在唐圭璋：《全金元词》，中华书局 1979 年版，第 1109、1121、1122、1123 页。

世十大乐"（或"宋金十大乐"）①等的说法下面，《春草碧》"几番风雨西城陌"都是归于吴激名下，而《全金元词》当中，这一首《春草碧》则是归在完颜璹名下，且这种将著作权归属于完颜璹的文献首见于元好问的《中州集》。我们来看看年代："近世十大乐"（或"宋金十大乐"）说法的年代，比元好问的《中州集》要晚。

这个"十大乐"的说法出自于杨朝英和陶宗仪，以及被称为燕南芝庵的这个人。燕南芝庵年代不好确定，有人说是金末人；陶宗仪、杨超英都是元末人；总之他们的年代要比元好问晚。那么这样一来，就出现一个问题，就是《春草碧》和《番枪子》两个词调谁承谁而改，谁先谁后？这两个词调实际上是一个词调，叫了两个名，那么孰先孰后，谁承谁而改，也涉及词的著作权的问题。

具体的考辨过程，我们在这里就不讲了。我们可确知的有两点：第一，吴激早于韩玉；第二，韩玉由金投宋。我们认为，是韩玉入宋后，将"春草碧"改为了"番枪子"。但是，词名修改之后，南宋词人并没有人跟进。也就是说，《番枪子》词调的命运大略同于曹勋从金引入的《饮马歌》。

总括起来，我们说，南宋人对金词的接受有两个特征：

第一，南宋人在对金词接受中表现的具体词评，因异域接受和批评对创作的双重时差，而未对南宋词构成发展趋向性的影响，即南宋人对金词的接受的评论有滞后性。这种滞后性是由两个方面的因素引起的：第一是异域的接受——词从金朝传播到南宋，不但有空间，而且要有时间段的限制；第二个因素是，这种影响的滞后性，表现在批评对创作本身的滞后。批评肯定滞后于创作的，是一种后发式的把握。这种后发式的把握具体表现在对

---

① "近世十大乐"，见本书第四讲相关论述。

金代词人词作的批评。这种批评对南宋词的整体发展，没有构成影响。

为什么呢？我们要先看南宋词的趋向性、整体性的大势是什么。宋南渡以后的词坛在附雅尊体的号召之下越来越雅化——这是文人词内部的情况。文人词越来越雅化——即通过雅化的方式尊体，同时文人词内部词派林立，这是基本的一个现象。同时民间词坛孕育着词曲递变。民间词坛当中侧重于叙事性的缠令、诸宫调等民间词体方兴未艾，孕育着民间的词曲递变。

总体看来，南宋词坛雅俗之间的张力越来越缓，文人词越来越雅化，越来越脱离于民间歌场，同时内部词派流林立。

第二，民间孕育着词曲的雅俗递变：这是宋南渡之后词坛的发展大势。宋人对金词接受、对这种大势没有产生整体性的影响——无论是对完颜亮词的接受，还是对其他人词的接受都没有产生影响。

我们举例来看，比如，对完颜亮词的接受，是在什么情形下进行的呢？岳珂说，著录这首完颜亮的诗词的原因是"录所见者聊以志怪云"耳。完颜亮的词被当代研究者称为金源"本土词风"的代表，且早早传入南宋，而在南宋人的接受视野里，虽云"观其所存，寓一二于十百，其桀骜之气，已溢于辞表，它盖可知也"，却又接谓"犬喑鸮鸣，要充其性，不乎足议"，之所以著录其词的原因乃是"录所见者聊以寓志怪云"。

那么，完颜亮的词风有什么特点呢？称之为"雄健横霸"；当然，也有研究者用另外的语言来描绘——这都是基于一种审美感受性的、描述性的语言。无论如何，完颜亮的词，当代研究者不但把它看成是本土之风的代表，而且把它看成是对整个中国词坛的革新，代表着新的审美意境：这个评价不可谓不高；但是南宋词人、南宋接受者接受的侧重点不在于此，不在于完颜亮的词风提供了什么新的东西,而是完颜亮的词"录所见者聊以寓志怪"。其他人的词,如吴激、宇文虚中的,南宋的接受者——如黄昇——还把他们看成是前朝的,把他们看成是"先朝故臣"。在这样的一个接受前提之下,他们的词被通过各种方式著录;甚至对于金词代表人物元好问的词,著名词人张炎在表示激赏的同时,又表示了一种疑问。张炎说:

> 元遗山极称稼轩词,及观遗山词,深于用事,精于炼句,有风流蕴藉处不减周、秦,如双莲、雁邱(引按:应为"雁丘")等作,妙在模写情态,立意高远,初无稼轩豪迈之气,岂遗山欲表而出之,故云尔。[1]

张炎这样的评论当然与他的词学观有关系,他反对以辛弃疾、刘过为代表的豪气词,认为豪气词不是雅词;反过来说,元好问的词像《摸鱼儿·雁丘词》,用他的话说是"妙在模写情态,立意高远";其评价元好问的词的总体特征是"深于用事,精于炼句,有风流蕴藉处不减周、秦"。那么,反过来的一个疑问是,为什么元好问那么推尊辛弃疾,难道是说他故意"表而出之"？这句"表而出之"是什么意思呢？意思就是:难道是故意说他(辛弃疾)的词好,隐而不发说自己更好吗？张炎的疑问是如此。从上述引文我们看到,连张炎对元好问都有这样的误读在,何况他人？所以,因为这种具体的词评双重时差性,宋人对金词的接受没有对南宋词的发展构成一种趋向性的整体性的影响是在所必然的。

最后一个问题,我们讲:稼轩南归融合北南词风具有重要词史意义。

---

[1] 张炎:《词源》卷下《杂论》,唐圭璋:《词话丛编》,中华书局 2005 年版,第 266 页。

真正对南宋词风构成影响的，是辛稼轩的南归，以及辛稼轩在南宋词坛的异军突起。辛稼轩走上南渡词坛，在时间上讲，已经是"后南渡"时期了，严格说他应该是"后南渡词人"了。那么，辛稼轩融合南北词风的词史意义究竟是什么呢？因为在辛稼轩之前，事实上，南北词风并没有真正地融合。"稼轩体"的意义首要正在于融合了南北词风。其中的"北风"——北派的词风是辛稼轩以"北人"身份由北而南带来的金源学苏而本土化出新的北派词风。这种词风在融合南渡词的基础上，又吸纳了南方词人的经验，完成了南北词风的融合，使"稼轩体"登上了词史高峰，反过来又受到金末元好问等的推尊。

　　"稼轩体"在词史上的意义正在于其对南北词风的融合。如果这种观点可以成立的话，那么，把金朝对稼轩词风的形成给予的影响看成是对词史的积极影响，也是自然而然可以成立的：这是宋金词"双向传播"的更深一层的内涵。事实上，我在这个地方所讲的这些内容，就是我在1996年发表的《关于金词研究的几个问题》一文中《金词、宋词的双向传播》一节所叙述的观点，"稼轩体"双向传播意义的深层内涵。当然，这个地方，还有这样一个问题，就是"稼轩体"的再北传，并受到了元好问等人的推尊。关于"稼轩体"再北传的意义，大家可以参考胡传志的相关文章。[①]事实上，元好问对于"稼轩体"的接受所构建起的东坡到稼轩的体派，实际上已经规范了金末到元初的词坛，而且不但影响到词坛，也影响到了当时新兴的对于北曲的接受——北曲是我们今天的称呼，其在当时被称为大元乐府——事实上还影响到了对于元人乐府的理解。总之，金宋间词体文学的"双向

[①] 整理者按：胡传志的相关文章，根据作者相关论文引用情况，应为《稼轩词的北归及其走向——兼论元好问在其中的作用》，《安徽师范大学学报（人文社会科学版）》2007年第5期。

传播"关系表明，金宋时期北、南词坛间存在平行和影响的双重关系。它表明金、宋词间"异质同构"所禀有的全部外因之源。

前面已经给大家介绍了南北词坛的互动、宋词（包括民间词体）传播到金朝的情况，以及金词的南向回传和词体"双向传播"问题，没有讲的就是传播渠道，包括词集与人员。

词集传到北方金源的方式也是多元的。那么，南北宋词人的词集传到北方金源的具体渠道有哪些呢？

第一种渠道是索要、劫掠。这两种方式在正史当中都有明文记载。史载，金人陷开封之后，直取宋馆藏，并且指名要苏轼文集。"金人指名取索书籍甚多，又取苏黄文墨迹及古文书籍，开封府支拨见钱收买，又直取于书籍铺。"[1] 这段史料当中所记述的，实际上讲了词集北传两个方面的情况：一方面是通过开封府拿钱来买，另外一方面是直接从民间的书铺中索取。这样的索要也就近于抢，所以我们说是索要和劫掠。

第二种渠道是移民携带。宋金战争导致了南北人口的大规模的迁徙和流动。在迁徙流动当中，其中有一部分特殊的人群，就是士人阶层，即读书人阶层。北宋的士人入金的很多，我们知道的在金朝做官的有名有姓的一些人，在前面已经有过简单的介绍。入金的士庶，包括读书人和老百姓，数量是很多的。这些南来士人，他们在入金朝之后，都有大规模的书籍收藏。这里我们举高士谈的一个例子。宇文虚中曾经在死前感叹："死自吾分，至于图籍，南来士大夫家例有之，喻如高待制士谈，图书尤多于我家，岂亦反邪！"[2] 这段话本来是宇文虚中的一个自我辩词。他

---

[1] 徐梦莘：《三朝北盟会编》册四卷七十三《靖康中帙四十八》，江苏广陵古籍刻印社1987年版。
[2]《中州集》诗人小传，姚奠中主编，李正民增订：《元好问全集》卷四十一，三晋出版社2015年版，第720页。《金史》卷七十九《列传第十七·宇文虚中》亦有载，文字略与《中州集》同，中华书局1975年版，第1792页。其事亦见于《宋史》和《续资治通鉴》。

说，如果说我家里面藏有违禁的图书的话，那么跟我一起来的高士谈，他的藏书比我家更多。结果因为这句话，高士谈也把命搭上了。我们引用这条材料，是说明南来士大夫之家藏有图书的这种情况。

第三种渠道是翻刻。包括两个方面，一个方面是官方的翻刻，另一个方面是民间的翻刻。民间的翻刻史料，我们很难找到——民间具体有哪些书肆、书商、书贾，他们出于盈利的目的翻刻了北宋词人的词籍，这个方面的直接的、确切的材料，我们还没有找到，但是可以肯定的是，民间为了盈利这个目的而翻刻的这种行为肯定是存在的。而官方的翻刻则可以举出《金史》卷九的记载："（明昌二年）学士院新进唐杜甫、韩愈、刘禹锡、杜牧、贾岛、王建，宋王禹偁、欧阳修、王安石、苏轼、张耒、秦观等集二十六部。"

第四种渠道是通过榷场等买卖和走私。买卖是合法的渠道。榷场是指宋金双方在边境上建立的集聚的一个贸易地点。宋金之间的榷场贸易，可以追溯到很早之前，在金太宗天会五年（1127）的时候，金刚刚建国不久，就准备在河阳设立双方互市的榷场。随着绍兴南北和议的达成，北南之间相对的处于一个对峙的和平时期。金宋之间在各处建立了这种专门的集贸市场——榷场。

当然，随着宋金之间的战与和，榷场也随之关停与复置。即便如此，我们检索材料可知，直到金章宗泰和年间（1201—1208）——我们知道，金章宗的时候，蒙古已经崛起于北方了。金在宣宗二年以后就迁都了——金宋之间的边境贸易，具体的榷场，还有八处，基本上是沿金宋边境而设立的。金代的边境西起大散关，东边以淮河中线为界。宋金之间的榷场基本上是沿宋金边境的主要的、比较大的州，以及州的治所所在地设立的。具体说有唐州、邓州、寿州、泗州、息州、颖州、秦州西子城场、凤翔场等不下八处。①

这个集市贸易上有没有书籍的流通呢？双方都规定，涉及到国家政治利益方面的书籍，是不能够出境的，不允许流传，是不能够合法买卖的。但是我们知道，伴随着正规的榷场贸易的同时，宋金之间的边境走私活动也一直是很活跃的。那么，正规榷场不能够买卖的书籍——包括违禁的书籍，也可以通过走私的方式流传。所以我们将这一条概括为"榷场等买卖和走私"。买卖是合法的，走私是非法的途径。

民间的渠道不断。正是在这样的一个背景之下，南宋的若干词家以及他们的词集，像辛弃疾的词集、陆游的词集，还有其他人的诗文集，就传到了北方。

以上我们通过四个方面概括了具体的词集传播到北方的渠道。词集除了能够通过上述渠道传播之外，作为传播主体的还有人员。人员这个要素，我们也是要考察的。除去乐工歌伎之间作为音乐文化的携带者的交流之外，还有什么呢？宋金之间人员上的、正常的、官方一级人员的一种往来，也就是我们传统所说的"交聘"，就是双方互派使节。而在双方互派的使臣当中，有一部分人，他们同时也是词人。例如：除去北宋末宣和年间、南宋建炎间（金太宗天会间）"入金"词人宇文虚中、吴激、高士谈、刘著、张中孚外，"绍兴和议"前后南宋使节中亦多有文臣词人：议和前如曹勋、张邵、韩肖胄。

具体讲一下曹勋。这个人很有传奇性。他北宋末年随从徽宗钦宗被虏北方，一直是在二帝的身前。后来，他传达了宋徽宗的衣带诏。赵构的绍续帝位本来是没有被授权的。宋徽宗传了衣带

---

① 参《金史·食货志》；[日]加藤繁：《宋代和金国的贸易》；[日]加藤繁著，吴杰译：《中国经济史考证》（第二卷），商务印书馆1963年版，第202—210页。

诏，认为是可以把帝位传给他。这个信是谁传的呢？就是曹勋。曹勋带着徽宗等人的"御衣所书"（《宋史》卷三百七十九《列传第一百三十八·曹勋》）给赵构，他就找了这个机会"遁归"（《宋史》卷三百七十九《列传第一百三十八·曹勋》）南宋。他逃回到南宋来传递信息之后，成为后来南宋派往金朝的一个正式的使臣，在金熙宗皇统元年（1141）的时候，也就是绍兴十一年，金朝遣行台户部侍郎萧毅、翰林待制同知制诰邢具瞻使宋议和，曹勋，宋朝方面的接办使——就是宋朝方面的一个接待者。而邢具瞻，是由辽朝入金朝的唯一有词传世的作者。

曹勋有一首词叫《玉蹀躞·从军过庐州作》，全词如下：

> 红绿烟村惨淡，市井初经虏。舍馆人家，凄凄但尘土。依旧春色撩人，柳花飞处，犹听几声莺语。　　黯无绪。匹马三游四楚。行路漫怀古。可惜风月，佳时尚羁旅。归处应及荼蘼，与插云髻，此恨醉时分付。

大家可以注意一下此词的内容。那么曹勋此时作为宋金议和，宋朝方面的接办使，就有可能会有文学互动行为。请注意，我们这个地方是说有可能。文臣接办，有可能有文学互动。

除了曹勋之外，像张邵，也是活跃于高宗建炎年间（1127—1230），以使臣身份出使过金朝的词臣文人。南北议和之后，南北使臣当中的词客有谁呢？还有洪迈、洪适、曾觌、范成大、韩元吉、丘崈、郑汝谐等人。

双方的互派使节，在北宋灭亡，南宋王朝甫立初期，主要是围绕着议和活动。南宋绍兴和议已成之后，双方的政治往来就主要有两个时间：一个是双方要在新年之际互派贺正旦使，来向对方祝贺新年；另外一个是对方皇帝过生日的时候，要互派使节道贺。

议和之后，像刚才列举到的曹勋等人，就扮演过这种角色。比如说洪适在宋孝宗乾道元年（金世宗大定五年，1165）三月以礼部尚书使金贺完颜雍生辰万春节。完颜雍是金世宗，他的生辰被称为万春节。因为古代的行旅条件有限，所以要算好日程提前出发。乾道元年，曾觌以宁国军承宣使身份使金，贺上尊号。

像文学史上比较熟悉的，还有范成大使金。他在乾道六年（金大定十年，1170）九月，以资政殿大学士为祈请国信使使金。这一次范成大肩负的使命是什么呢？他叫"祈请国信使"，意思是南宋这一方对金有请求。具体请求是什么呢？就是要求金还河南故地以及两宫遗梓。——因为"河南故地"是南宋历朝皇帝的坟茔所在之地。

以上这些人既是文臣也是词客。我们通过检索《金史》和《宋史》当中各帝王的本纪，以及《金史·交聘表》，可以大致排列出这个情况，最晚的年代一直到章宗明昌年间（1190—1196）。此后因为北方漠北蒙古的崛起，使得宋金双方的正式的使节往来或断或续。而双方使节交往的情况，其中有词的传播这一结论如果成立的话，它应该是一种即时的传播，当下的传播。

当然总体上讲，这个因素是存在着可能性。那么为什么是可能的呢？就是说，无论是接办还是出使、出访，虽然都有一定的规定，但是并不排斥出访人员和接办人员在私下的活动、交往。而且南宋规定，南宋的市场可以向金朝的使臣开放，但是要通过具体的南宋的接待人员即接办使做中介来买卖商品。再加上另外一层因素，因为有些使臣多次出访，甚至是使臣的后代又作为接办使，或者是作为出访使臣。因为有父辈的关系在，所以对他们来讲，这种建立私交的可能性就比较大，而他们之间发生文学互动的可能性也就比较大。

以上我们讲的都是集中于"可能性"的一面。

下面举的这个例子：韩元吉的出使，以及在宴会上的当筵应歌之作，就是一个具体的例证。韩元吉的这首词《好事近·汴京赐宴闻教坊乐有感》：

> 凝碧旧池头，一听管弦凄切。多少梨园声在，总不堪华发。　杏花无处避春愁，也傍野烟发。惟有御沟声断，似知人呜咽。

汴京，北宋的首都，也就是今天的开封，金人将其称为南京。乾道九年（金大定十三年，1173）三月，韩元吉以试礼部尚书的身份出使金朝，目的地是燕京，目的是去贺完颜雍的生日万春节。在去金人的首都燕京的途中，在汴京——也就是当时已经成为金人的"南京"，金人接待了他们。在接待宴会上有歌舞表演。这就是"汴京赐宴闻教坊乐有感"的背景。韩元吉听了这个奏乐表演，对酒闻乐，触景生情，引发了他的今昔之感。为什么有今昔之感呢？这个地方是原来的北宋的旧都、首都，而且在这个旧都来听金人赐宴上的教坊表演。所以，它表达的是一种什么样的感慨呢？用陆游的话说，就是"汉使作客胡作主"。

韩元吉这首词，起拍的"凝碧旧池头"，实际上化用王维的"万户伤心生野烟，百官何日再朝天。秋槐落叶空宫里，凝碧池头奏管弦"（《菩提寺禁裴迪来相看说逆贼等凝碧池上作音乐供奉人等举声便一时泪下私成口号诵示裴迪》），化用了王维尾句诗意。王维此诗是因安禄山而发。安禄山陷长安之后，曾大会凝碧池，逼使梨园弟子为他奏乐。唐教坊有一个乐工叫雷海清，雷海清因"不胜悲愤，掷乐器于地，向西恸哭"，安禄山大怒，将雷海青"缚于试马殿前，肢解之"。[1] 因拒绝为乱臣贼子安禄山奏

---

[1] 整理者按：此事见《唐语林》。以上根据作者授课视频，依照文献记载代为梳理，转引自王国维撰，陈铁民校注：《王国维诗集校注》卷六此诗注释〔一〕，中华书局1997年版，第484页。

乐而被害这个典故，这实际上是双重的"今昔之慨"。在韩元吉的认识里，金人占据中原是没有合法性的。那么眼下金人安排教坊奏乐，这个乐人里面有没有像当年雷海清那样的人呢？这是一个伏笔，所以说"凝碧旧池头，一听管弦凄切"，他一听这个奏乐便想起唐代的事情。最后结拍又讲"惟有御沟声断，似知人呜咽"。"御沟"是北宋都城里面的一段排水设施。水，当然是无情之物，这里说水似知人意，实际上是一种暗讽：现下，"南京"城里的人已经成了金朝的顺民。回过头来看这首词的题注"汴京赐宴闻教坊乐有感"，这个题注，或者词题，说明韩元吉这首词是当筵之作，就是在赐宴的这个宴会席上当场作的。从内容上来讲，这是一首抚今感昔之作，具有厚重的历史感，但是金人并不以此为违碍。

这首词表达的是"汉使做客胡作主"的感慨，但是彼时的词体文学，还是属于音乐文学，南宋词人作为使臣在金朝公家的赐宴上，因歌创作，这本身就是一种即时的传播和文学互动。所以我们讲，这个例子最有说服性。前面所讲的那些使臣，他们有没有这种即时的词体文学的传播和互动行为呢？可能会有。

另外，需要说明的是，以上的事例，其实也涉及金词的传播方式中的歌场传播（另一种传播方式为书册传播）。前面我们说过，金词的创作有着明显的群体特征，传播方式实际上与演出的传播形制是有密切关系的。词体文学在金代，既可以是在宫廷州府公私节庆宴席时的大规模的群体演出，也可以是市井勾栏、瓦舍、茶肆、酒坊当中的单独小唱，既可以合乐，又可以清唱。既可以独立表演，又可以与其他的音乐文艺形式相结合。这样的传播形制是金词的声学特征所决定的。我们所说的词坛——也就是演唱的场所——是词体文学在传播生产机制当中的一个环节。这个场所包括宫廷的大宴，公私的宴集——这是文人词坛，而民间词坛的场所是指市井勾栏当中，即刚才提到的瓦舍、酒坊、茶肆这些场合。

金代词体的体制不仅有作为文人词的只曲，也有作为民间词体的套曲。所以，从词体体制上来看，金代民间的唱赚以及诸宫调都是民间词体的一种。

金代的音乐文化与金词的词乐

金代的音乐文化
金代的词乐、词调

第十二讲 金代的音乐文化

词是音乐文学,既然是音乐的文学,我们就不能不考察金代音乐文化流行的情况,它与金代音乐文化的流行、消费是什么关系。

若要弄清音乐文化流行的情况,词与金代音乐文化的流行、消费的关系,必须要考察金代的城市商业文化、金代的城市发展及依托于城市商业文化当中市民关于音乐文化的记忆。

我们可以笼统地判断,金代的商业文化总体水准可能比南宋要低。这个结论可以参考已经出版的相关论著。比如,吉林大学已故的张博泉先生,在20世纪80年代出版的《金代经济史略》[1];近些年,河北大学的漆侠先生和学生乔幼梅等人合写的《辽夏金经济史》[2]。从经济史、商业史的角度看,金代的商业恢复是很快的。以往在讲宋、金关系的时候,强调的往往是战争对生产力的破坏,战争过后必然要有对生产力的恢复,金代的商业就是以金代社会经济的恢复、发

---

[1] 张博泉:《金代经济史略》,辽宁人民出版社1981年版。
[2] 漆侠、乔幼梅:《辽夏金经济史》,河北大学出版社1994年版。

展为基础而逐渐繁荣起来的。

我们知道，词体文学需要有一定的产生和流行环境。特别是作为一种音乐文学，它的创作、演出、消费和接受都要有一定的物质条件。燕乐的输入，已作为词体文学产生和流行的音乐条件之一。当然，宋代的燕乐已经不同于隋、唐时期的燕乐，而金人引入的这个燕乐——也包括着词乐，在金代的社会环境中有所发展。也就是说，金燕乐也有异于宋燕乐，它是随着时代发展、文化土壤变异的。总体上说，以北宋作为主源引进或输入的燕乐文化——包括词乐在内，分为两个线索：一方面是进入宫廷，整合到金朝燕乐文化的大背景，成为宫廷歌舞燕乐活动的主要内容。金代的教坊制度很发达，有汉人教坊和渤海教坊，他们分别司管不同的音乐文化。总体上讲，教坊是为了朝廷朝会演出的中央机构。整合到大音乐文化传统当中的燕乐，就由金代的教坊所管理，在朝会等一些重大场合进行演出。——那么除此之外还有一个小传统。燕乐文化主要被整合入金朝的大音乐、大文化当中。我们知道，音乐文化具有一定的惯性，金代的音乐文化当中的"小传统"就是指流行于民间的女真"本朝曲"和汉族时调，其所受北宋燕乐冲击、影响有限。女真"本朝曲"在金世宗时，虽经世宗力倡而进入金源音乐文化的"大传统"，但却很少能转化进入词乐。

在金朝的汉人教坊和渤海教坊分别有专门司职人员。事实上，经过整合的辽朝的散乐——包括角抵、百戏等内容（相当于今天的马戏表演、杂技表演），以及取自于北宋王朝的散乐、雅乐内容，在功能和内容上就是金朝新的燕乐。具体来讲，与唱曲活动密切相关的，是"法曲"和"龟兹"两部。也就是说，词体文学在金朝仍然是燕乐歌舞的一部分。从民间词坛来看，从金代的商业文化上来看，至少是从实证材料上看，目前，还难以证明，金代教坊是金代民间词调再生的主源。

从民间词坛看，金代的词体文化和音乐文化的流传和消费状况，比南宋的程度要低。当然，我们做出这个判断也要审慎，因为我们能够有依据进而做出判断的传世的载记不够多，特别是跟南北宋相比，那些有价值的笔记阙如。比如宋代有《武林纪事》，有《梦粱录》，相应的金朝则没有这样类似的笔记传世。金代的民间词坛一定程度上依赖金朝商业的发达程度，而金朝商业发展的现状却在一定程度上抑制或者是不利于民间词体的传播和接受。也就是说，词体在民间的消费接受的发达程度比南宋要低、要差。

燕乐，实际上不在民间流行，或者说在民间流行的程度比南宋要差。南宋的情况特殊在哪里呢？南宋的教坊曾几度废止。所以，在朝会的这些重要场合需要教坊演奏的时候，南宋有另外一种补充制——和雇制度。

> 绍兴末，……后有名伶达伎，皆留充德寿宫使臣。自余多隶临安府衙前乐。今虽有教坊之名，隶属修内司教乐所。然遇大宴等，每差衙前乐权充之。不足，则又和雇市人。今年衙前乐已无。教坊旧人多是市井歧路之辈。欲责其知音晓乐，恐难必矣。[①]

"和雇市人"——就是直接到市面上去临时雇用市井当中的乐人。这样一来，就带来了宫廷的燕乐音乐文化与市井俗乐的合流。这个情况在金朝则并不鲜明，甚至可以说，难以判断是否真的存在。金朝民间大面积流行的音乐文化是它的"本朝曲"。而我们知道，民间音乐文化具有强烈的积淀性、再生性。从文化的一般

---

① 孟元老撰，邓之诚注：《东京梦华录》卷五《京瓦伎艺·教坊》，中华书局 1982 年版，第 142 页。

的接受的规律上看,上位文化、大传统容易接受异质文化;小传统、下位的文化,不容易接受异质的文化。金朝的音乐文化也具有这样的特点。在金代民间大面积、大范围流行的"本朝曲"是他们的民歌,也包括北方汉族的北地民歌。

当然,金代的统治者,出于保护本民族文化的需要,曾经一度——特别是在金世宗时期——把本民族的音乐,引入到了庙堂;但是在词调的转化上,从现有文献看,金朝大量的民间音乐,很少或者没有转化为词调。金代商业发展的程度相对较低,加之燕乐不在民间流行,一定程度上抑制了词体的娱乐功能,也抑制了词体文学在市民层面上的社会化消费。这种情势,在客观上有助于词体文学的文学抒情性功能的增强,从而使金源词风趋于"雅正"。

我们刚刚也讲到,金代词人作为接受的主体,这种接受事实上也是带有前理解的、有选择性的接受。也就是说,金代词人,他们对于北宋词人提供的审美经验、审美范型,是有选择性的。换句话说,金词总体风格的形成,也与金代词人对前代词人的选择性接受有关。

金词是音乐文学,是我研治金词以来所秉有的最基本观点。我在1998年发表的文章《论金词与元词的异质性——兼析"词衰于元"传统命题》曾对此展开过论述,具体认为:"词史中由于创作主体、接受对象、传播方式与范围以及跟音乐的关系等因素的不同,存在着三种创作形态,即文人词、民间(市井)俗词和文人俗词。……三种形态的词并存、流行,这才是词史自唐五代而迄宋金发展中的本真面貌。"[①] 今天,我仍然认为,这个观点是经得起时间考验的。

[①]《文学遗产》1998年第4期;后被中国人民大学《复印报刊资料(中国古代、近代研究)》1998年第2期收录。

那么具体说，词体是音乐文学，其在金代的具体形态是什么样的呢？我们知道，词史上的文人词坛是公私宴集，民间词坛是秦楼楚馆、市井瓦舍。词体文学在金朝是音乐文学，其形态是作为燕乐歌舞活动的一部分，在金代的宫廷大宴、州府和仕宦豪右的公私宴集，以及市井秦楼楚馆、瓦舍勾栏中演唱。金代教坊的设置以及功能，我们都曾对它们有过考索。金代教坊的具体设置时间已经很难考证了，但是，金在灭北宋和完全吸收北宋的音乐文化之前，它已经灭辽，所以金代的教坊是在辽教坊的基础上形成的。

作为音乐文学的金词，它所配合的词乐的输入、流播、发展、变异直接影响到了金词的创作生产与传播接受。因此，我们不能把金词看成纯文学的产物，而是作为一种文艺形式，有着创作生产的一面，它的传播和接受也就等同于消费。也就是说，我们之所以强调金词是音乐文学，是因为它不纯粹是纯文学，而是音乐文艺的一种形式。

关于词乐的输入和金代教坊的建构，我们可以通过一些史料说明，特别是音乐文化的建构。词乐的输入，起初就分为宫廷和民间两条线索。前面我们刚刚讲过：词乐一开始就被整合到金代音乐文化的大传统里——即教坊曲和宫廷曲；而金代音乐文化的小传统就是流行民间的"本朝曲"和汉族时调。北宋主要是作为燕乐主源的音乐文化的输入，对于小传统的冲击程度要远远小于大传统。特别是到了金世宗时期，由于统治者的强调，女真族的"本朝曲"也一度进入到金代音乐文化的大传统，成为庙堂之音，但是很少转化为词调。从词调统计来看，完全由女真族本民族音乐转化成词调的比重非常小。金代教坊和宋代教坊一样，主要功能是为朝廷宴会服务——即在宫廷、朝会等场合提供音乐服务。金代教坊与宋代教坊不同，其在灭宋汲取北宋的音乐文化之前,还全部接受了辽的音乐文化。所以,金代的教坊在机构设置上,又分为汉人教坊和渤海教坊,在职能上分管不同的音乐。事实上,金代教坊的散乐就是功能上和内容上经过整合后的金代燕乐,分别隶属于渤海教坊和汉人教坊。因为先承辽乐在先,复取宋乐在后,从内容上看,既包括辽代散乐的器乐以及百戏,也有源自于北宋教坊的散乐。在这一部分当中,与唱词活动密切相关的是法曲和龟兹二部。

与这个制度相关的是金代的歌伎制度。金代歌伎最初同样来源于北宋,根据史实的记载,出于北宋的歌伎艺人,北上金境之后有三个流向:一个流向是入上京宫廷,成为金代早期的宫女;另外一个流向是入女真豪右贵族之门,成为早期的家姬;再有一部分流落市井成为歧路人和市伎。伴随这三种流向,金代最初的歌伎制度建立起来了。

我们可以通过一些材料来说明这个问题,例如开篇提到的吴激《春从天上来》,这首词前面有一个小序,小序中提到:"会宁府遇老姬,善鼓瑟。自言梨园旧籍,因感而赋此。"吴激在金朝早期宫廷的皇都——上京会宁府所遇到的"善鼓瑟"的老宫女——就是原来北宋的宫女,也就是说金初上京会宁府的宫伎是掠取来的。当然,金享国将近一百二十年,从歌伎"再生产"的角度来看,她们之间的代际消长,是由最初掠取于北宋到本土再生产的转变。其次来看金代地方州府的情况,金代地方州府也只有伎乐,而且在公家宴会之际要唱词侑酒。

金初制度建设有特殊的一面。金初统治力量尚不及中原地区,曾一度扶植伪政权。金废刘豫伪齐之后,改之为行台尚书省,作为名义上的中央政府派驻机构。在汴京的行台尚书省这样一个名义上的中央政府派驻机构中,就只有音乐机构和女乐,例如蔡松年的《雨中花》(忆昔东山，王谢感概，离情多在中年)[①]就是作于汴京。其词前小序透露了有效的信息：

> 仆将以穷腊去汴，平生亲友，零落殆尽，复作天东之别。数日来，蜡梅风味颇已动，感念节物，无以为怀，于是招二三贪心者，载酒小集于禅坊。而乐府有清音人雅善歌《雨中花》，坐客请赋此曲，以侑一觞。情之所钟，故不能已，以卒章记重游退闲之乐，庶以自宽云。

小序中的信息，尤其是"乐府有清音人雅善歌《雨中花》，坐客请赋此曲，以侑一觞"，说明这首《雨中花》是当时应歌而作，而"乐府有清音人"就是音乐机构中善于唱词的女乐。

这个例子是金初期的例子。到了金中叶的时候，从歌伎制度建构的角度来说，歌女就是本土"再生产"的了。例如王寂《南乡子》(绰约玉为肌)[②]也有小序：

> 大定甲辰，驿驰过通州，贤守开东阁，出乐府，缥缈人作累累驻云新声，明眸皓齿，非妖歌嫚舞欺儿童者可比。怪其服色与哈等为伍，或言占籍未久，不得峻陟上游。问之，云青其姓，小字梅儿，因感其事，拟其姓名，戏作长短句，以"明日黄花蝶也愁"歌之。

这个小序中提及的官伎一定是本土再生产的。因为王寂这首词作于金世宗时期（1161—1189），大定甲辰即公元1184年，"驰驿

---

① 忆昔东山，王谢感概，离情多在中年。正赖哀弦清唱，陶写馀欢。两晋名流谁有，半生老眼常寒。梦回故国，酒前风味，一笑都还。　　湖光玉骨，水秀山明，唤人妙思无边。吾老矣、不堪冰雪，换此萧闲。传语明年晓月，梅梢莫转银盘。后期好在，黄柑紫蟹，劝我休官。
② 绰约玉为肌。宫额娇黄浅更宜。京洛风尘无远韵，心期。只有多情驿使知。　　翠羽剪春衣。林下风神固亦奇。辛苦半生谁挂齿，颦眉。似怨东君著子迟。

过通州"——通州，大体上指原来的通县，现北京所辖区。这个小序透露出，作者在大定二十四年的时候公出到通州。通州"贤守"就派官伎唱词侑酒，作者发现其中一人歌喉很好，所谓"缥缈人作累累驻云新声"，但是她穿的服装"与哙等为伍"，[①]就是却与打杂的人差不多。为什么会是这样呢？有人告作者是"占籍未久"。这一句话很重要。籍就是乐籍。这些人是有特殊"户口"的人。"占籍未久"就是刚刚成为女乐，没有多长时间，所以不得"峻陟上游"，意思就是不得马上就跑到"前面"去。小序中的"通州"，查《金史·地理志》属于中都路，金初天德三年（1151）置——已经有了稳定的地理位置。

我们再看一条材料——金代末年。金末刘祁《归潜志》记载了很有价值的另外一件事情：

> 宿（牙虎带）镇、泗数年。屡破宋兵。有威，好结小人心。然跋扈，不受朝廷制。……又御史大夫合住，因事过宿（州），牙虎带馆之酒肉，使伎歌于前。

此事发生在宣宗贞祐南渡之后。算起来上溯到大定甲辰年间，前后相隔五十余年。而通州在北方，宿州在南方——在安徽。五十年间，宿州和通州一南一北，在这两个并不算很大的州——我们通过这则材料可以看到，官伎唱词侑酒均已成惯例。以上两条材料足以说明金源一代官方伎乐的普遍和发达。

以上我们考察了金代宫廷的唱词情况。考察伴随着歌伎制度的确立，音乐的输入，宫廷和官方——地方州府"唱词侑曲"的

---

① 典出《史记·淮阴侯列传》："（韩）信知汉王畏恶其能，常称病不朝从。信由此日夜怨望，居常鞅鞅，羞与绛、灌等同列。信尝过樊将军哙，哙跪拜送迎，言称臣，曰：'大王乃肯临臣！'信出门，笑曰：'生乃与哙等为伍！'"中华书局1982年版，第2628页。

情况。那么，金代市伎的情况如何呢？跟宋代的材料相比，金代这方面存世的材料非常少。但是如果我们我们用心地勾稽，仍然可以一窥全貌。比如，《三朝北盟会编》当中就记载，流落到民间的乐人要养活自己的话，只有不断地"做场"——就是把商业化的演出作为谋生的手段。到金世宗时期，我们从《金史》卷八《本纪第八·世宗下》中勾稽出了一条材料，[1]我们也从《大金国志》中勾稽出了一条章宗时期的材料，金章宗于泰和二年（1202）诏大兴府："选民间女子十三岁以上者三百人，有姿色黠慧者进入禁中，教为酒令，及效市肆歌劝。"[2]文中所引"市肆歌劝"，就是市井当中流行的音乐艺术门类，其中就包括民间的唱词。另外，我们从元好问《续夷坚志》中也发现了一条材料，就是讲民间歌伎梁梅唱词的情况。此时张巨济中状元之后听说梁梅很有名，所以慕名"招饮"，而实际上这个时候，梁梅已经落籍，就是已经不做歌女了，但还是"坐久干杯，唱《梅花》《水龙吟》"。[3]这里的《梅花》《水龙吟》，唱的是北宋词。事实上，伴随着金代城市、商业的恢复，金代民间的唱词活动恢复也是必然的。一直到金亡前夕，要把从开封以来历代列祖列宗的画像（御容）重新布置之后进行祭祀，可是没有乐队，大臣建议"市有优乐，可假用之"。当然，这个建议遭到了否定。"世俗之乐，岂可施用于帝王前？"[4]虽然建议遭到了否定——不可将市井当中的俗乐在祭祖这样庄重的场合使用，但是这一条记载却从反面说明，即便是到了金亡时期，市井当中的歌唱活动、音乐活动仍然

---

[1] 整理者按：据《金史》卷八《本纪第八·世宗下》："（大定二十一年二月）乙巳，以元妃李氏丧，致祭兴德宫，过市不闻乐声，谓宰臣曰：'岂以妃故禁之耶。细民日作而食，若禁之始废其生计也，其勿禁。'"
[2] 宇文懋昭撰，崔文印校：《大金国志校证》卷二十，中华书局1986年版，第278页。
[3] 见本书第十讲，第122页相关叙述。
[4] 整理者按：以上见脱脱等：《金史》卷三十九《志第二十·乐上·雅乐》，中华书局1975年版，第887页。

是非常繁盛的。

当然,我们说,从金代制度建立发展的角度来讲,歌女的类型还有一类,就是家伎。早期作为金代燕乐歌舞、唱词表演主体的家伎也应该是源于索掳,后来随着整个歌伎制度的确立而本土化生产。虽然没有直接材料证明以上说法,但是翻检金代文人词集,有不少词在前面注明是"家集作"。"家集作"的意思,就是在家庭宴会上所作。我们参考考古材料发现,20世纪以来陆续在山西、河北等地发掘的金墓出土的墓俑以及墓砖壁画当中,普遍有表现墓主生前家宴场景中女性舞俑或者是歌舞侑酒的场面。这就说明金代的豪右大家之中,这种歌女唱词的情况非常普遍。

综上,我们可以得出一个最基本的结论:词体文学在金代,是作为燕乐歌舞活动的一部分在宫廷大宴、州府和仕宦豪右的公私宴集以及市肆歌场演唱的。也就是一句话:金词是音乐文学。金词是歌舞乐三位一体的音乐艺术,是文学文化现象。它的创作生产,以及传播和接受都是一种文学文化现象,而不是纯文学现象。

第十三讲 金代的词乐、词调

虞集在其《中原音韵序》中说：

> 我朝混一以来，朔南暨声教，士大夫歌咏，必求正声，凡所制作，皆足以鸣国家气化之盛，自是北乐府出，一洗东南习俗之陋。①

当然，虞集本人也是词体文学的作者，但是在这里，他从传统声教论的角度表达了自己的看法。"我朝"，指的是"大元"；除此之外，他更呼吁："方今天下治平，朝廷必将有大制作，兴乐府以协律，如汉武、宣之世，然则颂清庙，歌郊祀，撼和平正大之音，以揄扬今日之盛者，其不在诸君子乎？"②谁来承担这个时代的重任？谁来完成时代主旋律的创作？谁来完成足以表现盛世王朝的——就像历史上的汉武宣盛世那样的文学作品？就在你们诸位了。他在这里强调北乐府是"治世之音"，一洗东南之陋，要表达的是什么呢？

---

① 《中原音韵序》，中国戏剧研究院编：《中国古典戏曲论著集成》，中国戏剧出版社1959年版，第173页。
② 同上。

第一个目的，是出于"尊体"的需要，为元曲的正统地位尊体而发，但不仅仅如此，更重要的是出于传统乐教论（声教论）对音乐文学主旋律的事实凸显。什么意思呢？我们知道，中国古代的音乐文学——从《礼记》《乐记》以来，就遵循了一种类似今天文学社会学的思路，强调声与政通。那么，虞集在这个地方，对于音乐主旋律事实上的凸显，说明当今北乐府是音乐文学的主旋律——这个事实是不可更改的。如果再进一步把虞集的话与张炎的话做对比，事实就更加清楚了。——张炎在《词源》序中有这样的话："今老矣，嗟古音之寥寥，虑雅词之落落，僭述管见，类列于后。"[1] 张炎为什么要编撰《词源》呢？他的感慨何在？引文中的一"嗟"一"虑"，我们对比一下，事情的另一面就凸显出来了。这说明张炎撰述《词源》的时代，词体文学的衰落是不可避免的，而且不可避免地被新朝、新兴的音乐文学——元代的曲体文学所替代。所以他所说的"僭述管见"，当然是谦虚的说法——本不该由我"越位"来对词体文学的创作经验做总结。但是，我们也从这自谦的话里，看到了这样一层意思：那就是，《词源》与其说是为宋词创作三百年的经验做总结，扶正示范，毋宁说它是为词体文学的创作经验画上一个句号。

我们将以上两段话合观，就说明元词合乐的下限是可以推定的。如果我们再把元代道士词的合乐情况另作处理的话，就可以断定，元词合乐的最晚时间断限可定在中期以后，即迟至延祐（1314—1320），最晚到延祐初期元词已不可歌，成为案头文学。

我们接下来看，以上我们既然论证了金词是音乐文学，元词的合乐是有时限的，我们已经证明了金词与元词的异构，那么，从风格论的角度来说，金词与元词在风格上也是异质的。金词

---

[1] 张炎：《词源》卷下，唐圭璋主编：《词话丛编·词源》，中华书局2005年版，第255页。

"移植性发生"之后，完成了北派风格的本土化建构。通过来自北宋主源的燕乐歌伎和文人创作主体的移植和输入，金朝完成了词体文学最初之发生。这种发生由北宋词种胚而来，在北方一百多年特定的社会历史文化土壤当中，落叶生根、发芽结果，走过了自己特殊的时空轨迹，为词史贡献了北派风格。

何谓"北派风格"？即前贤语："金源人词伉爽清疏，自成格调"（况周颐《蕙风词话》卷三《王黄华小令》），"金词清劲能树骨"（况周颐《蕙风词话》卷三《宋金词不同》），抑或有含有贬义的"深裘大马"（贺裳《皱水轩词筌·刘迎乌夜啼》）之风。无论褒贬，金词总体风格上呈现出北派特征是毫无疑义的。金词的审美价值主要体现在为词史提供了审美范型上的北派风格，秉有北方文化因子，沾溉于北方文学清新劲健、率性自然的美学传统，外化于创作主体尚气任侠的文化心理和精神气质，以及制约于商业发展水平、音乐文化流行状况等时代社会因素的特殊性，正是在这些因素的综合作用下，金词的北派风格得以形成。

换句话说，金词是词史上北派风格的典型体现者。

我们再反观一下元词是不是也这样呢？元词总体上能不能称为北派词呢？换句话说，元词能不能和金词一起，合称为北宗词呢？我们看元词的情况。元词有两个遗留性的发生源，一个是金词的遗留性发生源——在前；一个是南宋词的遗留性发生源——在后：由于南北两个发生源的存在，北南词风交汇之后，结果是"南风"压倒"北风"，发生了风格的逆向嬗递。——最初元词的开启者是金的遗民词人及其作品。这些北方词人所开启的元词的文学风貌，基本上嗣响于元好问。我们把这一阶段的元词看成是北派词，还是可以的；但是，当元1279年混同北南之后，由南宋入元的词人构成了元词的另一个发生源。这其中有不仕于新朝的，有以遗民自处的，有仕于新朝的。以遗民自处者，如周密、张炎、刘辰翁、蒋捷；仕于新朝者如赵孟頫、仇远、吴澄、程钜夫（程文海，字钜夫）、赵文、刘勋、曹伯启。这些人是南士，将南宋的雅词传统带入了元朝。

其间，比如说仇远，论词尊姜夔，今天存词一百二十多首，多是咏物词。他一方面与周密、张炎、方凤等经常唱和，一方面提携后辈，像张雨、张翥等晚辈，他们都从游其门下。因此我们说，南宋雅词传统就是在这样一种唱和、从游关系当中得以赓续。而且延祐以还，到虞集、张雨这一辈在词坛上崛起的时候，他们所秉承的就是南宋雅词的传统。这样一个创作的总体趋势，一直到元末词人邵亨贞、顾瑛，整个词坛都被南宋雅词所笼罩。以词风论，这个阶段的五十年间，实际上是南北词风交汇之后形成了逆向嬗递，完全由南派词风所主导。综观元词的发展历程，很难称之为总体性的北派词。所以即便是从风格论的角度来讲，金词与元词是不同质的。

那么，元词的文学风貌是什么呢？元词的文学风貌，由于受曲化的影响，其发展虽然在后五十年间受南宋雅词影响，但是影响元词的另一个重要的外在因素是曲体文学强烈地牵引。由于曲体文学的牵引和渗透，使元词的文学风貌出现了浅俚俳谐化的倾向。以最称得上是最有代表性的张翥的创作为例，他的创作被前人看作是不忝宋人，完全学宋人雅词传统，无自制腔——也就是没有受曲体文学影响；可是，即便是元词当中最能代表赓续南宋雅词传统的张翥的《蜕岩词》当中，依然不乏浅俚之篇什。

元词作者从主体上看有一个特征，就是专业的词体文学作者不多，往往是词曲兼作。词曲兼作的作者，比如白朴、王恽、卢挚、姚遂、冯子振、乔吉、张可久。当然，当文学史讲到这些人的时候，往往只讲到他们的曲，而不讲他们的词；讲到元代文学的时候，会讲到白朴的曲、乔吉的曲、张可久的曲，不会去讲他们的词。在这些词曲兼作的作者笔下，他们所作的文人词，就有更明显的受曲体文学牵引渗透的特征。这种特征表现为俚俗和俳谐的倾向。根据我的初步统计，除去道士词，大概有五百一十首左右。在今存的元代文人词作品当中，具有浅俚俳谐化风貌的作品，有将近千首。

我们强调金词与元词异质，事实上也是为能够全面、客观地观照12世纪到13世纪上半叶的整体性词坛服务的。在今天有关金元词的研究当中，我们经常会看到，一方面把金元词放在一起论说——合观；另一方面，又笼统地将金元词缀之于南宋词后面来论述。这种论述在当代的词学研究中屡见不鲜、随处可见。

事实上音乐文学的金词与南宋词处于同一发展阶段，金朝与南宋北南词坛之间存在着互动和整体性关系，而金词和元词两者则分野于不同的历史阶段。12世纪至13世纪上半叶，南北两个词坛的情况是：词体文学分蘖为南北两个词坛。此间南北两个"异轨同奔"的词坛间的"互动性"表现为平行关系与影响关系并存。这段词史北南词坛的趋势是"异轨同奔"，有互动性。这种互动性表现为两个词坛之间存在着平行与影响关系。南北两个词坛之间有整体性，表现为文人词雅化加剧和词学"尊体"的导向，以及民间词的暗流涌动，孕育"词曲递变"的共同趋势。

另一方面，北方路向的"词曲递变"发生之后，在音乐文艺重心转移的整体环境之下，元词已经呈现出边缘化、案头化和俳谐化的面貌，它无可避免地已经是词史高峰后的余波了。在这个地方，我们要插入地讲一个前人的看法，就是元人提出来的"近世十大曲"，或者叫"近世十大乐"，也被现代人概括为"宋金十大曲"。其实，金、元人记载的"近世十大曲（乐）"之说，已经反映出以北南词坛融合的视角来评价金词与宋词。这个具体的"近世十大曲（乐）"包括：苏小小《蝶恋花》，邓千江《望海潮》，苏东坡《念奴娇》，辛稼轩《摸鱼子》，晏叔原《鹧鸪天》，柳耆卿《雨霖铃》，吴彦高《春草碧》，朱淑贞《生查子》，蔡伯坚《石州慢》，张子野《天仙子》。①

　　这个名目见载于燕南芝庵所著《唱论》，又见于杨朝英所编的《杨氏二选》其中之一《朝野新声太平乐府》。——关于苏小小《蝶恋花》的著作权归属问题，我们暂且不表。我们看，杨朝英之所以把"宋金十大曲（乐）"——我们今天称之为"散曲"——放在《朝野新声太平乐府》的最前面，其用意是要说明，这"十大曲"是乐府的典范。那么回过头来，我们再看这个问题：关于燕南芝庵的生活年代，有确实考证，他是金末人②，也有人说他是元初名臣燕公楠；③这个问题目前还没有形成共识。那么，无论是金末人还是元初人，这个说法本身，事实上已经是把金词和宋词以南北融合的视角进行观照了。

---

① 出处情况见第四讲，第55页注释①。
② 整理者按：是说见南京大学文学院董酌交《〈唱论〉作者燕南芝庵行实新考》："故燕南芝庵应生于晚金，经金亡而入蒙元。"《南大戏剧论丛》，2021年第2期。
③ 整理者按：持是说者，董酌交《〈唱论〉作者燕南芝庵行实新考》亦略有梳理，可以参考。

金人的词学观念

金人词学观念概观

雅正与尊情

第十四讲 金人词学观念概观

下面给大家介绍有关金人的词学观念。计划讲三个相关的专题,三个问题。

第一个问题,就是金人词学批评的概观。简单说来,从文本形式的运用来看,金人的词学批评运用的文本形式也是多种多样的,虽然没有专门的论著——比如说像南宋张炎的《词源》(当然,我们这里还是习惯上把张炎看成南宋词人)。张炎的《词源》,是作于入元之后,它的创作年代,有的学者认为是入元之后的二十年,或者是入元之后的四十年,但是我们习惯上还是把张炎以及其专门词学论著《词源》看成是宋代的学术成果。确确实实,张炎的《词源》是对宋词特别是宋代雅词发展的一个系统的总结。相比较而言,金人没有类似于《词源》这样的一个专门的论著,但是,金人词学的批评文本形式也是多样的,包括词选、词选的按语;也有大量的专门的词学批评文字,并且在理论建树上也是很突出,很显著的。

金人的词学批评,是从对北宋词的接受,以及金代的词学批评与金词创作的互动这两个层面展开的。

我们看有关的词选体现的批评观。简单来讲，对于金词的研究，就始于金代的当代。有一个人叫魏道明，他的生卒年目前还没有考出来。他主要是活动于金代后期的一个人。他曾经为蔡松年词集《明秀集》作注。魏道明的注，目前词学界还没有专门人写文章论析。①关于词选的再一个方面，元好问曾经采用过词选这种形式，来体现他某种特定的词学观念。比如他曾经编选有东坡词的精华，称之为《东坡乐府集选》——集选，大概就是精选的意思——选篇规模只有七十五篇。那么，元好问在标举东坡词的同时，当然就透露出了他的这种词学理念。很可惜的是这个词选没有流传下来，但是他为自己的这一本《东坡乐府集选》所写的序——《东坡乐府集选引》却保留下来了。再有，像元好问在金亡之后所编选的金词总集《中州乐府》，更是体现了他的词学观念。在体例上，《中州乐府》是以人系词，每人之下各立小传，同时对作者的词体文学创作附以简明的评语。整个的词选体现了元好问非常明确的词史意识。

金人的词学批评当中，不但文本形式多样，理论建树显著，而且，围绕着词体观涉及到多种问题。

首要的一个问题，就是金代词学批评当中的"苏柳词关系"。苏就是苏轼，柳就是柳永。苏柳词关系，是金人词学批评当中首要关注的问题。为什么这个问题会成为一个首要关注的问题？这与金人对柳词、苏词的接受情况是相对应的。正是因为金人对北宋词人的接受里面，有着明显的雅俗分层的特征——雅当然就是指对东坡词的接受，俗就是指对柳永词的接受。我们这样讲，那就隐含着背后的一个关系——苏柳词的关系，一定程度上看，

---

① 整理者按：关于魏道明为蔡松年词集《明秀集》作注的论文，作者曾于2014年在《词学》第三十一辑发表《金魏道明〈萧闲老人明秀集注〉探析》一文，华东师范大学出版社2014年版，第119—133页。

就是一个雅俗关系问题。那么,金人在这个问题上的基本取向是什么呢?那就是贬黜柳永而推崇苏轼。在这一褒一贬当中,它体现出的基本价值取向是崇雅黜俗,并且明确反对苏轼与柳永角力之说。

我们来回顾一下北宋的情况,苏轼曾经不止一次在信中或者在其他场合表示,自己的词与柳七郎词相比,"虽无柳七郎风味,亦自是一家"。① 这个话里边显然隐含着一种与柳永角力的这样一种意向。尽管这个时候柳永已经去世了。也就是说,柳永实际上是作为苏轼在进行词创作时的一个"影子敌人"出现的。但是在金人的词学批评当中,却明确反对这种说法。

具体引王若虚的看法。王若虚说:

> 呜呼!风韵如东坡,而谓不及于情,可乎?彼高人逸才,正当如是,其溢为小词,而间及于脂粉之间,所谓滑稽玩戏,聊复尔尔者也。若乃纤艳淫媟,入人骨髓,如田中行、柳耆卿辈,岂公之雅趣也哉!……公雄文大手,乐府乃其游戏,顾岂与流俗争胜哉!盖其天资不凡,辞气迈往,故落笔皆绝尘耳。"②

他感叹,像东坡这样的高人逸士、有风韵的人物,怎么能说他不懂得情呢?这样讲可以吗?像东坡这样的"高人逸才",他们是以余力作小词,偶尔也兼及于脂粉之间,写一些艳科题材,所谓"滑稽玩戏,聊复尔尔者也",意思就是以玩笑的态度来创作而已,并不是真正寄意于此。那么反过来呢?谁是寄意于此的呢?田中行、柳永他们,以创作"纤艳淫媟,入人骨髓"的艳词。"岂

---

① 苏轼:《与鲜于子骏三首之二》,苏轼著,李之亮笺注:《苏轼文集编年笺注》(卷五十三),巴蜀书社 2011 年版,第 35 页。
② 王若虚:《滹南诗话》,丁福保辑:《历代诗话续编》,中华书局 2006 年版,第 517 页。

公之雅趣也哉！"哪里是东坡的志趣所在呢？这里面讲的就是一个雅俗的分别。他又说，"公雄文大手，乐府乃其游戏。"所谓"乐府"，就是词体文学。创作词体文学，对苏轼来说不过是一种游戏。"顾岂与流俗争胜哉！"这里是程度很轻的一个转折，怎么能看成是与流俗争胜呢？这个流俗就是指前面提到的田中行、柳永。苏轼怎么会跟他们争胜呢？"盖其天资不凡，辞气迈往，故落笔皆绝尘耳。"为什么他"不争胜"呢？因为他们本来就不在一个档次。苏轼天资不凡，"落笔皆绝尘耳"。这个说法里面，明确反对东坡曾经有意与柳永角胜。

事实上，东坡是否有意同柳永角胜呢？尤其是在北宋的话语环境中，东坡是有意，还是无意呢？当然是有的。①

王若虚的上述论述当中，苏轼不屑以柳永为对手的意思非常明显。如果我们撇开其中的"天才论"倾向，再联系柳词在金源传播接受的情况，②就不难看出，金人词坛在"崇雅黜俗"与"尊体"两个方面，与南宋词坛是类似的。当然，我们今天越来越意识到，文学创作是需要天分的，我们过去的文学理论，反对这种东西。其实文学上的天才论，天分，当然是必需的。

金人词学批评当中，还涉及到了苏辛词的比较论。作为逻辑上的一种延展，苏辛词的比较论，自然就被涵纳在金人的词学观的体派论当中，而更指向词体观这个金人词学批评的核心问题。这个话，我们拆分来说：金人的词学批评当中，与宋人类似的就是词体观仍然是一个核心问题。那么，苏辛词的比较论，一方面自然被纳入到体派论里面，同时更指向词体观。元好问曾经说过：

---

① 整理者按：见第十讲，第136页所引苏轼《与鲜于子骏三首之二》，以及前后相关论述。
② 整理者按：关于柳词在金源传播接受的情况，可见作者《论金代全真道士词人对柳词的接受》，《兰州大学学报（社会科学版）》2011年第1期。

唐歌词多宫体，又皆极力为之，自东坡一出，情性之外，不知有文字，真有"一洗万古凡马空"气象。虽时作宫体，亦岂可以宫体概之？人有言："乐府本不难作，从东坡放笔后便难作。"此殆以工拙论，非知坡者。所以然者，《诗三百》所载，小夫贱妇幽忧无聊赖之语，时猝为外物感触，满心而发，肆口而成者尔。其初果欲被管弦、谐金石，经圣人手，以与六经并传乎？小夫贱妇且然，而谓东坡翰墨游戏，乃求与前人角胜负，误矣！自今观之，东坡圣处，非有意于文字之为工，不得不然之为工也。坡以来，山谷、晁无咎、陈去非、辛幼安诸公，俱以歌辞取称，吟咏情性，留连光景，清壮顿挫，能起人妙思。亦有语意拙直，不自缘饰，因病成妍者，皆自坡发之。①

我们知道文学史上有所谓"宫体诗"。宫体诗的描写对象，当然就是宫廷当中的女子。说"唐歌词多宫体"，是指一直到晚唐五代，包括"诗客曲子词"——也就是《花间集》在内，它的体性，就是"宫体"。一直到晚唐五代，这个情况是没有改变的，也就是"又皆极力为之"，相踵成习——大家都这样写，一直到什么地方呢？按照元好问的意思，一直到"东坡一出"。整个词史在东坡这个地方，是一个大的转捩。"自东坡一出，情性之外，不知有文字。"意思是，文字是从属于性情的，看到的都是性情。"真有'一洗万古凡马空'气象"，这也是杜甫的一句诗，意思是，东坡一出，词史就改写了。"虽时作宫体，亦岂可以宫体概之？"这句话的主语还是东坡词；而东坡词，我们今天看《东坡乐府》的三百六十余首中，仍然有大量所谓"艳科"的作品，但

---

① 元好问：《新轩乐府引》，姚奠中主编，李正民增订：《元好问全集》（增订本）卷三十六，山西古籍出版社2004年版，第746—765页。

是，元好问在这个地方讲了，东坡虽然是"时作宫体"——是经常的，不是偶尔的，不是间作，这个现象他也看到了，在《东坡乐府》中大量的艳科题材的词作，"亦岂可以宫体概之"，又怎么可以用宫体这种角度来概括呢？

接下来说"人有言：'乐府本不难作，从东坡放笔后便难作。'此殆以工拙论，非知坡者。"说词，本来是不难作的，"从东坡放笔后便难作"元好问是反对的。并不是说，东坡一出，别人就作不了词，尽废词笔了。在元好问看来，这种说法，"此殆以工拙论，非知坡者"。这只是从工拙的角度、从文字层面来立论，所以是错误的，不是东坡的知音。

为什么呢？他下面来论证："所以然者，《诗三百》所载，小夫贱妇幽忧无聊赖之语，时猝为外物感触，满心而发，肆口而成者尔。"说《诗经》当中，有那么多的篇章里面所记载的，都是民间的那些小夫贱妇，没有姓名的寻常百姓，他们的"幽忧无聊赖"之语，因"外物感触"。这些诗篇，在当初只是一下子因外物感悟而发——这是中国古典诗学的表现论"感悟而发"。"满心而发"，就是从心里面涌出来的，"肆口而成"，根本没考虑，张口就来的东西。"其初果欲被管弦，谐金石，经圣人手，以与六经并传乎？"在最初的时候，果然是想要由管弦之乐来演奏，和谐于金石之声，而又经圣人（孔子删诗）与六经并传吗？这些人在创作"满心而发，肆口而成"的那些诗篇的时候，哪会想到，会作为所谓的经典与六经并传呢？

"小夫贱妇且然，而谓东坡翰墨游戏，乃求与前人角胜负，误矣。"没有姓名的普通百姓，尚且是如此，那么反过来说文豪东坡，他的词体文学创作，作为翰墨游戏，被说成是与前人有意识地一比高低，当然这个说法是错误的。元好问这里所说的"前人"是谁呢？当然是特指柳永。柳永这个时候已经去世了，但毫无疑问是前辈的词人。以上，是个论证，那么下面呢，如果是有立有破的话，那么下面是有总有分了。而这里的"翰墨游戏"一会儿我们还要解释。这层意思，王若虚也有讲到，他们强调这种游戏观是不是就是完全的不经意呢？立论的角度何在，我们回过头再解释。

而元好问强调的是什么呢？强调的是创作状态并不是完全自为的。那么把这样的一种创作，"自今观之，东坡圣处，非有意于文字之为工，不得不然之为工也。"这是正面立论，"东坡圣处"，东坡高明的地方在哪里呢？"非有意于文字之为工"，不是有意于文字的工拙，"不得不然之为工也"，但是就是在这种不以为意的过程当中，恰中了这样的一个艺术的法则。

"坡以来，山谷、晁无咎、陈去非、辛幼安诸公，俱以歌词取称，吟咏性情，留连光景，清壮顿挫，能起人妙思。"另外一层，就是讲这样的一个统系。这个统系，从东坡以来，继承了这样的"不以文字而为工"的统系的有谁呢？有黄山谷、晁无咎、陈去非（陈与义）、辛幼安（辛弃疾），"俱以歌词取称"，他们全都是以音乐文学的歌词来取称于人口而著名。他们是什么样的创作路子呢？都是走的"吟咏情性"的路子："留连光景，清壮顿挫，能起人妙思。"这几句话，就把他们的创作特征全概括了。

同时，元好问还有一个两方面兼顾的"两点论"。一方面，他说："亦有语意拙直，不自缘饰，因病成妍者，皆自坡发之。"还有什么呢？就是后人况周颐所说的"失之荒率"（《蕙风词话》卷三《宋金词不同》）。就是说，东坡及其继承者们也有有缺点的一面。缺点就是"语意拙直，不自缘饰，因病成妍"，就像病株一样，也是另外一种病态的美。这个毛病在元好问看来，实际上也是从东坡那个地方渊源有自的。

大体上，我们这样逐句串讲了一下这段话。概括一下这段话的文意，大体上讲了两层意思。第一层就是，东坡圣处在"情性之外，不知有文字"，这是从词体的文学抒情立论。词体文学是音乐文学，它在产生之初，就有内在的音乐性和文学性的内在的张力和矛盾，以及外化为抒情功能和娱乐功能交织的状态。显然这个话的立论是立足于词体的文学性，以及它的这种抒情功能。

第二层意思是，指出了词史上存在着以"清壮顿挫"为风格特征的苏辛词派。这一点是很重要的。元好问不同于辛弃疾的学生范开，范开在为辛稼轩词集写的序中，强调的是苏辛之异。由于在辛弃疾的时代，就有人把辛弃疾看成有意识去学苏轼词的人，范开就曾经反对过这种说法，他说"器大者声必闳"，这两个人都是器大者，所以自然而然就像了，并不是有意学，但是元好问在这里强调的是，苏辛词风之同，以及开宗立派的承传性。

另外需要注意的一点是，元好问在这个地方把词史的描述从唐歌词一直到东坡作为一个重大的转折，然后又讲"坡以来，山谷、晁无咎、陈去非、辛幼安诸公，俱以歌词取称"，就像他在《遗山自题乐府引》所讲到的："乐府以来，东坡为第一，以后便到辛稼轩。"这样的一种词史描述，用我们今天的语言说，显然是一种文学书写，并不是文学的原生态。这种文学书写体现的是元好问特有的价值观念——他的词学观念。东坡第一，其二就是辛弃疾，那么隐而不发的话是什么呢？接续第三就是元好问。这个地方是需要注意的。所以说元好问明确推尊苏辛，勘定苏辛的词史地位，实际上正像李宗准在《遗山乐府序》中所说，他是"直欲追配于东坡、稼轩之作"。

接下来要给大家介绍的第二个问题，就是"诗词一理"：诗化词体观的容受与发展。金人不但接受了北宋中期苏轼"诗之裔"①的词体观念，及其破体以尊体的阐释策略，而且还进一步发展成为"诗词一理"说。诗之裔的词体观念实际上是一种诗化词体观，我称之为破体以尊体。

"诗词一理"说是由金人王若虚提出来的。王若虚在《滹南诗话》卷二中有这样的论述：

> 陈后山谓子瞻以诗为词，大是妄论。……盖诗词只是一理，不容异观。自世之末作，习为纤艳柔脆，以投流俗之好，高人胜士，亦或以此相胜，而日趋于萎靡，遂谓其体当然，而不知流弊至此也。②

这段论述中，特别是中间这个话，"盖诗词只是一理，不容异观"，这个话他没有论证，一种独断式的论断。"不容异观"，不容再有别的看法。为什么呢？我们看一看他所说的"诗词一理"的"理"是什么。王若虚在《滹南诗话》卷一中有这样的话："哀乐之真，发乎性情，此诗之正理也。"这个地方所谓的"正理"，"哀乐之真"等于是为"诗词一理"的"理"做了一个注脚。显然这是诗化词体观在"诗之裔"说基础之上进一步的发展，即把诗词本质上都看成是抒情文学。我们以前一直讲，词体文学在唐宋金时期，事实上是一种文学文化现象，是音乐文学。如果用五四以后后起的"音乐文学"来指称的话，或者说用古人的声学的概念来指称的话，可以在时段上做如下的划分：从唐末五代一直到宋、金，直至元代的初期，词体文学都不是纯文学。但是，词体文学在这样一个发展的过程当中，在词学批评方面，很早就出现了以诗衡词的看法——就是把词体文学与源远流长的

---

① 整理者按：苏轼《祭张子野文》："微词婉转，盖诗之裔。"苏轼撰，茅于轼编，孔凡礼点校：《苏轼文集》，中华书局1986年版，第1943页。
② 丁福保：《历代诗话续编》，中华书局2006年版，第517页。

诗学传统相关联起来，通过以诗衡词的方式来推尊词体。

在北宋，苏轼以及苏门之下的相关人士都有这样的论述，我在《论宋人的词体观念的建构》一文当中，曾经把这样的一种对词体的尊体的阐释策略称之为"破体以尊体"。①

这样的一种阐释思路，是与北宋后期以李清照为代表的"词别是一家"说——这样的"分体以尊体"的思路是相对应的。可以说，两宋文人词体建构的两个维度，就是由苏轼所提出的"诗之裔"一说与"词别是一家"说这两个维度构成的。

显然，金人的词学批评当中，没有秉承和延续李清照那一脉的"分体以尊体"（"词别是一家"）的阐释思路，而是延续了"破体以尊体"的阐释思路，并且在这个基础之上有进一步的发展。

---

① 整理者按：《论宋人的词体观念的建构》一文为2002年在江苏南京举办的第二届宋代文学国际研讨会论文，载《第二届宋代文学国际研讨会论文集》，江苏教育出版社2003年版，后收入《中国文化研究》2004年第2期。

第十五讲 雅正与尊情

下面看第三个问题，是词学思想内部的一个问题——雅正与尊情：元好问词学思想的内在张力及其意蕴。重点我们谈的是元好问。刚才给大家介绍到他的特有的体派论："乐府以来，东坡为第一，以后便到辛稼轩"，"东坡性情之外，不知有文字，一洗万古凡马空气象"，等等，毫无疑问，元好问对苏轼是推尊有加的。但是，他在对苏轼具体的某一篇词作的解读上，却出现了深度的误读。具体说，就是对苏轼的《沁园春》（孤馆灯青）这一篇。我们将《沁园春》这首词的全文录之如下：

> 孤馆灯青，野店鸡号，旅枕梦残。渐月华收练，晨霜耿耿，云山摛锦，朝露溥溥。世路无穷，劳生有限，似此区区长鲜欢。微吟罢、凭征鞍无语，往事千端。　　当时共客长安。似二陆初来俱少年。有笔头千字，胸中万卷，致君尧舜，此事何难。用舍由时，行藏在我，袖手何妨闲处看。身长健，但优游卒岁，且斗尊前。

在金亡之后第三年，也就是蒙古太宗八年，元好问被羁管于山东冠市。在这一年的九月份，他曾经从山西人孙镇编注的《东坡乐府》中撷取精华七十五首，编成《东坡乐府集选》，并且作了一篇序言。这篇序言当中，一方面他表彰了孙镇所注的《东坡乐府》使"坡词遂为完本，不可谓无功"；同时，花重笔墨，浓笔重彩，特拈出《沁园春》（孤馆灯青）这首词，加以"辩伪"。——当然这个"辩伪"我们是加引号的，实际上这首词不伪。无论从文献上，还是从其他角度，我们可以肯定地讲，《沁园春》（孤馆灯青）这首词的著作权属于东坡。但是，元好问为什么误读了呢？这个误读背后有什么意蕴，透露出何种信息呢，我们看一下元好问的这段话：

> 绛人孙安常注坡词，参以汝南文伯起《小雪堂诗话》，删去他人所作"无愁可解"之类五十六首，其所是正亦无虑数十百处，坡词遂为完本，不可谓无功。然尚有可论者。如"古岸开青葑"《南歌子》，以末后二句倒入前篇。此等犹为未尽，然特其小小者耳。就中"野店鸡号"一篇，极害义理，不知谁所作，世人误为东坡。而小说家又以神宗之言实之云："神宗闻此词，不能平，乃贬坡黄州，且言'教苏某闲处袖手，看朕与王安石治天下'。"安常不能辨，复收之集中。如"当时共客长安，似二陆初来俱妙（引按：原文如此）年。有胸中万卷，笔头千字（引按：原文如此，当为'有笔头千字，胸中万卷'），致君尧舜，此事何难。用舍由时，行藏在我，袖手何妨闲处看"之句，其鄙俚浅近、叫呼衒鬻，殆市驵之雄，醉饱而后发之；虽鲁直家婢仆且羞道，而谓东坡作者，误矣！[1]

---

[1]《东坡乐府集选引》，姚奠中主编，李正民增订：《元好问全集》（增订本），山西古籍出版社2004年版，第751—752页，标点略异。

"绛人孙安常注坡词，参以汝南文伯起《小雪堂诗话》，删去他人所作'无愁可解'之类五十六首，其所是正亦无虑数十百处，坡词遂为完本，不可谓无功。"绛，今天属于山西。孙安常是孙镇的字。前面是表彰孙镇所做的这些工作，其中"是正"的地方大大小小算起来有数十近百处。

"然尚有可论者。如'古岸开清葑'《南歌子》，以末后二句倒入前篇。此等犹为未尽，然特其小小者耳。"这个不过是个小问题。"就中'野店鸡号'一篇，极害义理，不知谁所作，世人误为东坡。"在元好问看来，什么是大事？就是词选当中选的这一篇《沁园春》（野店鸡号），"极害义理"。

"而小说家又以神宗之言实之"至"而谓东坡作者，误矣"这一大段话，都是在说孙镇注东坡词的问题。实际上这个序言当中，前面表彰的话当然是一部分的，宽泛肯定，但是具体否定。为什么呢？这个事情上，他认为孙镇不能辨，没有能力辨别。元好问为什么这么讲？他认为这个词的风格，是"鄙俚浅近、叫呼衒鬻，殆市驵之雄，醉饱而后发之"。鬻是卖，衒是炫耀。"殆市驵之雄"，市井当中的驵侩、掮客的头目醉饱之后说的话。这种话即便黄庭坚家的仆人都不会说，难道能是东坡说的吗？当然不对。这个是他的原话，这里简单串解一下。

孙镇这个人，我们对他知道的也不多。能知道几条：他是长安年间赐进士出身，曾经在陕西做官。

从文献上来看，这首词的著作权属于苏轼是没错的。从苏东坡的文集流传的情况来看，比较早有记载的，是南宋人傅幹编撰的最早的苏轼词集《注坡词》。在南宋人陈振孙的《直斋书录解题》当中曾经著录了《注坡词》，但是宋本的抄本也没有流传下来。今存有《注坡词》的清人抄本。在清人抄本的《注坡词》里面，这首《沁园春》（孤馆灯青）存有半阕。前片没有，后片始自"有笔头千字，胸中万卷，致君尧舜，此事何难"。另外，在今存东坡词集当中的最早刻本——元代延祐庚辰（1320）叶曾在云间南阜书堂刻本的《东坡乐府》（世称"元延祐本"或者叫"云间本"）中，这首《沁园春》（孤馆灯青），已经有了一个词题，叫"赴密早行马上寄子由"。所以我们说，从苏轼词集的著录情况来看，这首词的著作权属于苏轼是毫无疑问的。但是，为什么元好问还会认为这首词不是苏轼的呢？而且，刚才已经讲到，元好问特别推崇苏轼和辛弃疾。所以，他做出这样的结论，肯定不是出于不尊敬苏轼。那么，他说这一篇《沁园春》（孤馆灯青），风格豪放发露，词旨"极害义理"——就是说这一首词是完全没有道理：这里下的论断不可谓不重。所以在他看来，这首词根本不可能是东坡所作，词里的形象也根本不应该是他心目中的那个东坡，而是市井之徒醉酒之后袒胸露腹、大声吆喝之语。这样的"深度"误读，背后透露出元好问的词学思想具有鲜明的崇雅意识和儒学背景。也就是说，元好问的词美理想是士大夫精英意识的体现。

我们知道，词体文学最初是出于里巷歌谣。民间词体诞生于民间文人与乐工歌伎的合作，本出于里巷歌谣。文人词体孕育诞生之后，文人开始"染指"于这种文体的创作，经历的时间并不短。如果从文人词体确立的中唐开始算起，到唐末五代以《花间集》为代表，已经结集有了"诗客曲子词"。但是我们知道"诗客曲子词"仍然是一个歌本，也就是说，《花间集》是要供宴会上演唱所用的，所谓"西园英哲，用资羽盖之欢；南国婵娟，休唱莲舟之引"（欧阳炯《花间集》序），也就是说，虽然词体经文人"染指"，但是它天生的应歌的秉性并没有去掉，也就是词体里面的音乐性、娱乐功能是天然所存在的，不脱其应歌赋性。

也就是说在长期的时间里，在文类的等级上，词体是不能与诗文比较的。

从历史发展的进程来看，金与南宋北南对峙，但是词坛上"尊体"却是北南词学上的共同目标。作为金词一大家的元好问，他的尊体意识也是一以贯之，而且是内化于以诗衡词当中的。也就是说，金人的诗化词体观也有一个内在的发展过程。从王若虚理论上提出来，到元好问，也有一个内在的连续性。对元好问而言，他是自觉地以诗学理论观念来观照和阐释词体这样一种后起的音乐文学样式。换言之，元好问的词学思想实际上是在其诗学背景上展开的。

我们前面曾经引过《新轩乐府引》中的一段话："唐歌词多宫体，又皆极力为之。"当然我们利用同样的材料，阐释的角度有所侧重。所谓"宫体"即"艳科"，是元好问对晚唐五代以《花间集》为代表的"诗客曲子词"的体性的确认。"曲子词"前面加冠以"诗客"，这个是为《花间集》作序的欧阳炯的标榜。欧阳炯标榜《花间集》是"诗客曲子词"，不是民间俗而又俗的东西，是雅的，但是我们知道以《花间集》为代表的"诗客曲子词"，它的特征在于代言的女性视角，以及娱乐功能的侧重。

那么，元好问评价苏东坡的词"性情之外，不知有文字"，则是强调文人士大夫的视角，以及词体抒情功能的凸显。所以我们说，这个地方不简简单单是论东坡词的问题，实际上是对词体文学的通论，是以"吟咏性情""性情之外，不知有文字"，来共同看待和共同要求诗与词；不仅仅是针对东坡等具体词人的作家论，实际上是关于词体本体的论述，是从词体的文学抒情性角度来立论。这个话我们在前面所引的第一层当中已经简约地讲过了。

那么何为"性情"或者"情性"？"性情说"也好，或者叫

"情性说"也好,是先秦儒家就予以关注、阐释和争论的一个重要问题。"吟咏情性"或者"吟咏性情",是《毛诗序》以来古典诗学的重要命题。比如,到了南朝梁刘勰的时候,他说:"诗者,持也,持人情性。"(《文心雕龙·明诗》)"盖风雅之兴,志思蓄愤,而吟咏性情,以讽其上,此为情而造文也。"(《文心雕龙·情采》)

元好问也曾经提到,"唐贤所谓'性情之外,不知有文字'云耳。"(《陶然集》诗序)这句话是指唐代皎然《诗式》中所说"但见性情,不睹文字,盖诗道之极也"的话头。与元好问同时代的南宋人严羽也曾经说过:"诗者吟咏性情也。"(《沧浪诗话·诗辨》)

由此看来,这个话头并不新鲜,而且,以"吟咏性情"来论词体,元好问也不是"首发"的第一人。北宋苏门四学士之一的张耒在为好友贺铸词集《东山词》所作序当中就曾经说:

> 文章之于人,有满心而发,肆口而成,不待思虑而工。不待雕琢而丽者,皆天理之自然,而性情之道也。……或讥方回好学能文,而惟是为工,何哉?余应之曰:是所谓满心而发,肆口而成,虽欲已焉,而不得者。①

这段话是什么意思呢?我们知道,词体文学在北宋中前期的时候,在文类等级上还甚低,所以张耒的友人贺铸大量作词,有人就会提出质疑。张耒就对这种质疑给予一个回答:"是所谓满心而发,肆口而成,虽欲已焉,而不得者。"这就是为朋友的词做一个辩护、解说。

我们既然已经可以将词体文学追溯"吟咏性情"是一个古老

---

① 张耒撰,李逸安、孙通海、传信点校:《张耒集》卷四十八,中华书局1990版,第755页。

的命题，且以"吟咏性情"来说词体也并不是元好问首创，那么尊体意识下，元好问的"吟咏性情"论词，它有什么独特性呢？我们再继续把它像剥笋一样剥出来。

元好问终生对儒家信奉皈依。这可以从他幼年师承路铎、郝天挺等儒者，以及早年就写下《诗文自警》可以看出来。《诗文自警》，经过孔凡礼先生的辑轶，今天已经看到了。①我们可以举其不惑之年，自我反思性的《新斋赋》当中的语句：

> 拊陈迹以自观，悼吾事之良勤。失壮岁于俯仰，竟四十而无闻。圣谟洋洋，善诲循循。出处语默之所依，性命道德之所存。有三年之至谷，有一日之归仁。②

从学理上来讲，元好问对于儒家的学说是尊奉的。明乎此，我们再回过头来看儒家关于"性情"或"情性"之说，虽然这两个字连在一起称之为"性情"或者是"情性"，但是儒家对其辨析甚明。是怎么辨析的呢？在《中庸》的开篇就讲："天命之谓性，率性之谓道，修道之谓教。"另外又说"喜怒哀乐之未发，谓之中；发而皆中节，谓之和。"

《中庸》所讲的"天道性命"，以"天命谓之性"为其立论的前提。按照蒙培元先生的说法，这就是宇宙论本体论的讲法，③其中隐含着情从性出的思想内容。当然我们知道，先儒的思辨并不是很强，以孔孟为代表的先儒，基本上他们的学说是在伦理学的范畴，并没有真正建构起儒家的形上学。儒家形上学的建构完

---

① 《诗文自警》作于元好问十七岁时，孔凡礼先生自明人唐之淳《文断》辑得十四则，另辑一则，计十五则，前引增订本《元好问全集》已编入正文。
② 《新斋赋并序》，姚奠中主编，李正民增订：《元好问全集》（增订本）上册，山西古籍出版社2004年版，第4页。
③ 整理者按："宇宙本体说"相关，可见蒙培元《论理学范畴系统》，《哲学研究》1987年第11期。

成于宋儒之手。两宋理学发达,已建构起道德形上学体系。宋儒二程认为,"道与性一也",是一回事,性就是道,道就是性,"自性之有动者谓之情"。①

程颐更倡"性其情",性是动词,也就是说,以先天的"性"来节制后天的"情"。为什么呢?因为在这里,性作为先验的道德理性是纯粹的善——儒家是承认有纯粹的善存在的;而情是什么呢?情是动于中形于外的,有善亦有不善。性是纯粹的善,而情有善有不善。

朱熹对于"性"和"情"的关系,提出"心统性情"——性情都统一于心,以及"性体情用"说——就是性是"本体",情是"用"。有体有用,有形上有形下。他认为"性对情言,心对性情言。合如此是性,动处是情,主宰是心。"②就是说,引入了一个新的"统摄"的概念——性也好,情也好,统摄于心。

具体到元好问,他在"情性"问题上没有系统的论述,但是他强调"本诸仁以内养,发于诚而外见。吾儒之兼善,内教之利它,皆得自性分自然"。③这个毫无疑问,从理路上来讲,也是儒家的,是强调"后天"合返"先天"。他还强调中和之美,他说"'文章,天地中和之气,大过为荒唐,不及为灭裂。'仲经所得雍容和缓,道所欲言者而止,其亦得中和之气欤?"④什么是"中"呢?就是"无过无不及",而所谓"发而皆中节,谓之和"(《礼记训纂·中庸第三十一》)。

---

① 《畅潜道录》,程颐、程颢著,王孝鱼点校:《二程集·遗书》卷第二十五《伊川先生语》,中华书局 2004 年版,第 318 页。
② 黎靖德编,王星贤点校:《朱子语类》第五卷《性理二》,中华书局 1986 年版,第 89 页。
③ 元好问:《龙门川大清安禅寺碑》,姚奠中主编,李正民增订:《元好问全集》卷三十五,三晋出版社 2015 年版,第 628 页。
④ 元好问:《张仲经诗集序》,姚奠中主编,李正民增订:《元好问全集》卷三十五,三晋出版社 2015 年版,第 657 页。

这样一来,作为合理的推论,元好问对词体"吟咏性情"的要求就必然是情感的中节与导范,是所谓合目的性与合规律性的统一。这样一来,我们发现,元好问在他的话语内部形成了在"雅正"与"尊情"之间的张力。所以,他对这种"为外物感触,满心而发,肆口而成者",又有内在的限定。——我们看前面引的张耒为贺铸所作的《东山词序》里面也有类似的话头[1],而元好问限定在什么地方呢?他说,之所以《诗经》时代,"小夫贱妇幽忧无聊赖之语",能够"见取于采诗之官,而圣人删诗不敢尽废"的原因是什么呢?"盖秦以前民俗淳厚,去先王之泽未远,质胜则野,故肆口成文,不害为合理。"[2] 也就是说,在先王的时代,民风淳朴、人性淳朴,所以他们"满心而发,肆口而成"就能够合理。

可是,后世民风巧伪浇薄,所谓"去古既远,天质日丧,人伪日胜"[3]。如此,使"今世小夫贱妇,满心而发,肆口而成",那就是另外一种样子了——"适足以污简牍,尚可辱采诗官之求取耶"![4] 那就是说,这里面一个重要的问题,并不是说你"满心而发,肆口而成"就能够是合道合理的。为什么呢?这里有一个"先王之民"与"后世之民"的民风民心人性的一个变化:这就是一种张力。

同时我们说,倡"雅正"也主"真情",也使得元好问在他的词学思想与批评和创作之间形成了一种矛盾和张力。他在我们

---

[1] 整理者按:此处作者省略了《东山词序》的相关引文:"文章之于人,有满心而发,肆口而成,不待思虑而工,不待雕琢而丽者,皆天理之然,而性情至道也。"
[2] 以上引自《陶然诗集序》,姚奠中主编,李正民增订:《元好问全集》卷三十五,三晋出版社 2015 年版,第 658 页。
[3] 元好问《拙轩铭引》,姚奠中主编,李正民增订:《元好问全集》卷三十五,三晋出版社 2015 年版,第 646 页。
[4] 元好问:《陶然诗集序》,姚奠中主编,李正民增订:《元好问全集》卷三十五,三晋出版社 2015 年版,第 659 页。

前引的《新轩乐府引》的后半部分,就表现出了这样的一种矛盾的态度。一方面他对张胜予(新轩)年轻的时候"多喜而谑之之词"以及金末乱离之际"又多愤而吐之词"这种明显有违诗教的创作,持理解甚或是欣赏的态度,谓"读其词,平生不平事尽向毛孔散":① 这一方面是肯定的;而另一方面他又通过一个虚构的人物屋梁子这个人——屋梁子实际上就是另一个人格自我,来严厉地责问自己:

> 《麟角》《兰畹》《尊前》《花间》等集,传播里巷,子妇母女交口教授,媱言媟语,深入骨髓,牢不可去,久而与之俱化。浮屠家谓笔墨劝淫,当下犁舌之狱。自知是巧,不知是业。陈后山追悔少作,至以《语业》命题,吾子不知耶?《离骚》之《悲回风》《惜往日》,评者且以"露才扬己,怨怼沉江"少之。若《孤愤》《四愁》《七哀》《九悼》绝命之辞,《穷愁志》《自怜赋》,使乐天知命者见之,又当置之何地耶?治乱,时也;遇不遇,命也。衡门之下,自有成乐,而长歌之哀甚于痛哭。安知愤而吐之者,非呼天称屈耶?世方以此病吾子,子又以及新轩,其何以自解?②

这么一大段话,前面肯定说,我读到张胜予的词,"平生不平事尽向毛孔散",不仅仅是一吐块垒,是"尽向毛孔散",但是,另一方面又通过一个虚构人物屋梁子有这样一大段的自责。

这个话里面有几个层次。一个方面是说,唐五代的艳科之词,是佛家所讲的"笔墨劝淫"的东西。这个话是从哪里来的呢?从文字上来讲,它的渊源应当源于黄庭坚为晏几道的《小

---

① 元好问:《新轩乐府引》,姚奠中主编,李正民增订:《元好问全集》卷三十五,三晋出版社2015年版,第654页。
② 同上。

山词》作的序。在序中，黄庭坚说自己年轻的时候曾经作词，道人法秀曾经以"笔墨劝淫，于我法中当下犁舌地狱"来警告，这是他"特未见叔原之作邪"！意思就是认为晏几道的词在这方面有甚于我。"自知是巧，不知是业。"所谓"业"当然是佛家的概念。业指业力，指一种心理能量。元好问在这里举的例子是陈后山。"陈后山追悔少作"也涉及词史上一个很奇怪的现象。陈师道曾经讲，"今代词手"是"秦七黄九"，而且他自认为"秦七黄九"不下也，"唐诸人不迨也"。[1] 实际上我们知道陈师道这个人完全是一位夫子，他传词极少，并不以词擅长，但是上述引文选择了这样的一个点，就是陈后山"追悔少作，至以《语业》命题"。语业是从佛家的身业、意业、口业化来的。所谓"语业"，是因为词体文学多描绘艳科，多绮语，"缘情而绮靡"（陆机《文赋》），所以称之为"语业"。"吾子不知耶？"——你不知道这回事吗？这是一个层次，是说"笔墨劝淫"的问题，形成"语业"的问题。

另外一个方面，是讲《离骚》当中的这些篇章：《悲回风》，甚至后来的《孤愤》《四愁》这些绝命之词。这些词都有所谓的怨怼、怨怒，也就是在情感上的抒发并不"中节"，并不"温柔敦厚"，而是有怨怒。我们说，元好问引这个话，他的结论是，通过诗可以反映出什么呢？治乱。这当然是儒家乐教论、政教论的观点，通过文学、通过诗篇采风，可以观政治得失，是治世还是乱世。"治乱，时也；遇不遇，命也。"这是元好问的结论。

"衡门之下，自有成乐，而长歌之哀甚于痛哭。"真的就是哭出来才是最悲哀的吗？这样的一个问，通过屋梁子——另一个元好问的人格问，才是他的深衷隐意之所在。

---

[1] 以上见陈师道：《后山诗话》，此处转引自傅璇琮：《黄庭坚和江西诗派资料汇编》卷上，中华书局1978年版，第16页。

最后这个话,"其何以自解"?这个其是指你:你怎么来解决这样的一个两难的问题?怎么面对这个问题?我们说,耐人寻味的是元好问怎么自解。他前面讲了一大套儒家的诗教,援儒家的诗教入词教——虽然没有真正的"词教"这个词,但是是隐然其中的,他的这个自解之道是什么?竟然是引了谢安的所谓的哀乐语:"'年在桑榆,顷正赖丝竹陶写,恒恐儿辈觉,损其欢乐之趣。'东山似不应道此语,果使儿辈觉,老子乐趣遂少减耶?"

此是不得已而为之。小孩子家家不懂,跟他说不清楚。为什么?所谓"桑榆",就是晚年,大概是人过了五十岁以后吧。人到晚年需要什么呢?更需要"丝竹陶写"——软性的文学、音乐而不是载道的文学。虽然文学可以"观政治得失"——通过声音之道看政治得失,但是对于一个老人而言,他并不需要拈出这么一个大题目来。他需要的是什么呢?是"丝竹陶写",是娱乐性的东西。

元好问的词学思想当然是复杂的,"雅正"与"尊情"的张力结构也是连续性的。为了从根本上解决这个矛盾,元好问在晚年提出了"以诚为本"的诗学命题。元好问并不强调今天所谓的诗是诗、词是词、文是文这种文体观。他强调从根本上来讲,诗词文都是义理:

> 诗与文,特语言之别称耳。有所记述之谓文,吟咏性情之谓诗,其为言语则一也。唐诗所以绝出于三百篇之后者,知本焉尔矣!何谓本?诚是也。古圣贤道德言语布在方册者多矣。[①]

看他的的感叹,从行文上来讲,这里用了三个感叹句"焉尔

[①] 元好问:《杨叔能小亨集引》,姚奠中主编,李正民增订:《元好问全集》卷三十五,三晋出版社2015年版,第652页。

矣！""何谓本？诚是也。""古圣贤道德言语布在方册者多矣。"今天图书馆里面有大量的典籍，古人的高文典册都有，但是在世道人心吗？接下来，元好问又在这段话中说：

> 故由心而诚，由诚而言，由言而诗也，三者相为一。情动于中而形于言，言发乎迩而见乎远。同声相应，同气相求。虽小夫贱妇、孤臣孽子之感讽，皆可以厚人伦、美教化，无它道也。

在这段话中，"诚""言""诗"是元好问强调的"三段"。而为什么看似不忠洁的、不符合雅正的幽忧之语，出于"小夫贱妇、孤臣孽子"的这种怨怼之词，是属于雅正的，能够起到儒家所讲的"厚人伦、美教化"的这种功能呢？"无它道也"，因为"本乎诚"。这样的命题就把前面我们所讲到的连在一起了：先王之道的时候人行世道，人性自然淳厚，后世民风巧伪浇薄。怎么办？这个问题就转化成了一个内心的自律的问题，就是诚与否的问题。何为诚？《中庸》上讲：

> 诚者，天之道也；诚之者，人之道也。诚者不勉而中，不思而得，从容中道，圣人也。诚之者，择善而固执之者也。

诚是天道，追求诚是人之道。"诚者不勉而中"，诚者不需要勉强，就能够正好，"不思而得，从容中道，圣人也。诚之者，择善而固执之者也。"人的追求是"择善而固执之者也"。宋代理学的开山者周敦颐说："诚者，圣人之本。……'大哉乾元，万物资始'，诚之源也。……'乾道变化，各正性命'，诚斯立焉。……纯粹至善者也。"①也就是说，中国古人的形上学发展到两宋时期，它仍然是一种道德形上学，他认为：由人道而上天道，建构出的形上学是一种道德形上学，所以道就是心，心就是礼。朱熹说："诚者，真实无妄之谓，天理之本然也。诚之者，未能真实无妄，而欲其真实无妄之谓，人事之当然也。圣人之德，浑然天理，真实无妄，不待思勉而从容中道，则亦天之道也。"②儒家的理想当然就是成圣，圣就是可以自然地符合天道。

讲了这么一大堆话头，再看儒学道统落实到北方金源的情况。

北方流行的儒学不是这一套东西，儒学道统也在北方重建，但是，金人所重建的儒学道统不是宋儒的道统——虽然宋代的理学也曾经北传过。具体来讲，金代的士大夫当中的赵秉文、杨云翼，他们首开沿袭接受宋儒理学之风。而赵秉文、杨云翼都对元好问有知遇之恩。这些和元好问有从游关系的人，是他的前辈。元好问在为杨云翼所作的神道碑铭中曾借杨氏曾祖之口说："圣人之道无它，至诚而已。诚者何？不自欺之谓也。"③我们看得出来，元好问的解释最简单明了，诚，就是不自欺。我也认同这个解释，这个解释不比宋儒差，简单明了。

另外，从诗学传统上来看，从先秦起就已经有将"诚"与文学创作联系起来的立论。在《易经·文言传·乾》当中就讲过这个话："修辞立其诚。"孔子更讲："诗三百一言以蔽之，曰思无邪。""无邪"就是有诚。总之，正是依托于哲学概念"诚"的援入以及孔门、汉儒施教的延展，元好问晚年提出了"以诚为本"

---

① 周敦颐：《通书·诚上第一》，周敦颐著，陈克明点校：《周敦颐集》卷二，中华书局1990年版，第13页。
② 朱熹：《中庸章句》，朱熹撰：《四书章句集注》，中华书局1983年版，第31页。
③ 元好问：《内相文献杨公神道碑》，姚奠中主编，李正民增订：《元好问全集》卷第十八，三晋出版社2015年版，第364页。

的诗学命题，它依附于在创作论层面上，是把"真和善"统一于"诚"。"雅正"与"尊情"的矛盾张力，实际上是"真与善"的矛盾。所以，他就从创作论的层面上消解了"雅正"与"尊情"的话语张力，使得古典的美学理想仍然能够保持和谐的特征。但是，我们不能不看到，这种论证只能是学理性的。在元好问的时代——即历史发展上的近世时期、近古时代，是唐宋转型之后所完成的时代。而我们知道，唐宋转型最重要的一个标志是文化社会的世俗化转向。元好问所处的近古时期，世俗化的时代，它当然与古圣贤时代相去甚远。元好问也同时感到"复古为难"，"真积之力久而有不能复古者"（《陶然集序》），不管用多大的力气也没有办法的。

这个命题是如何解决的呢？元好问是从两个方面来解决的：一个方面是学理上的消解，另一个方面真正付之以实施的，就是前文所说到的、不能告诉这些不懂事的儿辈们的话，"何以自解"，就是"赖丝竹陶写"，事实上也正是如此。他真正付诸于实施的是晚年对新乐府——也就是我们后来所讲的散曲的倾力和关注，可以看出是他"赖丝竹陶写"这样的一种意向，一种实践。元好问是文人散曲的先驱者之一，看他所作的散曲《双调·小圣乐·骤雨打新荷》：

> 绿叶阴浓。遍池塘水阁。偏趁凉多。海榴初绽。妖艳喷香罗。老燕携雏弄语。有高柳鸣蝉相和。骤雨过。珍珠乱糁。打遍新荷。　人生有几。念良辰美景。一梦初过。穷通前定。何用苦张罗。命友邀宾玩赏。对芳樽浅酌低歌。且酩酊。任他两轮日月。来往如梭。[①]

根据元末陶宗仪的《南村辍耕录》卷九《万柳塘》记载这首词

[①] 隋树森编：《全元散曲》上册，中华书局1964年版，第3页。

的本事，可知其作于金亡之后。这首散曲（新乐府）当中所说的"命友邀宾玩赏。对芳尊浅酌低歌"，正是他在《新轩乐府引》当中所说的："年在桑榆，正赖丝竹陶写。"而且根据陶宗仪的记载，我们知道，元好问的这一首《骤雨打新荷》一出，有众多的文人赓贺。即便对于元好问本人来讲，"雅正"与"尊情"的这一张力矛盾的理想状态的消解，也只能是学理上的消解。由此，我们看出，在金元之际，伴随着朝代的更迭，文人文学与民间文学在文类和审美理想方面，雅俗的分流趋势已经势不可挡。当然在这种雅俗分流的大势之下，也存在着两者之间的这种弱势的互渗。比如，元好问的这种散曲时调的创作就代表了一种互渗。那么，在这种雅俗分流势不可挡的大势面前，近古以降的古典审美理想当中的"真"与"善"就更难以统一——是"以真为美"还是"以善为美"？与元好问同时代的刘祁和王郁（飞伯）他们都是"主真论"的代表。金末以刘祁和王郁为代表的"主真论"实际上已经下开明人李梦阳"真诗乃在民间"的命题。一直到近代王国维出，在完成对古典诗学词学总结与终结的同时，也将"以真为美"推向高峰。[①]而另一脉"以善为美"——也就是雅正理想，则成为元、明、清三代诗文复古运动的话语的内在旨归。

[①] 王国维《人间词话》力倡"真"字，如"境非独谓景物也。喜怒哀乐，亦人心中之一境界。故能写真景物、真感情者，谓之有境界，否则谓之无境界"，"词人者，不失其赤子之心者"，至谓"'昔为倡家女，今为荡子妇。荡子行不归，空床难独守'、'何不策高足，先据要路津？无为守穷贱，坎坷长苦辛'，可谓淫鄙之尤。然无视为淫词、鄙词者，以其真也。五代、北宋之大词人亦然。非无淫词，读之者但觉其亲切动人；非无鄙词，但觉其精力弥满。"见《蕙风词话·人间词话》，人民文学出版社1960年版，第193、197、220页。

金词的历史地位

审美理性与北派风格

「词曲递变」中作为北方路径发生环节的金词

金词是南北方音乐文化、文学传统再次融合的产物

第十六讲 审美理性与北派风格

对于金词的研究，从 20 世纪以来一直在两个层面展开：一是对金词历史演变过程的描述，二是对金词价值层面的判定。金词的特质是价值判断最核心的内容，只有明了金词的特质，才能对其历史地位进行准确客观地衡估，所以金词的特质是这一讲的重要内容。

我认为，金词的特质，是为词史提供了前所未有的北派风格。此处的"北派风格"，既不是简单的作家风格，也不是文体风格和流派风格，而是涉及民族、地域和时代各种要素的总体风格。也就是说，金词的内部风格实际上是多种多样的；而我们往往把金词风格看成是金代词人的主体创作意识、心理投射而产生的一般特征——用偏重哲学的语言来讲，就相当于"杂多合一"：这种风格是一种抽象。总体风格不等于单个作家作品的风格，也不等于北派风格里没有缠绵的、阴柔的风格。

以上，是我们在介绍金词历史地位的内容之前，简单地做一点铺垫。

金代的北派风格在古今的研究者当中是有共识的。比如清代词评家贺裳在《皱水轩词筌·刘迎乌夜啼》一条中这样描述："元遗山集金人词为《中州乐府》，颇多深裘大马之风。"去掉贺裳在这段话里的褒贬之意，①"深裘大马之风"这样的审美描述性语言，就是对金词北派风格的一种概括。再比如晚清著名的词评家况周颐有这样的说法："金源人词伉爽清疏，自成格调。"（况周颐《蕙风词话》卷三《王黄华小令》）同时，况周颐还把金词的北派风格放在与南宋词的对比当中来加以阐释：

> 姑以词论，金源之于南宋，时代政同，疆域之不同，人事为之耳。风会曷与焉。如辛幼安先生在北，何尝不可南，如吴彦高先生在南，何尝不可北。顾细审其词，南与北确乎有辨，其故何耶？或谓《中州乐府》选政操之遗山，皆取其近己者。然如王拙轩、李庄靖、段氏遁庵、菊轩其词不入选，而格调气息，以视元选诸词，亦复如骖之靳，则又何说。南宋佳词能浑致，金源佳词则近刚方。宋词深致能入骨，如清真、梦窗是。金词清劲能树骨，如萧闲、遁庵是。南人得江山之秀，北人以冰霜为清。南或失之绮靡，近于雕文刻镂之技。北或失之荒率，无解深裘大马之讥。……而其佳妙之所以然，不难于合勘，而难于分观。往往能知之而难于明言之。然而宋金词之不同，固显而易见者也。②

"姑以词论，金源之于南宋，时代政同，疆域之不同，人事为之

---

① 整理者按：此句接下来说"惟刘迎乌夜啼最佳"，对金词"深裘大马"之风的褒贬态度明显。

② 况周颐：《蕙风词话》卷三，人民文学出版社，郭绍虞、罗根泽主编：《中国古典文学理论批评专著选辑》本，人民文学出版社1960年版，第57页。整理者按：此处首句唐圭璋：《词话丛编》第五册，中华书局1986年版，第4456页写作"时代正同"。

耳。风会曷与焉。"这句话是什么意思呢？我们知道，在北方建立起的金朝政权与南宋政权是两个同时代对峙的政权。"时代政同"，就是所处的时代是同世。"疆域之不同"，即南北的对峙分界是人为设置的，是"人事为之耳"。"风会曷与焉"，这里的"风会"，是广义上的艺术精神、风貌；"曷与焉"，"与"是有什么关系呢？这句话的完整意思是，南北对峙不会影响艺术上的"风会"。"顾细审其词，南与北确乎有辨，其故何耶？""顾"表示轻微转折——但是，仔细审视南北方的词体文学，其中确实有不同，原因何在呢？

在况周颐看来，"南宋佳词能浑致，金源佳词则近刚方。"金代的词，好在哪里呢？好在接近"刚方"；南宋的词好在哪里呢？好在能够意境浑融。"宋词深致能入骨"，这个地方，论述的"范围"实际上扩大了，不仅仅指的是南宋词，也包含了北宋词。"宋词"好在哪里呢？好在能够"深致入骨"，比如周清真、吴梦窗的词。这里，况周颐实际上犯了一个错误。这里讲的是南宋词和金词的对比，所以不应该讲的是周清真。"金词清劲能树骨"，相对于南宋词的"入骨"，金词能够"树骨"，能够树立内在的"骨"。我们知道，中国古代审美，有一种"形体化"的趋向。其所运用的语言，如筋脉、脉络、肌体、血肉、理、骨、骨骼，都跟人体有关系。这是一种描述性的语言，况周颐所举的例子，就是萧闲、遁庵。

关于南北词的利弊得失，况周颐又有如下阐释："南人得江山之秀，北人以冰霜为清。"南方的词得到江南山水的滋润，但过于绮靡、软媚、阴柔——这是相对于"骨"而言，仅仅在雕琢文字的人工之美，不免于匠气。"北或失之荒率，无解深裘大马之讥。"北方的词、金源的词，过于浅陋直率，没有修饰，没有办法化解"深裘大马之讥"。况周颐行文到这个地方，还有几句妙语："而其佳妙之所以然，不难于合勘，而难于分观。往往能知之而难于明言之。"南北词的佳妙之处，把它们放在一起的时候不难看出来，难于将二者"分观"。往往"能知之而难于明言之，宋金词之不同显而易见"。我们今天看况周颐这段衡见南北词利弊得失方面的论述，仍然是非常有见地的，可谓之惊艳。

今天，我们说对于这样的一个审美范型，无论是褒是贬——褒，像况周颐所讲"金源人词伉爽清疏，自成格调"；贬，是贺裳所说"颇多深袤大马之风"，这种北派的审美范型的存在都已经是不争的事实。接下来，我们要做的工作是，要论证况周颐所说的这种金词北派风格"能知之而难于明言之"的内在原因是什么。

金词形成北派风格的第一个方面原因：我们从现在的阐释视角，就是从文化建构文学的角度看。我们今天看来，文学都不是孤立的，文学既是文化的载体，也是文化的承担者，甚至在某些方面，是文化的集中体现。所谓"文化建构文学"就是把文学和文化看成是一个互涵互动的关系。在这样的一种阐释视角下，金词禀有北方文化因子，自然就与作为宋型文化产物的南宋词有着风格上的总体差异。那么，金型文化是什么样子的？有没有金型文化呢？我们说，相对于宋型文化而言，金型文化更有民族和地域的特点；但在文化构型上，它们都属于近世文化，都属于雅俗二维文化结构。当然，金代文化本身是有一个建构过程的。这个建构过程的源头是女真族的本国制度。女真族的本来文化是渔猎文化——现在我们看到，有不少的论著，在论及金词的时候，往往笼统地说"北方游牧文化"，特别是把金词和元词放在一起论述的时候，将它们称为北方游牧文化的产物——其实这样讲是不对的。因为，金代的女真族不是游牧民族，而是渔猎半农耕民族。在金代文化的初始发展阶段，吸纳游牧民族的文化元素。这个元素从渤海文化、辽代（契丹）文化中，吸收属于草原的游牧文化。

我们知道，金在灭北宋前，已经先灭了辽。在入主中原后，金迅速地与汉文化——汉文化从文化类型上来讲，属于农耕文化——融合。这种不同类型文化之间的碰撞，产生了一种新形态的北方文化。这种北方文化为金代境内各个统治民族所共有。从文化构型来看，这种北方文化也具有上层文化和下层文化，即大传统和小传统。

金词，或者往大了说是金代文学，在金型文化的建构之下，与金代文化是互涵互动的关系，是作用与反作用的关系。一方面它被文化所模塑，另一方面它又以自身的功能反馈、作用于北方文化，使得金代文化的大系统得以建构。我们从这个角度可以说明，金词因为禀有新形态的北方文化因子，所以自然具有北派风格。

金词形成北派风格第二方面的原因在于，北方文学传统以及北方清刚劲健、自然率性的美学趣味影响了金词的风格。元好问《论诗绝句三十首》中有这样一首绝句：

> 慷慨歌谣绝不传，穹庐一曲本天然。中州万古英雄气，也到阴山敕勒川。

这首诗实际上讲的是金诗的继承性质。当然，我们用它来概括金词的继承性质，也是适用的，只不过词的情况要远远复杂于诗。

我们说，北方文学与南方文学是广义而言。中国历史上南与北有着不断伸缩的具体情况。现在南与北可以黄河为界，可以以长江为界来谈。在宋金时期，从疆域上来讲，宋金对峙的自然的河界是淮河，两国以淮河划定了宋金南北之间自然的分界线。虽然各个时代南北之间有伸缩，但是北南之间的文学存不存在这种地域性的差异呢？揆之于中国文学史的发展事实，北南之间的文学也存在地域性的差异，而且渊源很久。刘勰在《文心雕龙·乐府》篇当中，就把上古的诗歌划分为东南西北四种类型。①魏徵在《隋书·文学传序》中较系统地阐述了南、北朝文学风貌的不同，他说："江左宫商发越，贵于清绮，河朔词义贞刚，重乎气质。气质则理胜其词，清绮则文过其意。理深者便于时用，文华者宜于咏歌，此南北词人得失之大较也。"②近代著名文学史家刘师培，在其长篇《南北不同文学论》③中对南北文学的不同风貌以及形成原因有更详明的阐释。这篇长文从语言、环境、习俗等各个方面来概括中国南北方文学所各具有的特征。总体上可以这样来说，我国南北方文学在文学风格的美感形态上存在华实、婉直之分，"阴柔"和"阳刚"的对举，一言以蔽之，就是"南秀北雄"。金词禀有直接与间接两个文学传统：直接的是北宋词的移植，更深远的是北方文学传统的沾溉。而北方文学传统的形成很大程度上与北方各民族和中原地区相接触有关，他们所秉有的渔猎文化与中原农耕文化之间相互冲撞、沟通、融合、涵化。这就与南方的荆楚文化风马牛不相及。

另外，金代词人对北宋词人提供的审美范型、创作经验——即金词的总体风格的形成，也与金代词人对于前代词人的选择性接受有关。金代的词人对北宋词人提供的创作经验和范式主要是

---

① 整理者按：《文心雕龙》卷二《乐府第七》："至于涂山歌于候人，始为南音；有娀谣乎飞燕，始为北声；夏甲叹于东阳，东音以发；殷整思于西河，西音以兴。"刘勰著，黄淑琳注，李详补注，杨明照校注拾遗：《增订文心雕龙校注》，中华书局2012年版，第82页。

② 魏徵、令狐德棻撰，中华书局编辑部点校：《隋书》卷七十六《列传第四十一·文学》，中华书局1973年版，第1730页。

③ 整理者按：根据徐中玉主编：《中国近代文学大系1840—1949》第1卷《文学理论集》，上海书店2012年版，第294页，该文发表于《国粹学报》第一年第九期，1934年宁武南氏校印本《刘申叔先生遗书》收录。

取法苏轼,对于柳永、秦观、晏几道的接受,从范围上来讲比不上对于"东坡范式",对苏轼词的接受。所以,清人翁方纲提出了"苏学北行"的命题,他说:

> 当日程学盛于南,苏学盛于北,如蔡松年、赵秉文之属、盖皆苏轼之支流余裔。①

翁方纲在这里提出了"苏学",它的内涵、范围要远远大于苏词。苏学的概念涵盖面非常广,要远远大于苏轼的文学,它包括了苏轼的政治思想、人生态度、书法、绘画等。"苏学盛于北"这个命题里面,自然也包含着苏词"盛于北"。可贵的是,金人学苏而能够不输于苏,在追摹坡仙风度的同时,能自具面目。比如翁方纲提到的蔡松年、赵秉文。蔡松年是学苏的第一代金代词人,也是稼轩的词学渊源所在。由蔡松年到赵秉文,金人对苏词的接受,体现了时代性和词人创作的主体性特征,这种主体间性,也就是对苏轼的选择性越来越强。蔡松年的词学苏,同时也自具自家面目。正如刚刚我们所引的况周颐的话:"北人以冰霜为清","金人词得江山之助"——受地理环境所影响,这个特征在蔡松年的词里面有大量的体现,我们能够在其中找到很多独具北国特色的冰雪意象。这个北方自然的冰雪意象,与雅文化的"逸品"(魏晋文化以来,中国文化在书法、绘画各个方面推崇着有神品、逸品之说)所推崇的"神涵"就合而为一。我们看这样的词句:"东晋风流雪样寒"(蔡松年《小重山》),强调的是像雪一样寒、清冷,这其中高标的"逸品"实体,就是东晋人推崇的魏晋风骨。又如"高会端思白雪,清澜远泛红莲"。(蔡松年《雨中花·送赵子坚再赴辽阳幕》)高会,怎么样才是"高会"呢?

---

① 见翁方纲:《石洲诗话》卷五,《中国古典文学理论批评专著选辑》丛书,《谈龙录·石洲诗话》,人民文学出版社1981年版,第203页。

怎么样才是高蹈的丰神呢？一定是"端思白雪"。"便归来、招我霜雪魂。"（蔡松年《满江红·虎茵老人去汴二十年，重醉蜡梅于明秀峰下，谓侑觞稚秀者，有宣和玉宇间风制，俾仆发扬其事》）这种标榜，是"自有神仙骨，高辞岂浪吟"。至少我们从字面上来看，可以这样说。但是神仙也要吃"五谷杂粮"，蔡松年的一生，事实上也是个悲剧，具体的出处选择跳不出传统仕人的局限性，但是，越是在仕隐矛盾的纠缠之下，他越向往苏轼的那种风仪，"大隐隐于市"。苏轼所推崇的是白居易以来，一直到苏轼他们人生选择上的"中隐"——事实上是做大官，但同时又向往的是"出尘"，"冰骨冷无尘。"（蔡松年《朝中措·癸丑岁，无兢生朝》）这些冰雪意象的引入它不是一个简单的贴加，而是整个高旷词风和清净词境的有机组成部分。

对于词体文学简单的这种意象研究，应该说是不甚奏效的。因为词体文学的最高的审美范畴是意境，是词境。具有特殊性的意象——冰雪意象特征的地方，我们把它拈出来，就足以指示高旷词境和清净词风所赖以形成的条件是什么。

总之，金词和南宋词都是北宋词这个种胚发育而来的，但是在各自的社会历史、文化土壤和文学背景下，走过了不同的时空轨迹。金词和南宋词生长于不同的历史环境，接受了与前代不同的文学传统，拥有着各自不同的创作主体。地域、文化传统、时代、文化、心理的诸种不同因素，使得金词在美感、形态上呈现出与南宋雅词总体性的差别。在审美风貌上，具有鲜明的北派特征。正如近人陈匪石所言：

> 金据中原之地，郝经所谓"歌谣跌宕，挟幽、并之气"者，迥异南方之文弱。国势新造，无禾油麦秀之感，故与南

宋之柔丽者不同，而亦无辛、刘慷慨愤懑之气。[1]

我国文学史上北方文学的由来、形成和发展，同北方少数民族的渔猎游牧文化传统密切相关。在北方文学传统当中，北朝文学是重要的一环。金词所秉有的北方文学传统，以及所直接移植的北宋词的审美经验，如何影响到金词总体风格的形成呢？我们知道，词体文学从隋唐五代以来，文人词的传统，就是南方文学的代表。当然，如果把词体文学的产生再往前推，算上敦煌曲子词的话——实际上敦煌曲词里有各种风格——则阳刚风格的词、具有北派风格特征的词不乏其例。但是，从文人词的传统来看，唐五代文人词以降，是以文学"正宗风格"——阴柔的美学风格为特征，虽然期间经过北宋将士大夫词推向极致的苏轼词的变革。当然，如果以敦煌曲子词为参照的话，在某种程度上，也可以说苏轼的变革是一种回归。

但是，苏轼的词无论在当时还是在他身后的南宋词坛，都被看成是别体别调。这样就有了苏词在南北词坛地位的对比：在南宋词坛上被看成是别体别调的苏轼词，在北方的金朝被移植、被推崇就不是一个偶然的事情。产生这种差异的内在原因是什么呢？今天，从接受美学的、从阐释学的视角，我们认识到金人作为接受主体，对于北宋人所提供的这些诸多的词体文学的审美经验，有一种选择性的意向，同时也是完成了一种意向性的选择。这种意向性的选择的结果是苏轼词为代表的体派传统得到尊崇。我们回忆一下以前引过的元好问的一些话："乐府以来，东坡为第一，以后便到辛稼轩。"这种对词史发展不符合事实的阐释，实际上透露出的是元好问有意推尊的北派风格体派，这是一个方面；还有一个方面就是，北方文学传统当中，有一而贯之的

---

[1] 陈匪石：《声执》卷下，《宋词举：外三种》，上海古籍出版社 2016 年版，第 230 页。

审美特征，就是强调率性自然，不强调文字的工拙。所以，金人对苏轼词的接受，不仅仅是一种内在的与北方风格相契合的选择，而且也是对苏词"不以文字为工"的看重。在前引《辛稼轩乐府引》《遗山先生文集》卷三十六等资料中，元好问所盛赞的就是以苏轼词为代表的文人抒情传统——强调自然抒情，不拘文字工拙。这样的一种理念，与北方文学浑然天成、率性自然、绝弃雕饰的传统一脉相承。

大前提是这样，可金词具体该如何"选择"呢？词的问题要比诗更复杂。我们知道，词体的形成，实际上是在中国诗歌史上提供了"诗境"之外的另外一种"词境"。虽然这二者都以"意境"为最高的审美范畴，但词境较之于诗境，更有自身的特征。从文体的角度上来说，诗和词不同，词更适合于表现诗所不能够表达的深层次情感，甚至是片段的意绪、无意识的内容、幻觉。王国维曾经在《人间词话删稿》中有这样的概括——前面我们也提到过，就是："词之为体，要眇宜修，能言诗之所以不能言，而不能尽言诗之所能言。诗之境阔，词之言长。"

"境阔""言长"，实际上概括出了诗和词这两种文体，或者说是词境和诗境有着显和隐、深和阔这样的区别。因此，对于北方词人来说，"要眇宜修"的词体，在他们手中能不能够完成北派风格的形成，完成北方文学因子的介入，实际上也是一种挑战。

事实上，从后发的角度上来看，金人对这个挑战，总体上来讲是成功的。金词发展一百多年的过程，就是对原有词体适应、改造、完成这个挑战的过程；而北方文学所推崇的阳刚的美学传统，正是要有一个与词体适应、融合的过程。

故而，对"深美闳约、要眇宜修"的词体本身来说，其在金源词人手中受到北方文学的渗透、影响也就较诗的情况更为复杂。金代的词体文学在发展过程中，加入了北方文学的鲜活因子，使其能够在保持词体特质的前提之下，向更广阔的空间拓展——即向"言志"传统靠拢，这就使得词体的抒情功能大为增强。词体在其产生之初便内含着文学性与娱乐性、音乐性与文学性的矛盾张力。另外，金代的文人词在侧重接受苏轼词的"东坡范式"的过程中，也使词体发挥了更大的抒情作用，这是向"言志"传统靠拢的一种实质表现。

总体上看，北方文学清刚劲健、率性自然的审美取向，对金代的词总体风格有着刚柔交融的影响趋势。当然，从作品上论，最后还要落实到创作主体有没有创造力、有没有能力应对和完成这个挑战上来。从金代名家的作品上来看，金代词人对于词体的适应改造过程是成功的，虽然在"改造"的过程当中，某些人的作品存在着"荒率"的缺点，但是在具有创作力的名家的作品中，我们不难看出，北方文学清刚劲健的审美传统对于词体影响完成的是成功的，金词的总体风格是浑厚、雅醇、刚柔兼备的。

第三个方面，金词所以具有北派风格，是地域因素、北方士人的文化心理素质对金源词风的影响。首先，我们就要提到主体因素，因为强调北方审美传统的渗透，最后还要落实到创作的主体因素。所以，第三个方面可以看成是第二个方面的具体延展。当然，我们是在平行、并列的角度上去展开论述。在这个地方，我们把视角、焦点集中于创作主体。金源词的创作主体——金代词人的文化心理素质，对金词北派风格的形成来说，是关键性的因素。金代的词人，可以这么讲，百分之九十九都是北方人。他们的地域分布转换成今天的行政区划，以山西、河北、辽宁为最多，陕西、山东、河南也有不少。我们举例来说，山西籍的，有赵可、李献能、王予可、王特起、王渥、李俊民、段氏兄弟等；河北籍的有赵秉文、高永、王寂等；辽宁籍的则有刘仲尹、王庭筠、高宪等。金末的刘祁在《归潜志》中曾这样概括道:"金朝名士大夫多出北方。……余戏曰:'自古名人出东、西、南三方,今日合到北方也。'"①

那么,北方的士人在文化、心理素质上与南方的士人有什么差别?用清人的话来概括:"禀雄深浑厚之气,习峻厉严肃之俗。"②这个话是什么意思呢?古人所秉有的地域风格的观念,与他们认为人也是"禀气"不同的这一点是内在相通的。我们回忆一下,文学史上曹丕所讲的"文气说"。曹丕认为这种文气,即便是父子兄弟之间也是不可"移"的。③人所秉的这种"禀气"不同,即便是至亲的生物学父子之间也不可以更改,不可以替换。这是一种个体的"禀气"说。那么,在地域方面,这种"禀气",有没有地域特征呢?我们今天也常讲"一方水土养一方人"。所谓"禀雄深浑厚之气",讲的是一种文化积淀,既是自然地理因素,也是文化心理结构的积淀形成的。"雄深浑厚之气"、"峻厉严肃之俗",这两句是互文的,是秉袭这样的习俗。用元好问的学生郝经的话说,北方士人的特征是"挟幽并之气"(《遗山先生墓志铭》)。幽州,大体上相当于现在的河北;并州,是山西太原。幽并之气是豪杰之气、豪放之气。金代的士人是尚武的,好气任侠,这就跟女真民族的性格有着一种内在的暗通。

我们把时限再往下延伸,到了元灭南宋之后,推行民族歧视政策,把境内的人民划分为四等。其中,汉族与南人也是区分开的。之所以区分汉族与南人,不仅是因为南宋灭亡比较晚,才把南方统治下的汉人划分为最下等,而且是因为北方的民族——旧

---

① 刘祁撰,崔文印点校:《归潜志》卷十,中华书局1983年版,第118页。
② 出处见第七讲,第28页注,张金吾《金文最自序》。
③ 整理者按:曹丕:《典论·论文》:"文以气为主,气之清浊有体,不可力强而致。譬诸音乐,曲度虽均,节奏同检,至于引气不齐,巧拙有素,虽在父兄,不能以移子弟。"魏宏灿:《曹丕集校注》,安徽大学出版社2009年版,第313页。

金故地的汉人，在文化心理上更接近于北方的民族心理特征。也就是说，北方士人与南方士人比较而言，在精神气质上与金朝的女真族接近。另一个方面，随着金代文化成为整个境内统辖民族的文化共同体，在不同民族之间发生文化的、心理的交流和互渗是必然的。金代很早就把汉语作为官方语言，导致以汉语为载体的汉文化能够被金代的上层贵族在很大范围内接受，金代也能够迅速地走向全面汉化的道路，这是内在原因。

正是由于金代词人的主体是北方士人，他们区别于南方士人独特的文化心理素质，对金词的北派总体风格的形成，就构成了关键性的主体要素。因为风格的问题，如果排除文字层面要素，则是创作主体审美心理的一般投射、一般外化。所以，讲"风格"一定要与主体的要素结合在一起。而恰恰金词主要的创作者就是北方士人，有着一种内在的、不同于南方士人的文化心理。

女真族的填词创作和金源词的总体风格有着什么样的关系？首先，作为少数民族的女真族能够运用汉语进行词体文学的创作，这在中国词史的发展上——就这个文学现象本身而言，是金词发展的一种特殊表征。在金朝前（指词体文学产生之后到金朝）还没有哪一个少数民族能够掌握汉语，用汉语来进行词的创作。女真词人步入词学殿堂，本身就是中原文化北移的产物。中原文化北移在中国历史上的作用不可低估，而这种北移，是从金朝开始的。事实上，如果没有金朝中原文化的北移，可以肯定地说，到了清朝，就不会有这么广阔的北方疆域。当然，中原文化的北移，带来的不仅是疆域问题，更加强了内在的文化凝聚力。正是由于中原文化北移，才使得汉文化成为当代以及后代隐在的文化共同体的源头。——这个问题非常重要，民族是靠什么来凝聚的呢？靠文化共同体。所以，回到词体文学的问题上，女真族能够掌握汉语进行词体文学的创作，本身就是金词发展的一个特殊的表征——金词发展了，少数民族也可以进行文学创作。

女真族词人，他们对金词的整体风格的形成的关联性在哪里呢？关联性可从两个方面来看。一个方面是，当女真族初步沾溉中原文化、处于民族的上升时期，处在上升时期的民族它往往更具有活力；同时，其对中原的汉文化的接受从程度上、范围上、广度上、深度上都在初始阶段。这个时期金词的典型代表是完颜亮。他的词可以看成是处于上升时期的女真族的民族心理的外化——其"雄健横霸"的北派风格，可以说是代表了一种金词的本土化的词风。这种风格，以前在词史上是没有过的。我们做一个不太恰当的比喻，有点类似于曹孟德的"横槊赋诗"。另一方面，这种"雄健横霸"之风，在完颜亮身后的女真族词人当中，没有得到嗣响，随之而来的，是属于守成时期、承平时期的女真族完颜氏词作者的汉化的风格词风。词风产生这种变化的原因是处于守成时期的女真词人，接触汉文化日益加深，汉文化对他们的濡染、他们对汉文化的敬畏日益加深。这种汉化的结果达成了一种反向的民族心理、性格的改造。我们看本书第七讲所引完颜璹的《青玉案》词，风格上就是一位汉人老儒。他在文学当中所表现出的文化性格、文化理念，跟汉族的士人，跟寒族、贫士所表现的主题、情调毫无二致；而金朝的上层贵族词人在词中所表现出来的审美特征、趣尚，像章宗完颜璟，与赵宋王朝的皇帝、赵宋王朝的宫廷文学所表现出的特征毫无二致；甚至章宗本人，还能写一手足以乱真的瘦金体。

我们总结一下以上女真族词人整体风格形成的关联性：一个方面是在上升时期初濡汉文化的完颜亮的词，能够代表金词本土词风的产生；另一方面是这种"雄健横霸"的词风，在完颜氏女真贵族词人群体当中却没有得到继承。反过来，继承了这种词风的是众多的北方汉族词人。

以上我们谈到了文学的传统因素、地域风格、地域文学的问题等各个方面。

我们接下来看，影响金词形成北派风格第四个方面的原因：时代的社会生活因素对金源词风的影响。在论及金代总体词风的这个方面，有这样一种观点，认为金代从其立国开始，一百二十年中，除大定、明昌间较为安定以外，一直是戎马倥偬、征战不已的。这样严峻的现实生活反映到词里，就呈现出一种特有的悲郁苍凉的气氛。况周颐所谓"金源人词伉爽清疏，自成格调"（况周颐《蕙风词话》卷三《王黄华小令》）正是时代使然的。这个话，是夏承焘先生《金元明清词选·前言》中表述的。

这是从文学反映论出发的阐释：充分地注意和重视时代生活的影响是必要的，也是有价值和见地的。

另一个方面，时代的因素不是直接形成金词总体风格的唯一的、关键性的因素。因此，宽泛的反映论视角在阐释这个问题上是不够的。因为影响金词总体风格的诸种因素当中，时代的社会因素仅仅是其中的一种，而且对这一要素的阐释不能够取代或者是遮蔽对其他方面要素的阐释，比如，对文学内部的前代文学传统影响方面等，都需要做出具体的阐释和分析，同时，文学的反映论，是一种审美反映，要通过主体的中介才能够反映社会生活。作家的笔并不是简单的刻录机，或者是照相机，而是要通过主体的审美创作来反映社会生活。对于词这种广义的抒情诗，更需要关注主体的因素。忽略主体的因素肯定是不全面的。

虽然，时代、社会、生活影响到了金词各个时期风格之间的嬗递，但它们不是决定金词总体风格的唯一的、关键性因素。直接地说，文学总体风格并不只是时代特色的直接反映；况且，金朝的"时代特色"也并不是征战不已：即便从宋金对峙的时间跨度来看，也是对峙的时间长，战争的时期短。而且战争对于词风的影响并不一定就是悲郁苍凉，例如，完颜亮词的特征就能以"雄健横霸"来概括和描述。这种词风，是女真族上升时期民族风格的心理的外化，这种外化就不是悲郁苍凉。战争环境容易激发起一部分词人尚气、尚武的心态，激发起风格上对于气格的强调，对于阳刚的推崇。这种影响如果从统计的、数量的角度来体现更能说明问题的是，金词当中实际上以战争为题材、为背景的作品并不占多数。当然我们是以今天能够看到的《全金词》作为统计而言。战争因素，应包括在社会生活的政治因素之内，并不是决定金源词风的关键性因素。

  我们刚刚引用况周颐的话："姑以词论，金源之于南宋，时代政同，疆域之不同，人事为之耳。风会曷与焉。"况周颐认为，南北之间同一时代，政治相同——都是中央集权的文官制度，各部各司其职。从政治的生态上来看，南北其实有很大的差别。南渡之后，南宋的政治可以称得上是中国历史上少有的几个黑暗时期之一，其政治是一种高压政治，在高、孝、光、宁所谓"中兴四朝"，也不过尔尔。那个时代的政治氛围，在当时的政治精英——比如在朱熹的眼里看来，是黑白混淆的时代，贤与不肖同处一处。具体来说，这种高压政策是怎么带来的呢？这是由于南宋立国政策重用权奸所带来的，由高宗重用秦桧等人造成的，这种历史延伸到了高宗朝以后的几个时代。

  反过来看，金朝的政治生态。首先，金是一个女真族建立的、占统治地位的一个异族的王朝。对于汉族而言——特别是对于第一代移民词人而言，存在着身份认同和政权认同的问题。他们有不可化解的内在的焦灼，但是，从金朝一百二十年的整个发展过程来看——从太祖开始一直到金朝走向灭亡，大体上，以金朝贞祐二年的南渡迁都开封为界，可以划分为两个时期。贞祐南渡之前，基本上金代的政治是在一种养士的政治生态当中，人文环境相对比较宽松。当然，在初期也有所谓的党争——是由辽入金和由宋入金之士之间的党争。前后的变化在于贞祐南渡：贞祐南渡之后，这种养士的环境发生变化。由于元的崛起形成的政治上的压力，使得最高统治者在交接班问题上出现了谋篡，同时，文人政治地位发生了变化，经术让位于胥吏，文士地位下降。但是总体上来看，金朝是一个养士宥文的环境相对比较宽松的朝代。

所以我们说，况周颐说"时代政同"，前半句说对了，但是政治上如果抛开政体层面，从政治生态上来讲，南北完全不同。在社会生活要素当中，除了要关注作为政治因素的战争这个要素外，还要看到和平环境之下的社会因素，包括是否养士宥文等。

第十七讲 「词曲递变」中作为北方路径发生环节的金词

金代的词体文学仍然是音乐文学。音乐文学的概念出现于"五四"新词学背景之下。音乐文学的含义，不是音乐与文学为平行的关系，不是音乐家文学，而是音乐的文学。

下面我们要解决这样一个问题。"词曲递变"发生之后，元词的性质是怎么样的？我们知道，填词就是由乐以定词。"填"的概念，体现出了音乐对于文人创作字词方式的限定性和制约性。而填词，既然以音乐为准则，当音乐的再生产不能与文人词作者结合的时候，就预示着词乐体系凝固化了。金代的音乐文化并不缺乏孕育词调的土壤，可是，金代的音乐土壤里却没有更多地再生产出新的词调，文人词作者用以创作的词调多是沿用唐宋词的旧调。所以从音乐的角度来讲，金代的词乐体系相对凝固化了。特别是文人词作者，他们对包括民间乐、民间女真乐在内的整体的北方民间新兴音乐，持相对封闭的态度。同时，作为民俗文化、民俗艺术的载体，音乐文化的积淀性和再生能力是非常强的。随着时间的推移，金初时本土的、女真民族的音乐文化元素，主要受到北宋燕乐文化的冲击。金代音乐的大传统和小传统就发生了新的强弱易位，最终的结果就是"词曲递变"的发生。

"词曲递变"并不是发生在元曲与宋词之间的，是在南北有着多元发生路径的。北方路径的"词曲递变"就发生在金词与元曲之间，而南方路径的"词曲递变"发生在宋词与南戏之间。也就是说，在北方路向上，在金词与元曲之间的递变中，曲体文学也经历了由民间俚歌到文人律曲的过程，而且在这个过程当中，特别是在民间的演出场合，有词曲并生共行的过程。曲，也就是今天写在文学史上的散曲、剧曲，是20世纪30年代任二北先生确立的概念。按照先生的归纳，散曲与剧曲对称。散曲包括小令、套数。散曲的说法最早见于明朝的王骥德，元人没有散曲的概念。元人对这种新的音乐形式有多种名称，叫大元乐府、北乐府、新乐府。无论是哪一个名称，在后人看来，这种元代产生的新型曲体文学，在甫出时，与词体文学在民间歌场中有并行的过程。这个时限大致为元末陶宗仪所指陈的"金季国初，乐府犹宋词之流。"（陶宗仪《南村辍耕录》卷二十七《杂剧曲名》）时间上，约为金末到南宋灭亡前的元朝，也就是元词的初期。

此后的元词在一定时期之内虽然是可歌的，但是它的传唱范围、歌法，都有了变化。从我们目前看到的材料可以判定，元词的传唱范围主要限于文人宴集，元词的民间词的创作形态已经消失。而且元人在文人宴集上所歌唱的词，歌法已经发生了变化。以元初词人王恽（1227—1304）为例——王恽是元代著名的学者诗人，代表作有《相鉴》五十卷，他正好卒于延祐之前。我们看他下面的两首《水龙吟》，其中一首是：

绿杨一道飞花，绣衣乱点如晴雪。玉瓶酒尽，阳关歌彻，未容轻发。绿绮论心，几人得似，刘君风节。记山堂轰醉，已成陈迹，今又作，东城别。　世事悠悠谁料，淡长空、孤鸿明灭。老怀耿耿，正须自信，坚弥百折。白发灰心，平生留在，情驰丹阙。怅孤云细草，东州回望，恨高城隔。

这首词前的小序云："至元十七年三月廿二日，余按部东行，梁门刘君仲祥自高林来饯。临歧把酒，长歌不休，既而壶倾，犹不忍别，复联镳几三十里。逾大尹而去。不知刘君得于予者何，而乃尔相爱，因以《水龙吟》歌之，且酬雅厚，仍答见征之意云。"

另外一首《水龙吟》：

春风绿绮堂深，尊前初识龟年面。烟花紫禁，几年供奉，香飘合殿。悲壮凄清，九天飞下，凤吟莺啭。待近前细看，品题银字，知还是，红牙管。　尽着金簧玉磬，泛宫声、五音初遍。朋簪四合，回头听处，少陵情惋。绿酒抛春，何心倾倒，汾阳金碗。为斯人少漏，玉堂消息，写清商怨。

词序云："郭宣徽善甫开宴娱宾，命乐工郭仲礼鸣箛佐酒，思甚清畅。酒阑人散，余音裒裒，宛犹在耳，且有衰年情乡之感。明日严甫修撰为求乐府，赋越调以歌之。"

两条词序，透露出以下几个方面的信息：一、这两首《水龙吟》的歌者是作者自己；二、在文人宴集之间，"鸣箛佐酒"，伴奏乐器是"箛"，这就与宋金时期燕乐词调所运用的乐器完全不同。

不同的乐器来伴奏必然会带来声腔歌法的变异。王恽的《鹧鸪引》（花草离骚试品量）[1]词序云："丁亥上巳日，与诸君宴林氏

---

[1] 王恽此词全文为："花草离骚试品量。猗猗香色紫兰芳。乐棚擢秀名何丽，楚泽含秋思更长。　金缕曲，紫霞觞。留连光景醉银塘。竹西歌吹归时晚，也胜扬鞭问葛疆。"唐圭璋《全金元词》，中华书局1979年版，第681页。

花圃，李氏以歌曲侑觞，醉中恳求乐府，赋《鹧鸪天》以歌之。李氏字兰英，乐籍之名香者也。"这一条材料表明，元代在文人宴的时候，仍然有通过歌伎的演唱，来作为当时的应歌而作的接受方式。所以我们说，对应于三种创作形态——文人词、民间词以及文人俗词，元代民间词的创作形态消亡了。

当然，在元初民间歌场当中，也有由于南宋灭亡、歌伎北上而流传开来的北宋名篇的"表演"。比如在张炎的《国香》[①]词序中有这样的记载：

> 沈梅娇，杭妓也，忽于京都见之。把酒相劳苦，犹能歌周清真《意难忘》《台城路》二曲，因嘱余记其事。词成，以罗帕书之。

张炎在至元二十七年至二十八年（1290—1291），曾经在大都（北京），听到原来的南宋杭州歌伎沈梅娇歌唱周邦彦的《意难忘》和《台城路》两曲。但是我们说，这种情况，就像金初对于北宋词的移植一样，是随着歌女的口耳相传而移植到北方的。由于元词创作形态中民间词的消亡，所以，没办法从根本上维持民间唱词活动的再生产，歌唱的只能是旧篇章。

元词中的民间词形态消亡了，那么，民间是什么东西补充进来了呢？在民间的勾栏、行院等等这些民间市井歌场场合当中传唱和搬演的，是后来被称为散曲的"今乐府"，以及后来被称为杂剧的院本传奇。根据元人夏庭芝《青楼集》中的记载，发现

---

① 张炎此词全文为："莺柳烟堤。记未吟青子，曾比红儿。娴娇弄春微透，鬓翠双垂。不道留仙不住，便无梦、吹到南枝。相看两流落，掩面凝羞，怕说当时。　　凄凉歌楚调，袅余音不放，一朵云飞。丁香枝上，几度款语深期。拜了花梢淡月，最难忘、弄影牵衣。无端动人处，过了黄昏，犹道休归。"张炎撰，孙红、谭学纯笺证：《山中白云词笺证》，中华书局2019年版，第34页。

当时市井歌女中不乏善唱曲而出名的人，也不乏兼善慢词和小唱的歌者，但是人数有限。而且从记载中可以看出，此种能够歌唱慢词小唱的技能在当时已经是绝技了。

举例来说，能够唱慢词小唱的有：

解语花：姓刘氏。尤长于慢词。①

小娥秀：善小唱，能慢词。②

王玉梅：善唱慢词，杂剧亦精致。③

李芝仪：工小唱，尤善慢词。④

孔千金：能慢词，独步于时。⑤

张玉莲：旧曲其音不传者，能寻腔依韵唱之。……南北令词，即席成赋。⑥

我们从夏庭芝着意强调的这些话："尤善慢词""独步于时""旧曲其音不传者，皆能寻腔依韵唱之"，强调这些歌女们具有这样的技能，恰恰说明当时音乐文艺的重心已经转移于曲，词之歌唱对于专业的演唱人员来说，已经人数极少，从技能上讲，近乎绝技。

"词曲递变"发生后的结果是，音乐文艺的重心转移于曲。所以，词体文学的衰落对于燕乐的衰落来说，哪个是因哪个是果？需要辨析：配合词体的燕乐的衰落是必然的果而不是因——

---

① 孙崇涛、徐宏图：《青楼集笺注》，中国戏剧出版社1990年版，第76页。
② 同上书，第112页。
③ 同上书，第164页。
④ 同上书，第196页。
⑤ 同上书，第223页。
⑥ 同上书，第173页。

不是因为没有配合词体可唱的燕乐了，而是没有词调了。这也就是王世贞在《艺苑卮言》中说到的："词兴而乐府亡矣，曲兴而词亡矣，非乐府与词之亡，其调亡也。"当然，这是一个漫长的过程，从具体的歌法、合乐方式和补救的角度来看，一部分词的声腔可以向曲乐体系倾斜，也就是词乐曲唱，仍然可以播之于歌女之口。但是，无论是曲体文学还是词体文学，都是"辞本"与"歌本"的统一体，在此统一体的内部，音乐声腔的弹性调整——比如说"摊破翻新"，一定会受到一定的限制，这就从根本上决定词曲并行是阶段性的，同时，也就从根本上决定了词体脱离音乐的彻底蜕变：元词创作传播方式走向案头化就是必然性的了。

以上是从学理角度的论证。

下面我们从实证的材料来看，我们举虞集（1271—1348）为叶宋英的自度曲所作之序为例。他在序中说：

> 近世士大夫号称能乐府者，皆依约旧谱，仿其平仄，缀辑成章，徒谐俚耳则可。乃若文章之高者，又皆率意为之，不可叶诸律不顾也。①

这句话，表述的大体意思是，近世号称是能够填词的人，不过是根据旧谱仿平仄而作，不过是"徒谐俚耳"——仅仅是能合乐的话，那么文学性不高；有文采的，就是"乃若文章之高者"，文学性强的，又"率意为之"，他们作的词，又"不可叶诸律"，"不顾也"。

下面再以戴表元（1244—1310）为例。他的《题陈强甫乐府》："近世作者，几类散语，甚者竟不可读，余为之愤愤久

---

① 虞集：《叶宋英自度曲》，《四部丛刊》本《道园学古录》卷三二，转引自李修生主编：《全元文》卷八二二，凤凰出版社 1998 年版，第 145 页。

矣。"①

两个人都提到了"近世"的问题、"近来"的问题。虞氏、戴氏生活年代相差约三十年。他们所提的"近世"也就是前后大约相差的年代。也就是说在虞集和戴表元那样的年代，这样一个上下限范围内，元代词人作词就已经是案头化了。

但这仅仅是一个很宽泛的时间限制，我们能不能把元词合乐最晚的时间下限做一个断限呢？对于这个问题，我们可以换一个角度或思路去考察。这个思路就是：在词曲被共向地看成是乐府文学之后，元代人是从什么时候在文体上开始有意识地区分词和曲。元人明确区分词与曲的本体自觉意识，萌生形成于元代中后期，以泰定元年（1324）周德清《中原音韵》的编定产生为标志。《中原音韵》编定标志着元人曲体本体意识的理论凸显，正是《中原音韵》为曲体文学的创作树立了规则。

金词是词史在北方发展的共时性一环，作为与南宋词平行的北派词，我们曾提出，要对金词的历史地位予以评估，并已经从词体文学内部做了尝试。现在，我们就要从"词曲递变"角度来观照金词的演化。

实际上，"词曲递变"还是文学史上一个没有完全解决得了的问题，"词曲递变"总趋势是南北共有的。作为北方路向发展环节的金词，"词曲递变"也是北方路向发生环节。词这种文体成熟之后，还有一个与之平行的暗线——民间词。也就是说，词这种文体、音乐文学样式，在其产生之初，内部就存在着音乐性和文学性、娱乐功能和抒情功能的内在张力和矛盾。正是词体的这一内在矛盾，决定了词体的本质属性是在文人词和民间市井词的雅俗分流互动，以及词体文学创作和批评间的互动的动态

---

① 戴表元著，陆晓东、黄天美点校：《剡源集》，浙江古籍出版社2014年版，第369页。

中，以尊体为目的导向，建构发展以至规范定型的。词体最后规范定型，在理论上规范定型于张炎的《词源》。词体是最后定型于可歌，但不以应歌为目的、具有抒情性的一种文体。这是对文人词，特别是宋词三百年来发展历程的总结。词体文学自唐历宋金，从源头一直发展到宋金数百年之间，以尊体为目的的文人化路子不断加剧。我们用一个词来形容，就是"加速度"，越来越快。尊体就是推尊词体，一直把它往起拔高，拔到可以与诗等同的高度。当然，宋代尊体没有完成，词体最后的尊体完成于清代。

在这个过程当中，词体以加速度的方式朝雅化、格律化的方向发展，是不可避免的。这样的趋势，是由词体内部的音乐性和文学性的矛盾内驱力所决定的。文人词体这样的发展方向，如果没有外力，其轨迹自然而然地是朝整体的雅化方向发展。与此同时，在文人词的雅化过程当中，在民间，民间词体体制的兴盛，则是另一种景观。民间词体的兴盛在时间上，从现存记载上看，从北宋中期就开始了。北宋中期在民间市井瓦舍中，兴起了各种各样的套曲形式。根据宋人的记载，它们的名称叫诸宫调、唱赚、嘌唱。这些词体的民间新变体，它们的具体组织形态各不一样，也各有自己的体制，有自己的名称，但是有一点它们是相同的，就是共同开发和发展词体的叙事性。这样一来，一个全景的宋词发展生态，就应当是文人词和民间词雅俗、明暗分流。民间新词体的兴盛，加剧了整体词坛雅俗张力的消减，使雅的就越雅，俗的就更俗。当然，雅俗之间有没有互渗关系呢？不能说绝对没有，个别的文人，比如说曾布——曾巩的弟弟——就曾经模仿创作大曲。所以，我们不能说民间词坛和文人词坛之间的雅俗张力消失了，没有互渗关系，但是，从总体的发展趋势上来看是雅的越雅，俗的越俗，而且民间词新体制的不断加入，使得雅俗之间的联系性越来越弱。这就是我们对整个北宋词坛做的一个鸟瞰。

　　金人入主中原、宋室南渡之后，词体文学一枝二渐，南北分蘖——词坛分别在南北重建了。重建之后，南方的词坛上，南宋的文人词，愈发主动疏离了民间歌场；换句话说，南宋词坛上，南宋文人词的传播范围越来越有限，越来越局限于文人圈子，疏离了民间的歌场，不在民间词坛流行。雅化加剧的同时，民间市井词的雅俗张力几乎就没有了。也就是所谓"宋南渡后，大晟遗谱，荡为飞灰，名妓才人，流离转徙，北曲兴而南词渐为士大夫家所独赏，一时豪俊如范成大、张镃之属，并家蓄声伎，或别创新声，若姜夔之自度曲，其尤其著者也，嗣是歌词日趋典雅，乃渐与民间流行之乐曲背道而驰……"这是龙榆生先生在《近三百年名家词选》后记当中的话。龙榆生先生只有一个地方说错了，"北曲兴而南词渐为士大夫家所独赏"，不是"北曲兴"，而是南戏兴。龙榆生先生在这里讲到的就是"词曲递变"问题，而不是北曲和宋词之间的递变关系。"词曲递变"是一个双向的关系，也就是说雅的文人词是越来越雅了，而民间新兴的时调以及体制在暗流涌动当中，孕育着"词曲递变"就要发生。

　　再看北方的金代词坛。北方金代词坛也将近一百年。与北宋以柳永为创作主体的文人俗词连接着文人词坛和民间词坛情况不同，在金代的北方词坛上，民间和文人词坛更缺少中介，但是，在尊体和雅化上，南北词坛方向一致。在金代的文人词坛与民间词坛之间的中介作用整体上是由金代道士词人来充当。也就是说，整体功能意义上的文人俗词就是道士词。当然，这反映了金代文人词、民间词和文人俗词三种创作形态，在雅俗张力下互动关系中的新格局。而无论从文学风貌还是从音乐形式上看，作为金代文人俗词特殊代表的金代道士词，在词曲雅俗递变中都充当着不可替代的环节。另一方面，道士词人群体对民间的歌曲时调广泛采用，从一个侧面说明，金代词坛的文人词和民间唱词之间的雅俗张力已经失去，也就是说文人词牌凝固化了。

从上述大体的描述来看，南北词坛都孕育着词体文学向曲体文学递变的趋势。那么，"词曲递变"是不是北曲对宋词的代兴呢？不是。这个看法似是而非。为什么呢？"词曲递变"实际存在着南北两个独立的路向。北南的音乐文艺和歌舞系统的差异和分立，以及近世文化的"宋型"和"金型"之别，就决定了"词曲递变"在南北两个独立的路向发生。宋室南渡之后，随着南宋和金朝南北两个政权的对峙和分立，曲子词、诸宫调、唱赚等词体音乐文艺和歌舞杂剧艺术一分为二，成为南北两个系统，并且再各自发展出南北的差异。与此同时，北宋以来的近世文化的演化，有了"宋型"和"金型"之别。什么叫"宋型文化"？这是一个著名的论题，是从唐宋转型的角度提出来的——宋型文化相对于唐型文化。金型文化有什么特征？金源一代文化，在文化构型上没有完全不同于宋型，一方面延续了北宋以来的雅俗二维（即以儒学为本、三教合流倾向的士大夫文化与实用理性、感性主义为内核的市民文化）结构，另一方面，在与中原汉文化融合与排拒的涵化建构过程中，为北宋以来的"近世文化"构型加上了地域、民族的烙印。具体而言，金代市井文化的高涨，除了依托于市民阶层的壮大、商业的发展外，金源女真渔猎文化亦当对金代市井文化的发育和发展予以促进作用。

为什么这样呢？我们知道，汉文化由于礼乐文化的强调，早早地就把感性文化的因子纳入到了理智的范畴之内，所以，唯独汉民族没有自己的舞蹈，而女真族作为能歌善舞的民族，他们的渔猎文化，还保留着歌舞乐三位一体的原始的综合状态。这样的一种文化，对于市民文化当中的感性成分有着促进作用，也为中原汉文化加入了其所或缺的感性文化因子。当然，更重要的，是构成最终促进这其间二维结构中雅俗文学消长的内在文化动因。

二维文化结构并不是静态的。在雅俗二维文化结构中，士大夫文化和市民文化处在一个消长的动态发展状态中。市民文化越来越强势，表现在北方的金源，就是由于本源的、本族的金代的女真族文化感性文化的加入，促成了二维结构的雅俗消长。"词曲递变"在另外一个意义上讲，也就是审美理想上的雅俗消长。事实上，是在南宋和金对峙时期，南北两个路向上多元发生的——不是线性的进化；也就是说，在"词曲递变"的总趋势下有着南北两个独立的路径，其过程与内涵并不等同于因王朝更替，也并不是元曲对宋词的代兴。我们把这样的一个递变过程，以图示的形式给大家看一下：

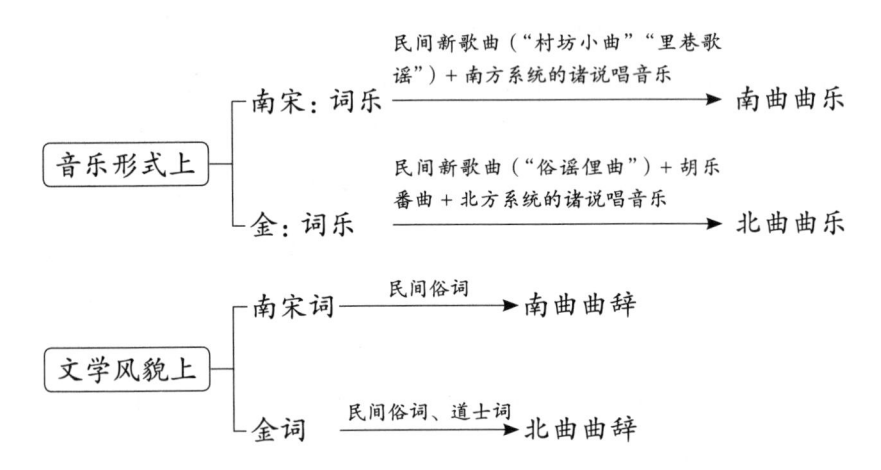

音乐形式上
- 南宋：词乐 —— 民间新歌曲（"村坊小曲""里巷歌谣"）+ 南方系统的诸说唱音乐 → 南曲曲乐
- 金：词乐 —— 民间新歌曲（"俗谣俚曲"）+ 胡乐番曲 + 北方系统的诸说唱音乐 → 北曲曲乐

文学风貌上
- 南宋词 —— 民间俗词 → 南曲曲辞
- 金词 —— 民间俗词、道士词 → 北曲曲辞

一方面在音乐形式上，北南之间是两个独立的发生过程。在南宋方面，是由词乐而递变为南曲的曲乐；在金代这一方面，是由词乐而递变为北曲的曲乐。在文学风貌上，是由南宋词递变为南曲的曲辞，由金词递变为北曲的曲辞。中间当然有中介——通过民间词、道士词做中介。如果说这个图示还有简明的一面，那么我

们做一点解释。准确地说,南北曲包括了今天的概念当中的散曲和剧曲。用今天的文体观念来看的话,词曲的递变是在两个序列当中进行:词与所谓散曲间的递变,是属于抒情性的诗歌序列;词与所谓剧曲间的递变,是由抒情性的诗歌序列到戏剧序列。而如果把其中的戏剧因素放在一边,单就曲而言,它便是音乐与文学的综合,无论剧曲还是散曲,都是如此。所以我们可以做以上这样一个图示。

南北的"词曲递变",不是一元线性进化,是各有来源。南方路向的"词曲递变"发生在宋词和南戏、南曲戏文之间。从时间上看,发生于南方路向的"词曲递变"以南戏的产生为标志,要早于北方路向上的"词曲递变"。可是,由于相当长的时间里,南戏没有得到文人士大夫的关注、介入以及提高,南戏的形态,长期处在比较原始的粗陋状态,"其曲,则宋人词而益以里巷歌谣,不叶宫调,故士大夫罕有留意者"[1]。

> 永嘉杂剧兴,则又即村坊小曲而为之,本无宫调,亦罕节奏。徒取其畸农市女,随口可歌而已,谚所谓"随心令"者,即其技与?[2]

从艺术形态上来看,南戏不成熟,比较粗糙。从音乐体制上来看,也没有固定的宫调,处于比较粗陋的状态。所以,尽管南方路向率先发生了"词曲递变",但是,在很长一段时间之后,递变之后的南曲戏文,才由农村辐射、传播到杭州等大都会——时间已经到了南宋末年。这个时候,虽然"词曲递变"发生了,但是南宋词——无论是文人词还是民间词,仍旧作为城市音乐文

---

[1] 徐渭:《南词叙录》,《中国古典戏曲论著集成》(三),中国戏剧出版社1959年版,第239页。
[2] 同上书,第240页。

艺之一在流行，在被接受。

这个观念一定要树立起来，不是说北宋因为"大晟乐谱荡为飞灰"，南宋词不可歌，所以南宋词就衰落掉了，事实不是这样。南宋的词，无论是民间词还是文人词都可歌。而且，特别是民间词，在很广大的范围之内仍然被传唱，即便是发生了"词曲递变"之后，即便是南戏已经产生之后，词体文学仍然作为城市音乐文艺的一种形态在被接受。北方路向的"词曲递变"，当然发生在北曲与金词之间。为什么会发生北曲对宋词的代兴呢？这是因为外力，是因为成熟形态的北曲。从形态上来看，北曲包括北曲杂剧，确确实实比南戏成熟。北曲的南下，事实上，是在元混同南北之后挟外力打断了南宋词体文学固有的轨迹而发生的。换句话说，如果这个时候没有北曲的南下，南宋词的发展不会戛然而止的，而且这个时候南宋词就像刚才说到的，无论是民间词还是文人词，它都是可歌的——不是因为不可歌而衰落。北曲对宋词的代兴，是因王朝易代挟势以外力，打断了南宋词体文学的固有轨迹而发生的。

第十八讲 金词是南北方音乐文化、文学传统再次融合的产物

"元初,北方杂剧流入南徼,一时靡然向风,宋词遂绝,而南戏亦衰。"[1]也就是说,配合词体的燕乐的衰落是果而不是因。不是因为燕乐衰落,所以词体文学就衰落了。所以,"词曲递变"的内涵可以这样表述:南宋与金朝对峙时期,由于北宋以降,士人文化和市民文化雅俗二维构型的近世文化,其二维结构中的雅俗文化已经发生动态消长,文化权力下移,勃兴的市民俗文化,日益改变了原先二维结构的不平衡弱势地位,并由此导致了社会心理和审美趣尚、审美心理的进一步的世俗化转向。在这个意义上,"词曲递变"就是新一轮的雅俗递变。作为直接动力的音乐文化传统的嬗变,决定了词体文学和曲体文学音乐文艺中心地位的变化及其文体功能迁变,伴随着曲体文学和词体文学的音乐文学中心的地位,由词体到所谓"散曲",是抒情性、抒情功能向抒情性、叙事功能的迁变,由词体到所谓"剧曲",是由抒情性向表演性

---

[1] 徐渭:《南词叙录》,中国戏曲研究院编:《中国古典戏曲论著集成》,中国戏剧出版社1959年版,第239页。

的迁变。这就是"词曲递变"的内涵。

下面具体看一看北方路向上的"词曲递变"。刚才讲到了"词曲递变"直接的音乐动力,是辽金音乐文化的新建构。辽金时期,音乐文化整个的发展势态是伴随着中原文化的北上和辽金音乐文化的南渐两个过程。也就是说,辽金音乐的南渐和中原音乐的北上是一个双向交流的过程。南北音乐文化的交流,使得辽金音乐本身就构成一个多元并存的融合体。辽金音乐的南渐就是向南传播,至少在北宋末年,就已经在开封这样的大都会里面流行起来。比如曾敏行曾经转述他父亲的话说:

> 先君曾言:宣和末客京师,街巷鄙人多歌番曲,名曰《异国朝》《四国朝》《六国朝》《蛮牌用》《蓬蓬花》等,其言至俚,一时士大夫亦皆歌之。[1]

也就是说,到北宋末年徽宗宣和朝的时候,女真音乐以所谓《异国朝》《四国朝》《六国朝》《蛮牌用》《蓬蓬花》等为代表的辽金音乐,已经南渐到了开封这样的大都会,而且在雅俗文化圈受到了热捧——不仅仅市民喜好,街巷鄙人喜欢,而且当时"一时士大夫"全都能够"歌之"。当然有夸张的地方。所谓的"番曲"就是辽金音乐,到底是属辽还是金,我们不做细的辨别。再如江万里《宣政杂录》也曾经记载宣和年间北方音乐的南渐:

> 宣和初,收复燕山以归朝,金民来居京师。其俗有《臻蓬蓬歌》,每扣鼓,和"臻蓬蓬"之音为节而舞,人无不喜闻其声而效之者。其歌曰:"臻蓬蓬,外头花花里头空,但看明年正二月,满城不见主人公。"[2]

---

[1] 曾敏行:《独醒杂志》卷五,影印文渊阁四库全书本,(台北)商务印书馆1986年版。
[2] 江万里:《宣政杂录》,杨复吉:《辽史拾遗补》,续修四库全书本,上海古籍出版社1996年版。

江万里记述《臻蓬蓬歌》的用意是谶语,"满城不见主人公"是讲徽钦二宗被掳。但是还有一个版本上的差异,"金民"有人作"辽民"。不管是金还是辽,北宋所谓收复了燕山之后,伴随着燕山的"收复",北方的辽金音乐开始向南传播,而且得到了人们的喜爱。另一个方面,辽金音乐又受中原文化影响甚深,特别是辽的音乐比较复杂,因为辽长期与唐代并列。不仅受北宋音乐文化的影响,更受唐代音乐文化的影响,还受到过渤海音乐文化的影响。从总体上来看,辽金音乐既有本族的传统音乐,又吸收了汉民族的音乐文化元素,在宫廷和民间存在着雅俗乐的分流,从其音乐文化的建构过程来看,就经历了由民间俗乐(这个民间俗乐,包括本族传统音乐和北地汉族本生时调)占中心地位,到受中原汉族雅乐冲击,乃至受到压抑再到蜕变复生的过程。辽金音乐的南渐以及日用化,作为音乐行为变化的动力之一,对于北曲曲乐的形成具有重要的推进作用。

当然,有同学问:北曲曲乐在性质上是什么系统的?我还难以正面回答这个问题。因为北曲曲乐严格上说来已经失坠,保存到《九宫大成谱》里面的是不是元代曲乐的遗留,还有很大的争议。所以这个问题就只能转化为北曲音乐体系的形成——北曲曲乐形成的问题就转化为北曲音乐体系的形成问题。可以肯定的是,北曲曲乐在声腔曲式方面,与以燕乐为母体的词乐系统是不同的。但是由于曲乐的失坠,所以,我们只能把北曲曲乐形成问题转换成为北曲音乐体系的形成问题来考察。正像我们在前面图示的那样,由词乐到曲乐,中间经过融合的成分包括着民间的新歌曲——就是所谓的俗谣俚曲,还包括着胡乐番曲,还包括着北方系统的各种说唱音乐。我们说,北曲是包括胡乐在内的北方民间新兴音乐的产物。那么,这个地方"胡乐番曲"就是辽金少数民族音乐。蒙古曲、回回曲，与北曲的曲乐无关。毫无疑问，辽金时期北方流行音乐，包括契丹、女真乐和北地民间汉族时兴曲调，对于北曲的曲乐体系的形成具有重要作用。从定量分析的角度来看，就从今存北曲曲牌来源分析的统计当中，可以得到印证。王国维最早对周德清《中原音韵》所列的335个北曲曲调予以统计分析。今人洛地先生、赵义山先生、李昌集先生亦有考索。综合各家统计，其约五分之二当源于词乐及说唱音乐，约五分之三为本生曲调，这五分之三的"本生曲调"中就包括胡乐及北地汉族新兴歌曲时调。

我们具体看金词与北曲间的递变。金词，特别是金代文人俗词的道士词，是北方路向上"词曲递变"的直接环节。出于尊体的需要和词体文学的雅化进程，对于北地民间新兴音乐，包括女真族曲和汉族的时调，金代文人词表现出整体的封闭性，持忽视态度，从而使得这些新兴曲乐无法及时有效地转化成曲调。我们对照《全金元词》中金词所用词牌进行统计，与宋词词牌同名者近170个。另据赵义山"北曲曲牌的来源"表，北曲曲牌"出于唐宋词者有107调"，而把金词纳入其中，出于唐宋词的107调中与金词牌名相同者竟有57个之多。其中，北曲与唐宋词调名句格相同或略有差异的36个，且皆与金词调名相同。所以说，从最直接的关系上看，此类近40个北曲曲牌，实际上是直接出于金词。至于调名相同而实际上与唐宋词句格不同者，与金词的关系，就《喜迁莺》《甘草子》《剔银灯》《一枝花》《感皇恩》《乌夜啼》《黄莺儿》《踏莎行》等超过三分之一的曲牌而言，金词句格与宋词句格基本一致或稍有差异，故与其说这些曲牌出于唐宋词，还不如说它们直接出于金词更为贴切。

另据隋树森先生的统计，北曲小令用调与词牌牌名和句格完全相同的有《人月圆》《黑漆弩》《忆王孙》《太常引》《喜春来》《朝天子》《百字令》《秦楼月》《梧叶儿》《唐多令》《小桃红》《凭栏人》《殿前欢》《折桂令》《骤雨打新荷》15调。[①]这其中的牌调有用如金词曲调的，也有金词未见的。用如金词比如有《人月圆》《骤雨打新荷》。与北曲小令总计用调119个比，上述出于金词而与北曲调名句格相同者仅为极少部分，但是，若加上调名同而句格略有差异，以及词曲调名异而句格实同——就是名异实同的，就已经接近119调的半数。这个统计数据说明，金词是"词曲递变"当中北曲的一个直接环节。金代道士词人对于民间市井新兴的流行的里巷俗曲、民谣俚曲，采取完全为我所用的态度。从《全金元词》的统计来看，数量众多的道士词中，约有一百余调新生曲牌即来源于北地民间新兴乐曲。这一百余调新兴曲调，从与北曲递变关系上来看，分为两种情况：一种情况是这些新调名既不同于唐宋词调，又没有为北曲吸收为曲牌，当是由词到曲的一种中间状态。比如《绣定针》《莺穿柳》《挂金灯》《解冤结》，等等，这些新调名既不同于唐宋词调，又没有为北曲吸收为曲牌，当是由词到曲的一种中间状态。另外一种情况，像《白观音》《耍三台》《挂金索》等调，其句格与北曲的定格基本相同，当是新调名转化为北曲曲调者。

北方路向的"词曲递变"当中，曲体文学经历了一个由民间俚歌到文人律曲的过程，也经历了一个由民间歌场当中词曲并行的过程。所谓"曲体文学"，怎么由民间俚歌变成了文人的律曲？这个过程在此不展开论述。在民间歌场中词曲并行的事实，可以从有关的记载当中予以揭示。比如燕南芝庵的《唱论》，就记载了彼时流行于民间歌场的所谓十大曲——宋金十大曲。这个

---

① 隋树森：《北曲小令与词的分野》，《元人散曲论丛》，齐鲁书社1986年版，第103页。

我们已经给大家列举过了。特别是《唱论》还记载了当时各地哪些曲调最为流行："凡唱曲有地所：东平唱《花木兰慢》，大名唱《摸鱼子》，南京唱《生查子》，彰德唱《木斛沙》，陕西唱《阳关三叠》《黑漆弩》。"①

这其中除《黑漆弩》既用作词调，也用作曲调外，其他各调皆为词调。综合来看，这无疑揭示了词曲在民间并行的事实，也就是说所谓"曲体文学"②初兴之后，从综合来看，北方路向的"词曲递变"过程当中，存在着三层音乐结构生态，最活跃的北曲的主要源头，是民间的新兴音乐，除此还有部分仍然流行，并且在一定程度上被曲化了，最终也嬗变流入到北曲之中的金宋词乐词调。而《唱论》所载的"宋金十大曲"为代表的绝大多数的宋金词调词乐，虽然在一定范围内和一定时期之内也可能在民间歌场传唱，但是终究没有转化为北曲。我们说，词体文学这样的演化过程与词曲并行，一起被看成是乐府文学的合流，是一个自然的过程，但是，词体文学也好，曲体文学也好，它都是歌本与乐本内在统一的，所以，它们分属于两个不同的音乐体系，这种合流不可能长久的。既然是一个自然过程，也必然是一个阶段性的过程。也就是说，这个乐府文学的合流，一定程度上是词体文学依附于曲体文学，词乐曲唱，但是终究要被取代。

以上，我们从"词曲递变"的角度，来评估了作为北方路向环节上的金词的历史地位。综合来看，对金词的历史地位，可以做一个客观而准确的衡估。综合两个方面，一个方面在词体文学

---

① 燕南芝庵：《唱论》，《中国古典戏曲论著集成》（一），中国戏剧出版社1959年版，第161页。

② 曲体文学，被元代的人命名大元乐府、北乐府、新乐府。谈乐府是用于尊体，用于尊新兴音乐的体，往乐府传统上靠，前面加上一个新的语素，新、北、大元，意在强调这种新兴的音乐文学是雅文学。强调目的是要取而代之词体文学。因为从乐教论的角度上来讲，盛世需要盛世之音。

的系统内部，它是 12 世纪到 13 世纪上半叶与南宋词平行的中国词史在北方发展的一环，为词史提供了北派风格，提供了北派的审美范型。另一个方面，从"词曲递变"的角度来看，金词是北方路向上的直接环节，有不可替代的历史价值。我们就从这两个角度，可以对金词的历史地位作出客观的评估。

另外，关于金词地位的衡估，还要注意当前金词研究的总体情况。

总括起来讲，对于金词的研究，虽然有了长足的发展，但仍显单薄。根据台湾学者林玫仪先生主编的《词学论著总目》以及香港学者何贵初先生所编的《金元文学研究论著目录》统计：20 世纪百年以来，海内外关于金词含元词的整体性论著、论文合计不超过十五项。这一数字与对宋词的整体性研究相比，表现出了极大的不平衡性。金词研究当中的一些重大问题，比如，金词地位的衡估、金词的分期等，尚未达成学术共识。我们要准确衡估金词的历史地位，在观念上，首先就要对 20 世纪以来确立和流行的两个观念予以前提性的反思。

第一个观念是进化论文学史观下的文体代变、代胜观。20 世纪以来，在王国维"一代有一代之文学"的基础之上，胡适又从其历史的进化的文学史观出发，形成了其贯穿古今的白话文学史观。这一文学史观，在进一步提升词体文学地位的同时，也完全忽略了词体的声学特征。另一个需要反思的观念是元曲代宋词而兴观。这种看法是承"文体代胜观"而来的。在"文体代胜"观念之下，宋词和元曲，各为一代文学之代表，便自然而然地推导出了一个说法："词曲递变"是在元曲和宋词之间递兴的。事实上，金词和南宋词，是共时性的关系。它们是中国词史在北、南共时发展的一环。而金词与元词，一方面既具有连续性，另一方面又更有不同时、不同质的一面。具体而言就是，金词与元词属于两个不同的发展阶段。金词是词史走向高峰过程中的产物，而元词已经是词体走向衰落后的余波。金词与南宋词先后同时并存，属于同一个历史阶段。这个也就是我们前面多次所讲到的，金词与南宋词是"同构异质"，金词与元词是"异构异质"。所谓的"构"，就是金词与宋词都是音乐文学，而元词大体上来讲，应该说已经是案头文学，因此金词与元词"异构异质"。

"词曲递变"不是在元曲和宋词之间发生的，所谓"元曲代宋词而兴"这个说法似是而非。"词曲递变"是宋金对峙时期，在南北两个路向上多元发生的，并不是线性的进化。也就是说，在"词曲递变"的总趋势下，有着南北两个独立的路径。其过程与内涵并不等同于因王朝更替元曲对宋词的代兴。具体的论述请参考我以下两篇论文：一篇是《明清人词曲递变说检讨》，收载于赵义山主编的《新世纪曲学研究文存两种》，上海古籍出版社2003年版；另外一篇《词曲递变初探》，发表在《吉林大学学报》2009年的第3期。

除了上述关于金词研究的总体历史定位，以及分析的问题尚未达成学术共识之外的，在具体的研究领域，还有很多有待研究的领域，诸如：在个案的专题研究基础之上的群体、流派研究，从词律到曲律的嬗变研究，对词集的校勘、笺注，词人年谱、词学年表的编撰，对于宋金词、金元词的比较研究，以上诸多方面都有进一步挖掘研究的空间。比如群体流派研究，刘扬忠先生已经发表有两篇文章，是从地域角度，对于金代词人的群体研究。刘先生指导的博士生李艺，其博士论文《金代词人群体研究》也已经出版。再比如"从词律到曲律的嬗变研究"，这个方面大有可为；但其难度在于，需要对上千首道士词进行准确的分类、比勘和统计——也就是说这种研究需要更多的耐心、细心，需要建立在大量的数据基础之上，需要有音韵学方面的知识，需要对词谱、曲谱有相关的知识背景。这个方面，据我目力所及，还没有一篇文章有人写。再比如对"词集的校勘、笺注"，目前已经有元好问词籍的校勘本问世了。据我了解，黑龙江大学薛瑞兆先生指导的博士生，正在作有关于赵秉文的文集校注；安徽师大胡传志指导的学生里有作关于赵秉文、王庭筠别集的校、笺注；再有像词人年谱年表的编撰方面的成果，已经有江苏大学王庆生先生的《金代文学家年谱》问世。关于"金代词学年表"尚属于空白。对于一代文学予以准确的编年研究，是实证研究当中最基本的部分。具体到词体文学，如果我们能够对金代的词体文学予以准确的逐年编年，则会成为撰写"金词史"的最基本的根据。特别是民国时期，如孙德谦先生所编写的年谱，限于当时的条件，流传未广，今天也不容易查得。这个方面有北京图书馆影印的《辽金元名人年谱》可供可查，孙德谦先生所编《段氏二妙年谱》最初刊发在1915年的《刘氏求恕斋丛书》。再有比较研究，关于"宋金词、金元词之间"的比较研究，关于"宋金遗民的创作心态、审美理想，词风方面有何异、有何同"，目前尚无论文论著予以揭示。

结语 关于金词研究的九个观点

可以在金词研究方面,我的一些主要观点可以概括为九个。

第一个观点:作为中国词史在北方与宋词平行发展一环的金词,与宋词同处词史"高峰期"发展进程。当然,我不是从"私厚"(指研究者与研究对象的距离过近或偏爱)的角度得出这个结论,大家可以看我的文章,是如何论证金词与宋词同处高峰期。

第二个观点:金词与宋词具有异质同构性,而金词与元词具有异质异构性。我解释一下,什么叫异质同构,什么叫异质异构。简单地说,就是金词和宋词都是同构性的音乐文学,但是在风格方面不一样,总体上金词具有明显的北派特征。当然具体到每一个作家身上,作家风格是色彩斑斓、异彩纷呈。但总体上——作为一个总体上的风格来讲,宋词和金词之间,金词偏重于北派风格,它们同是音乐文学,但是风格不同。金词与元词何谓"异质异构"?金词是音乐文学,是歌舞活动的一部分,是唱的,主要传播方式是歌唱传播。元词是案头文学，主要是案头为主，它的创作和传播的方式主要是书册创作，是阅读，所以是不同构的、异构的。那么从内质上讲，这个就差得更远了，大部分的元词读起来像曲，它的俳谐化、它的浅俚化，与金词绝大不同。所以这个就叫金词与元词的异质异构。

第三个观点：金词是南北方音乐文化、文学和传统再次融合的产物，金词的总体风格具有北派特征。金词是南北方音乐文化、文学传统再融合的结果，融合的结果不是均态的。它的文学审美范畴上偏重于北派风格，可以在一定意义上这么讲，唐诗是南北方文化融合的一朵奇葩。那么我下面隐而不发的这个话是什么？不能说金词是南北方音乐、文化、传统再次融合的一朵奇葩，至少也是一朵小花。

第四个观点：金词与宋词之间存在着双向传播和接受关系，也就是说宋词对金词有传播、有影响，金词对宋词有接受，反过来金词也回传南方的词坛，南方的宋代词人对金词也有接受。金词对稼轩体融合南北词风给予积极影响。

第五个观点：金代道士词是金代文人俗词的特殊形态。

第六个观点：金词是词体文学向曲体文学递变在北方路向上的直接环节。

第七个观点：女真族步入词学殿堂，是与金代文化整合相伴生的新的文化现象，是金词发展的特殊表征。

第八个观点：金词的分期是兼顾内外部因素，道士词及其创作须纳入分期要素。

第九个观点：要准确衡估金词的历史地位，须对20世纪以降确立和流行的"文体代胜观"和"元曲代宋词而兴"两个观念前提予以反思。

这些观点有些可以说是完全得到了学界的认同，有些是在认同之中，但作为一个研究者，我认为这些结论的得出，都是经过了艰苦的探索，长期的追踪、思考，审慎得出来的。那么这里作为一组观点，不作为结论，我提供给大家。

这门课程到此就要结束了。开设这门课程的目的，是为了让同学们提高艺术修养，积累文学经验乃至人生经验，而不仅仅是做诗词的搬运工。将来，同学们无论从事什么工作，只要心中的这盏灯点亮了，就会有永久不竭的动力。中国传统文化中坚守本心、不惧逆境的风骨精神，是中华民族的文化之根，这绝不是现在风行的"心灵鸡汤"之类的东西能够滥竽充数的。当然，对金词的了解，这门课只是起到入门的作用，或者亦可理解为，对了解中国传统文化的一个铺垫的作用。但是，你只要想明白了金朝为什么会成为汉化程度最高的少数民族王朝之一的，自然就会懂得为什么其他民族都愿意做汉文化的学生的道理。

常常有一些研究生会向我提出问题：有没有可以尽快掌握古代文学的书籍，其实他们想问的问题是有什么快捷的方法。对这样的学生，我会告诉他们：做学问没有捷径可走。每一个人在求知的道路上下多大的"笨功夫"，因人而定，不可强求，但是，既然选择了古代文学研究，那么在方法上还是有规律可循的。首先，要有学术研究的兴趣和基本素质。由于专业分工与细化，可以选择能够激发兴趣的关注领域或关注点。对于研究古代文学而言，文献检索能力是其基本素质之一，甚至可以说是必备素质。与其说是一种素质，不如说是一种习惯。而养成这种习惯，对于每一个从事科研的人来说好处大焉。其次，对于学习与研究古代文学，要有一颗坚守之心和反思之心。

毫无疑问，对于古代文学中的人文精神汲取与反思，仍然是大学常识教育的薄弱点。古代文学是中国本土经验中最为璀璨的文化宝藏，说它取之不尽，用之不竭，一点也不过分。对古代文学的喜欢，不仅仅是对待文学遗产的态度问题，而是对其在过去的集体经验中蕴含着更高层次的未来能否坚守的信仰问题。换句话说，在迈向现代文明的进程中，中国古代文学所蕴含的文明精神一定会成为我们的助力而不是包袱。因此，在汲取中国传统文化精华的基础上，为了能对古代文学研究有所贡献，就有必要进一步充实居于核心和不可或缺地位的诗词研究。

"寄语阶前垂老柳，明年盐絮助新吟。"这是我在2012年写的诗的末两句。

一首词《贺新郎·咏金史》，作于2013年，以此作结尾吧：

霸业金源吁。昼夜腾、雷奔千里，水开山树。卷地西极来摇动，迥泻沧海冰幕。云世界，直飞银户。山日不咸嵯峨立，峙大荒，横断天涯路。发华翠，映江渚。　鱼头欲觅高集故。万貔貅、亡辽略宋，完颜一部。石砮雄风遗堞在，虎吼当年跃渡。持大柄鞭笞狐兔。八景燕京汍澜里，感衰兴、合把青镜铸。分正闰，有谁主。

先师讲稿整理感言

  2022年8月13日。长春。我与恩师王昊的长兄王之光伯伯见面。他专程来此，转给我恩师遗著的电子版——《金词通论十八讲》。这份稿件是由恩师的另一位学生邵鸿雁师姐组织其他师弟师妹——聂世雄、侯芳宇、栾玲玲、李冬梅、王珂等共六人，将恩师在"超星学术视频"平台上《金词通论三十六讲》的视频文字化，后经王之光伯伯统稿，将整理出来的文字稿由三十六讲调整、修订、编辑，最终合并为十八讲。其中的章节、篇目乃至书名，都是王之光伯伯选取的。王伯伯交待给我的任务是：以出版学术著作的严谨的角度，对整理稿再进行一次梳理、加注、校勘和编辑，不能出现"硬伤"。

  2022年11月13日。一转眼三个月时间，我终于在北方寒冬的深夜断断续续地看完了整理稿的最后一个字。

坦白说，对于恩师这份授课整理稿，我不是一个合格的"编辑加工"者，更不是做这份工作的最佳人选。

一方面，是我本身基础极差。高中和大学我本是理工科出身，到了读研才转到中文专业来。在吉大读书期间，如果没有恩师近乎手把手地指导、帮助，我可能连一份合格的毕业论文也拿不出来。另一方面，毕业后，我去了部队服役，没有在古代文学的"圈子"中待过一天，复员直到现在，也没有从事过古代文学的学术研究，于专业也不过是个"门外汉"而已。

虽然毕业很多年了，可我一直觉得，自己越"荒疏"，恩师的目光越严厉。

可种种"机缘"，却又让我不得不接过这个工作。因为在恩师的所有弟子中，我是唯一一位从事图书编辑的学生。我用了六七年的时间，在部队"学习"规范的文本格式和体制，甚至是办公软件的应用；又用了六七年时间在出版社积累编辑经验，然后直到去年，在王之光伯伯的总体擘画下，恩师文集的出版提上议事日程：我成了其中的参与者之一。我不知道，是不是滚滚红尘中，自有某种"定数"，给了我这样过往的经历和当前的这份"任务"；只是这"定数"，于我而言，过于残忍……

这部《金词通论十八讲》，其实只是恩师整个学术研究的一小部分。除了这部"讲义式"的"小书"，几年前，恩师还在一封电子邮件中对我说过，他还有《曲体源流史》《金代文学史》《两宋词学批评阐要》《金词通论》《李清照研究》等几部书稿将要出版。这些专著在学术界的"分量"和是否在某个学科有"开辟之功"，作为学生和"门外汉"的我无法置评；我只是可惜，这一切随着恩师的遽然离世成了未知数。

根据我在知网等学术平台的检索和梳理、恩师兄长王伯伯转给我的资料，以及恩师曾经单独发给过我的论文小样、恩师其他教过的学生提供给我的信息，目前，计得恩师的论文等80篇。这80篇论文中，大约有十几种没有找到原文，尤其是在恩师自制学术年表中的"2015年部分"，尚未找到的论文很多，如《论金代科举对金代文学发展的双重影响》《金词地位论衡》《评辽金诗学思想研究》《李清照的佛缘道境》《关于"燕行录"二题》《宋人词体声律论探析》，等等。《金代文学史述中的女真文史资料和考古材料》一文，仅在某学术会议的论文集中刊登了摘要，而未找到正文；另外，还有个别没有发表过，只是在文章中提到的论文，如《元词合乐问题考论》《历史的因果律与历史中的人》，以及只见上篇——《金词分期问题刍议（上篇）》，却未见下篇的论文。

恩师专著的图书，除了上面提及的几种，还有《苏洵传》（吉林文史出版社1998年版）、《〈辨奸论〉考信编》（吉林人民出版社2001年版）。参与编写的图书有《全金元词评注·道士词卷》，《全唐诗广选新注精评》（辽宁人民出版社1995年版）、《中国文学史话·辽金元卷》（吉林人民出版社1998年版）、《中国文化概论》（首都师范大学出版社1999年版）、《宋词观止》（大众文艺出版社2001年版）、《中国古代文学通论：辽金元卷》（辽宁人民出版社2005年版）。点校过的古籍有《二刻拍案惊奇》《隋唐演义》（长春出版社1995年版），以及中华书局新修订本的《金史》（2020年），等等。

除了上述有据可查的图书，恩师还曾有过其他的写作计划，如他多年前曾心心念念的"寒士三传"——《黄仲则传》《张竹坡传》和《郁达夫传》。这类作品，多因为后来他的学术兴趣转移而没有继续，但按照恩师做学问一贯的"风格"，这些"题目"既然已经一度列入了他的"写作计划"，就必然已经有了相当的学术积累。——很多年前，他还曾在家里向我展示过他拟写的

《郁达夫传》的目录大纲。

另外，恩师也应该有数量不少的诗词作品，以及个别授课的录音——比如《唐宋词美学研究》。

恩师已经出版的专著和论文，其实数量并不多。这是因为恩师做学问，一直不轻易下笔。他坚持付诸文字的东西，要有"创获"，要能"站得住"。恩师这样的"学术态度"，使得他已发表的论文，必然是经过了深思熟虑的，也几乎无一例外地获得了学术界好评——无论是学术界的前辈陈祖美先生，还是学术研究与之有交集的相关领域的专家。南开大学文学院教授查洪德先生就曾在恩师去世后这样评价："他的论文，凡与我研究交叉处，我都细读，他每每能在人们认为没有问题处提出问题，有时依据的多是常见材料，经他精细辨析，得出令人信服的新结论，有时视角的转换令人佩服。"（《暑雨蒸溽悼王昊》，《名作欣赏》2020年第9期）中国社会科学院文学研究所研究员郑永晓先生则说："阅读王昊关于西夏文学的研究，不难发现他的研究成果都是基于最原始的文献史料，并经过长期的深思熟虑才结撰成文。他对学术研究有足够的敬畏，对学术研究的严肃性有深刻的理解和体会，每一个学术命题的提出，都是在搜集了所有相关史料文献的基础上，对这些史料的各种可能的意义指向进行了反复的推敲和判断，以便将自己的研究建立在最坚实的文献基础之上。"（《王昊教授西夏文学研究成就述略——兼记王昊与刘扬忠先生之间的情谊》，《名作欣赏》2020年第9期）

可另一方面，恩师这种"不轻易下笔"的治学方式，也"导致"了目前所能找到的他的文章，只是他常年的学术积累和思考中极小的一部分，且只是公开发表过的部分。而这一小部分，对于"胸中锦绣"的恩师来说，实在是太少了！

对这部整理稿进行"编辑加工"，我主要在恩师兄长王伯伯的要求下做了几个方面的工作：一是努力平衡口语和学术语言的"杠杆"，让书稿在行文上尽可能地在"小范围内"的可读性更强；二是补足、修订或核对了恩师在授课过程中的征引文献，并为全书增加了200余条注释；三是调整文字，尽可能地让恩师在授课过程中不完整或者为了学生记笔记方便重复出现的表意，更加清楚明晰——对不同授课处略有重复的部分做了调整。

由于这部稿子只是恩师的授课视频，加上我又是个学科的"门外汉"，所以难免有很多句意、用语在反复重听之后，依然无法敲定；全书的行文，也远远无法达到恩师生前"惜字如金"的写作状态。我期望能把文本加工得尽量流畅，却也怕因为自己专业素养不够，贸然删改文字会丢失信息而少做这类处理。所以，我所整理之后的这份文本，难免仍有许多阅读上的"割裂"甚至是"啰唆"之感。但好在视频中的一些内容是从恩师已经发表的有关金代文学的论文中梳理出来的，"帮助"我"解决"了文本中部分句意、字词的问题。

作为不成器的学生，我在整部书稿整理加工的过程中，刻骨铭心地感受到了自己这么多年的荒疏。我很想尽我可能地让书稿"靠近"恩师的原意，甚至是奢望能达到"严谨"的要求，但限于个人的水平和能力，我知道，这份无法由恩师本人完成的稿子，其实是永远也不能达到他的标准的。恩师如果还在的话，也绝不会将这样面貌的整理稿付诸出版。在此，也特别想向将来有机会阅读此书的诸多普通读者、古代文学研究界的专家，以及对金代文学尤其是金词有兴趣的读者，表示歉意。如果各位在稿件中发现任何的差错、疏漏，乃至语句行文不甚流畅之处，这些都应该由我，以及参与了此稿整理工作的人负责。我也希望，将来能够收到诸位专家、读者们的反馈意见，以期在稿件再版或重印时予以修订。

最后聊附一诗，表达对恩师的怀念：

近来多雨近恩师周年祭

近窗碧树掩高楼，楼上华灯照未休。

小雨不眠遮月夜，机心难再引沙鸥。

旧书已别称前世，遣字如山负一秋。

谁替斯文全鲁叟，茫茫天道逐孤舟。

——辛丑年五月十九

李贺来

2022 年 11 月 14 日